습기

# 습기

RE:NOVEL 01

마테 장편소설

해피북스
투유

# 차례

1장

———

**손 없는 날**

미연은 이사를 준비하면서 남들만큼 산다는 게 얼마나 어려운 일인지 다시 한번 깨달았다. '손 없는 날'에 하는 이사는 비용이 1.5배나 더 들었다. 바가지를 쓰는 건가 싶어 열 군데가 넘는 이삿짐센터에 견적을 문의했는데 어디든 마찬가지였다. 결국 처음 연락했던 업체와 계약을 했다. 에어컨과 건조기 설치 업체들도 그날은 예약이 꽉 찼다며 고자세를 취해서 기사를 부르는 데 애를 먹었다.

그래도 미연은 뿌듯했다. 운전대를 잡고 있는 남편 정우의 표정도 밝았다. 내 집 마련이 전 국민 숙원 사업이 된 요즘에 신도시 아파트 청약 당첨은 기적과도 같은 일이었다. 느닷없는 행운에는 뒷수습이 따랐다. 잔금을 치르기 위해 마이너스 통장을 만들고 시댁에도 손을 벌렸다. 이제 초등학교 2학년이 된 아들 지호는 갑작스러운 전학에 울며불며 떼를 썼다. 그래도 괜찮았다. 우여곡절조차도 추억을 만드는 과정처럼 느껴졌다.

"엄마, 배고파."

뒷자리에 앉아있던 지호가 칭얼대듯 말했다. 안전벨트에 묶인 조그만 몸이 들썩였다. 미연은 고개를 돌려 지호를 보고 타일렀다.

"조금만 기다려. 다 왔어."

"햄버거 먹고 싶어."

"이사한 날은 짜장면 먹는 거야, 지호야."

핸들을 꺾던 정우가 말하자 지호가 입술을 삐죽 내밀었다.

"나는 햄버거 먹고 싶은데……."

"그래? 엄마랑 아빠는 짜장면 먹을 건데. 진짜 맛있는 거."

정우가 쾌활한 목소리로 말했다. 의외의 모습에 미연은 조금 놀랐다. 평소 같았으면 그는 아이의 투정을 엄하게 꾸짖었을 것이다. 정우는 기분이 좋을 때와 나쁠 때의 태도가 완전히 다른 남자였다. 지호는 그런 아빠를 무서워했다. 미연은 정우의 표정이 굳어질 때마다 지호가 울음을 터트리지 않도록 애를 쓰곤 했다.

오늘 정우는 평소보다 기분이 좋아 보였다. 흔치 않은 일이다. 미연은 정우와 만나 결혼하기 전까지는 기자라는 직업이 그렇게 사람을 예민하게 만드는 것인 줄 몰랐다. 정우는 늘 잠이 부족하다고 했고, 피곤해하고, 자주 날카로워졌다. 그러나 제 명의의 신축 아파트를 갖게 된 날에는, 가장 좋아하는 반찬의 간이 맞지 않는 일에도 버럭 화를 내던 정우마저 관대해질 수밖에 없었다.

미연은 달라진 창밖의 풍경을 보며 자신의 선택이 옳았다고 확신했다. '어차피 안 될 것 같다'고 시큰둥해하는 정우를 설득해 청약을 넣은 것은 자신이었다. 기적적으로 당첨된 후 잔금을 치르기 위해 분주하게 움직이고 시댁에까지 손을 벌렸다. 40년 된 21평짜리 아파트 전세금을 마련해 주면서도 지호가 다섯 살이 될 때까지 으스대던 시어머니의 콧대가 앞으로 몇 년 동안 치솟을지 상상하면 아찔한 일이었으나, 친정과 연을 끊다시피 한 미연의 입장에서는 뾰족한 수가 없었다.

죽은 남편의 연금으로 살고 있는 시어머니는 이런저런 싫은 소리를 늘어놓았지만, 결국에는 이사 비용까지 넉넉하게 얹은 돈을 보내주었다. 요즘 같은 때에 30대 부부가 신도시에 위치한 신축 아파트를 갖는다는 게 얼마나 힘든 일인지 잘 알고 있었기 때문이다. 서울은 아니지만, 동명시는 경기 남부의 신도시 중 하나로 대형 쇼핑몰이니 산업단지니 하는 개발 호재로 언론에도 자주 등장했던 곳이다. 청약 당첨이 아니었다면, 이런 곳에 이사 가는 일은 미연과 정우의 연봉을 몇 년간 고스란히 모아도 불가능했다.

그러므로 미연은 자신의 직장이 서울에 살던 때보다 25킬로미터는 더 멀어졌다는 사실을 긍정적으로 받아들이는 수밖에 없었다. 다음 주부터는 버스를 타고 지하철역까지 가서 환승을 두 번 해야 했다. 출근 시간은 한 시간 더 늘어난다. 새로운 학교에 적응해야 하는 지호의 등교 준비를 제대로 도와주지 못할 수도 있다.

그나마 다행인 일은 초등학교가 아파트 단지 바로 근처에 있다는 점이었다. 정우 또한 출퇴근이 자유로우니 미연의 공백을 메워줄 수 있었다.

"어! 장난감 가게다!"

잠시 조용히 앉아있던 지호가 들뜬 목소리로 외쳤다. 고개를 돌린 미연의 눈에도 커다란 복합 쇼핑몰 외벽에 붙어있는 대형 완구 프랜차이즈 간판이 보였다.

"되게 크네. 아울렛 같은 건가?"

미연이 앉은 조수석 쪽의 창문을 힐끔 본 정우가 말했다.

"그런가 봐. 장은 여기서 보면 되겠다."

쇼핑몰은, 미연이 정우의 말에 대답하며 지도 앱을 켜 검색할 때까지도 여전히 달리는 자동차의 시야 안에 들어와 있을 정도로 컸다.

앱에 따르면 그곳에는 각종 브랜드 아울렛과 가구 전시장, 가전제품 매장, 영화관, 키즈카페에 소규모 실내 동물원까지 딸려있었다. 무표정한 얼굴로 포즈를 취한 모델의 광고판을 대문짝만하게 붙인 채 은회색으로 빛나는 건물 아래는 빈약한 가로수가 늘어서 있었고, 널찍하고 깔끔하게 정리된 보도블록 위로 헬멧을 쓴 채 전동휠을 탄 남자가 빠르게 지나갔다. '여기서부터 동명시입니다'라는 커다란 안내판의 기둥이 꽂힌 아스팔트 아래로는 7층이나 되는 쇼핑몰의 지하주차장이 겹겹이 자리 잡고 있을 것이다.

미연은 그 삭막하고 도시적인 풍경이 마음에 들었다. 같은 도시라고 해도 낡은 전셋집 아파트가 위치했던, 좁아터진 마을버스를 탈 때마다 숨을 참고 몸을 밀어 넣어야 했던, 베란다에서 내다보이는 닭장 같은 아파트 풍경 위로 취객들의 고성이 오가던 서울과는 느낌이 달랐다. 서울에서 밀려나 경기도 외곽으로 온 게 아니라 더 나은 주거 환경을 위해 이곳 동명시를 선택한 것이라는 위안에 자신감이 붙었다.

요즘 아파트는 하나같이 '탑'이나 '프리미엄' 같은 외래어 조합으로 이루어져 있다. 미연의 가족이 이사하게 될 동명시 서하동의 '드림힐'도 마찬가지였다.

세입자 시절의 미연은 그런 유행을 마음속으로 비웃고는 했다. 부실하고 실속 없는 아파트를 그럴듯하게 치장하는 허세일 뿐이라고 깎아내렸다. 그러나 당사자가 된 지금 드림힐이라는 이름을 되새겨 보니 새삼 군더더기 없이 세련되고 깔끔하다는 생각이 들었다.

"이제 다 왔다."

앞서 가고 있던 이삿짐 트럭이 속도를 줄이면서 기다란 몸집을 트는 것이 보였다. 시야를 가리던 트럭이 사라지자 검게 빛나는 대리석으로 만들어진 아파트 단지의 입구가 눈에 들어왔다. 드림힐이라는 이름에 어울리기는 하다고 미연은 생각했다. 거대한 아파트 건물 각 층의 유리창이 햇빛을 반사해 거만하게 번쩍였다. 까마득히 높게 솟아오른 건물 안으로 차가 들어서자 전혀 다른 공간에 온 것처럼 느껴졌다. 이곳은 미연의 기억마저 차단했다. 서울 그 오래된 아파트의 울퉁불퉁한 아스팔트나 낡은 전단지가 말라붙어 지저분한 게시판, 빛바랜 간판이 덕지덕지 매달린 상가 같은 것들이 주던 불쾌함은 이미 승화됐다. 이곳은 쓰레기를 버리는 분리수거장마저 광택이 날 것만 같았다.

"지호야, 도착했어. 여기가 우리 아파트야."

"우리 아파트? 몇 동 몇 호인데?"

미연의 말에 지호가 눈을 동그랗게 뜨며 되물었다. 아파트에서만 쭉 살아온 지호는 세 살 때부터 '몇 동 몇 호' 발음을 유독 또박또박 잘했다. 아홉 살이 되었어도 눈을 크게 뜨고 묻는 얼굴은 아기 때와 똑같았다. 미연은 그 모습이 갑자기 무척 사랑스럽게 느껴졌다.

"어디였으면 좋겠어? 지호가 맞춰봐."

"나는 저기."

지호는 작은 손가락으로 망설임 없이 대각선 쪽에 위치한 112동을 가리켰다. 바로 앞에 커다란 놀이터가 있는 것을 보고 미연의 얼굴에 미소가 떠올랐다.

"어떻게 알았어? 저기가 우리 집이야. 112동 1302호."

*　*　*

"안 돼!"

피를 토하는 듯한 혜미의 절규가 방 안을 가득 메웠다. 또 실패였다.

"안 돼⋯⋯. 안 돼⋯⋯!"

혜미는 바닥에 엎드려 흐느껴 울기 시작했다.

제단 위의 제물은 피를 흘린 채 차갑게 식어버렸다. 그보다 더 끔찍한 것은, 이제 혜미가 저 광경에 익숙해져 가고 있다는 것이다. 벌써 몇 번째인지 모른다. 그리고 앞으로 또 몇 번의 제사를 드려야 하는지도 모르겠다. 그것이 가장 무서웠다.

"왜⋯⋯."

혜미는 여전히 엎드린 자세로 중얼거렸다.

"방법에는 문제가 없었어. 난 제사의 모든 법도를 따랐어. 믿음도 확고했어. 이번에는 성공할 거라고 생각했는데. 도대체, 왜⋯⋯."

"정말이니?"

그녀의 머리 위로 진숙의 목소리가 울려 퍼졌다. 혜미는 고개를 번쩍 들었다. 의식을 치를 때 쓰이는 붉은 예복을 차려입은 진숙이 사나운 표정으로 혜미를 내려다보고 있었다.

"그래!"

혜미는 진숙을 노려보며 악을 썼다. 상제님의 말씀을 전하는 교구장 중 한 명인 진숙을 이렇게 대할 수 있는 것은 그녀뿐이었다. 그녀는 진숙의 딸이기도 했으니까. 진숙을 볼 때마다 혜미는 분노와 고통, 혼란과 슬픔으로 뒤범벅된 자신의 감정을 마주했다.

"난 모든 순서를 제대로 따랐어! 어째서 상제님께서 말씀하신 대로 이뤄지지 않는 건데!"

"순서를 말하는 게 아니야, 이 멍청한 년아!"

진숙은 혜미를 손가락질하며 날카롭게 말했다.

"네 믿음 말이야! 네 믿음이 부족한 탓이야. 너는 제사를 드리기 전에 이미 의심하고 있었어! 이번에도 안 될 거라고, 마음속으로 그렇게 생각했기 때문에 실패한 거야!"

"의심하지 않았어."

혜미는 바닥에 무릎을 꿇은 채로 울먹였다.

"간절히……, 내 탓이니까. 우리 딸이 죽은 건 다 내 탓이니까, 우리 딸은 아무 잘못 없으니까 다시 돌려달라고. 돌려만 주시면 뭐든지 하겠다고."

"덜떨어진 것."

혜미의 말이 끝나기도 전에 진숙이 기다렸다는 듯 내뱉었다.

"네까짓 게 뭔데? 상제님께 뭘 드릴 수 있는데 그런 건방진 생각을 한 거야? 상제님은 세상의 하찮은 것을 받기 위해 기적을 베푸시는 분이 아니야."

그렇게 말한 진숙은 구석에서 빗자루를 가져와 혜미의 어깨를 마구 내리치기 시작했다.

"아니야! 아니라고!"

혜미는 바닥에 엎드려 고통스러운 비명을 질렀다. 그녀가 매질을 피하기 위해 바닥을 데굴데굴 굴러도 진숙은 집요하게 빗자루를 휘둘렀다.

"잘못했어요, 잘못했어요!"

혜미가 피가 잔뜩 엉겨 붙은 두 손을 모아 싹싹 빌고 나서야 진숙은 매질을 멈추었다. 그녀는 빗자루를 바닥에 내던지고 씩씩대면서 말했다.

"다음 제물을 구해 와."

"어떻게……?"

혜미는 엎드린 채 훌쩍였다.

"어떻게 해야 할지 모르겠어."

"……."

"도와줘, 엄마."

혜미가 말했다. 진숙은 아무 말 없이 등을 돌려 제단을 정리하기 시작했다. 제물 위로 알코올을 잔뜩 뿌리고, 나프탈렌을 덮은 뒤 비닐을 둘둘 말았다.

"엄마가……."

몸을 웅크리고 있던 혜미가 작게 말했다.

"엄마가 내 남편이랑 그런 짓만 안 했어도, 우리 딸 살아있었어."

"아니야. 네 탓이야."

진숙이 고개를 저었다.

"네가 상제님이 전해주신 세상의 이치를 틀렸다고 했기 때문에 이렇게 된 거야."

진숙은 차갑게 말한 뒤 방을 나섰다.

"믿음…… 믿음."

정적 속에 한참 동안 엎드려 있던 혜미가 중얼거렸다.

"믿음. 믿음이 부족해. 내가 믿음이 부족해서……. 믿어야 해……."

그녀의 눈빛은 점차 광기를 띠기 시작했다.

"믿음……. 믿어야지. 믿어야 해……."

맞잡은 혜미의 두 손가락에 힘이 들어갔다. 뼈마디가 희게 바뀌고 손톱이 살을 파고들어 피를 내기 시작했다. 흰자가 새빨갛게 변한 눈동자에서 눈물이 흘러내렸다.

"믿음! 믿음! 믿음!"

혜미가 바닥을 주먹으로 쾅쾅 내리쳤다. 이마도 함께 바닥에 내리찧었다.

"믿음! 믿음! 믿음!"

바닥이 혜미의 이마로부터 흘러나온 피로 얼룩덜룩해지기 시작했다.

\* \* \*

아파트 내부는 미연이 상상하고 정우가 기대했던 그대로였다. 한 층을 두 세대가 나눠 쓰는데, 엘리베이터부터 현관문까지 오는 길이 중문으로 분리돼 있었다. 집 안으로 들어오면 복도가 보이는데 그것을 지나야 거실에 다다르는 구조였다. 복도에는 화장실과 방 두 개가 붙어있었다. 각각 서재와 지호의 방으로 쓰기에 딱 좋은 배치였다.

도톰한 벽지와 강화마루는 은은한 회색빛이 감돌아 말끔해 보였다. 아일랜드 식탁이 있는 널찍한 주방은 서울에서 살던 전셋집의 침실만큼 컸다. 옆으로 뻗은 거실은 새로 산 82인치 텔레비전과 6인용 소파를 넣고도 커다란 카펫을 깔 수 있을 만큼 공간이 충분했다. 베란다 창문의 잠금쇠마저도 먼지 한 톨 끼지 않은 반짝반짝한 새것이었다.

"사모님. 이거 어디에요?"

커다란 박스를 든 이삿짐센터 직원이 어눌한 발음으로 물었다. 우리 회사는 한국인 직원만 쓰기 때문에 비용을 더 주셔야 한다고 했던 상담원의 호언장담과는 달랐지만 미연은 그다지 개의치 않았다.

"저 방에요."

깡마른 직원은 짙은 갈색으로 그을린 고개를 끄덕해 보이고는 '장난감'이라고 써 붙인 박스를 지호 방에 밀어 넣기 시작했다. 다른 직원 두 명은 냉장고를 옮기는 중이었다.

"엄마, 놀이터 가보자!"

차 안에서 시무룩하던 지호는 막상 집에 도착하니 기분이 나아졌는지 들떠 보였다. 펄쩍펄쩍 뛰면서 미연의 손을 흔들고 있었다.

"지호야, 지금 이삿짐 넣고 있잖아. 놀이터는 이따 가자. 그리고 여기 1층 아니야. 이렇게 뛰면 안 돼."

미연은 흥분해서 뛰는 지호의 어깨를 누르며 타일렀다. 이사 업체는 짐을 포장한 박스만 풀어둔 채 가버릴 것이다. 그다음부터 할 일이 산더미다. 아직 에어컨 설치 기사도 오지 않았고 건조기 배송도 연락이 없었다.

"이제 지호 방 생겼으니까 가봐."

"내 방?"

"저쪽에. 아저씨 따라서 가. 지호 책상 어디에 놓고 싶은지 아저씨한테 말해."

미연은 지호가 주춤주춤 작은 방으로 들어간 것을 본 뒤 다시 거실과 주방을 둘러봤다. 큰 가구들은 대략 위치를 잡았다. 모자를 눌러 쓴 직원 한 명이 접시나 유리컵 같은 것을 대충 그릇장에 집어넣고 있었다. 나중에 미연이 전부 다시 배치해야 할 것이었다.

"여보, 매트를 사긴 사야겠다."

침실을 나온 정우가 미연 쪽으로 오며 말했다. 이사 절차가 마무리될수록 할 일이 계속 생각나는 바람에 혼란스러운 미연과 달리 정우는 꽤 차분하고 즐거워 보였다.

"지호가 계속 뛰면 아래층에서 올라올 거 같은데."

"못 뛰게 하면 되잖아."

"저녁에 혼자 있을 때는 어떻게 할 건데?"

"혼자 있을 때는 저렇게 안 뛸 거야."

"나 참, 그건 모르지."

정우는 피식 웃으며 미연의 말을 부정한 뒤 거실 한쪽 벽에 붙은 작은 모니터에 시선을 고정했다.

"인터폰이 따로 없네. 이 모니터로 하는 건가?"

그럴 때가 아니라고 말하고 싶은 미연의 마음과 달리 정우는 벌써 이것저것 눌러보고 있었다. 정우의 옆으로 안방에 들어가야 할 장식장을 서재에 넣고 있는 인부들의 모습이 보였다.

"아저씨, 잠깐만요!"

서재로 달려간 미연은 그들을 제지했다.

"그거 안방으로 가야 되거든요."

"안방에 자리 없어요."

장식장을 어깨로 받치고 있던 직원이 고개를 저으며 말했다.

"안방에 왜 자리가 없어요?"

미연은 따지듯이 말했다. 벽 한쪽을 붙박이장이 차지하고 있긴 했지만, 그녀가 보기에는 퀸사이즈 침대와 화장대를 넣고도 공간이 충분할 것 같았다.

"자리 없어요. 가서 봐봐요."

직원은 여전히 퉁명스럽고 부정확한 발음으로 대답했다. 미연은 복도를 벗어나 안방으로 향했다. 2미터짜리 장식장 하나가 들어갈 자리는 충분히 있었으나 그녀가 간과했던 것은 붙박이장 문이 슬라이딩 형태가 아니어서 여닫는 공간이 필요하다는 점이었다. 다른 쪽 벽에 두자니 베란다로 통하는 유리문을 가려야만 할 것 같았다.

"하……."

미연은 이마를 짚고 작게 한숨을 내쉬었다. 단순히 장식장 하나의 문제가 아니었다. 서재는 이미 컴퓨터 책상 두 개와 책장으로 꽉 차있는 상태였다. 거기에 정우가 갖고 싶어 했던 리클라이너가 배송되어 도착하면 방은 더 좁아질 것이다. 지호방에 옮길 수 있는 가구가 있다면 좋겠지만, 그러자면 그 방의 배치도 다시 생각해야 한다.

손바닥 안에서 진동이 울렸다. 건조기 배송이 '예정대로' 내일모레인 월요일에 완료되며 배송 기사의 연락이 갈 것이라는 메시지였다. 미연은 지끈거리기 시작한 관자놀이를 손가락으로 꾹꾹 눌렀다. 그녀는 분명 원하는 배송일을 입력하라는 칸에 오늘 날짜를 넣었다. 월요일에 미연은 출근을 해야 하고 정우는 전학 첫날인 지호를 학교에 데려다주기로 했다.

건조기 업체에 먼저 전화를 해봐야 하나. 정우와 가구 배치를 상의할까. 다소 신경질적인 걸음으로 방을 나선 미연에게 지호가 우당탕 소리를 내며 달려왔다.

"엄마아! 나 책상……."

"이지호! 엄마가 뛰지 말라고 했지!"

입 밖으로 큰 소리가 터져 나오는 순간 미연은 아차 싶었으나, 이미 일은 벌어졌다. 복도를 반쯤 달려오던 지호는 그 자리에서 발을 멈추고는 시무룩하게 고개를 숙였다.

"거봐. 뛰잖아."

정우가 심드렁하게 말했다. 그는 여전히 월패드인지 뭔지를 보며 서 있었다. 미연은 순간 울컥해서 정우를 노려보았다. 그러나 여기서 한번 더 폭발했다가는 싸움이 문제가 아니라 이사 절차를 제대로 마무리하기가 어렵겠다는 생각이 들었다.

"……."

정우는 벽과 스마트폰을 번갈아 보느라 미연의 시선을 느끼지 못했다. 미연은 간신히 화를 가다듬고 말했다.

"오빠는 뭐 하는데?"

"이게 잘 안 되네. 분명 어플로도 된다고 했거든?"

그가 월패드의 터치스크린을 누를 때마다 '삐익 삐익' 하고 신경을 거슬리게 하는 소리가 났다. 미연은 가까이 다가가서 화면을 확인했다. '주방', '거실', '복도', '방1', '방2' 등 집의 각 위치를 나타내는 곳에 모두 붉은 'X'가 그려져 있었다.

"조명이나 콘센트도 이걸로 껐다 켰다 할 수 있다는데, 작동이 안 돼."

정우의 한 손은 터치스크린 위에 얹혀있고 다른 손은 스마트폰을 만지작거리고 있었다. 스마트폰 액정에도 월패드와 비슷한 화면이 떠있는 상태였다.

"오빠, 지금 그게 중요해? 짐 다 넣고 해도 되잖아."

"가구 배치는 네가 알아서 하고 싶다며. 이런 것도 빨리 확인해 보고, 안 되면 경비실에 물어봐야지."

점점 화가 치밀어 오르는 미연과 달리 정우는 침착했다. 미연은 정우가 자신을 마치 그럴 필요 없는데 혼자 허둥지둥하는 사람 취급을 하는 것 같아 더 짜증이 났다.

"그럼 내가 지금 물어보고 올게. 오빠는 가구 배치 좀 봐. 장식장이 안방에 들어갈 자리가 없단 말야."

"그래, 그럼."

미연은 어깨를 으쓱하는 정우를 더 보지 않고 등을 돌려 복도를 걸어 나갔다. 펜트리에 뭘 넣을지 결정해야 하고 지호 방도 확인해 줘야 했지만, 우선은 마음속에서 부글부글 끓던 짜증이 터져 나오기 전에 바람을 쐴 필요가 있었다.

"후우."

엘리베이터를 탄 미연은 1층을 누르고 벽에 기대 한숨을 내쉬었다. 집 안에 조금만 더 머물러 있었다가는 정우와 대판 싸웠을지도 모른다. 두 사람은 자주 다투는 편은 아니었는데 미연은 그게 자신이 정우를 참아주고 있기 때문이라고 생각했다. 반대로 정우는 모든 갈등을 별일 아니라는 식으로 폄하하는 성향이 있어, 속으로 미연이 까탈스럽다고 생각하고 있을지도 모른다.

미연의 복잡한 마음과 달리 엘리베이터는 소리 없이 매끄럽게 작동해 그녀를 1층에 내려주었다. 112동 1, 2호 라인 출입구에는 집에 미처 다 들어가지 못한 박스 몇 개가 손수레와 함께 차곡차곡 쌓여있었다.

바깥으로 나온 미연은 잠시 당황했다. 아파트 구조가 생각보다 복잡했기 때문이다. 외부인에게 각 동의 입구와 시설들을 공개하지 않으려는 듯 폐쇄적으로 돼있어, 집의 베란다에서 한눈에 내려다보였던 놀이터도 두 번이나 구부러진 길을 지나쳐서야 나타났다. 어디가 몇 동인지 알 수 없도록 불친절하게 세워진 건물들 자체가 드림힐아파트 단지를 외부와 완벽하게 분리하고 내부를 섬처럼 존재할 수 있도록 감싸고 있다는 느낌이 들었다.

놀이터 너머 회색 돌로 지어진 정사각형의 창고 비슷한 건물이 미연의 눈에 들어왔다. 아마 저곳이 경비실일 것이다. 미연은 놀이터를 가로질러 경비실로 향했다.

주말이라 그런지 그네나 미끄럼틀에 아이가 두세 명씩 붙어 있었다. 까르르 웃으면서 놀이터를 부지런히 뛰어다니는 아이들을 보니 문득 지호에게 미안한 생각이 들었다.

지호는 남자아이치고 겁이 많고 소심하지만, 덕분에 얌전하기도 했다. 오늘 아침에도 이사 때문에 새벽같이 일어나야 해서 칭얼대긴 했지만 짜증을 부리지는 않았다. 그런데 엄마가 되어서 좀 뭔 것 가지고 버럭 소리부터 지르다니. 짜증을 낸 쪽은 오히려 자신이 아닌가.

놀이터에 가고 싶다고 했었지. 크게 심호흡을 하고 나니 마음이 진정되는 것 같았다. 미연은 오면서 보았던 커다란 쇼핑몰을 떠올렸다. 거기에 분명 키즈카페도 있다고 했다. 초등학생은 몇 학년까지 들여보내 주려나, 그런 생각을 하면서 걷다 보니 어느새 경비실 앞에 도착해 있었다.

경비실은 반듯하게 각진 형태를 하고 있었다. 딸려있는 유리문과 작은 유리창은 선팅이 짙게 되어있어 안에 누가 있는지 잘 보이지 않았다.

미연은 허리를 조금 숙여 창문을 똑똑 두드렸다. 아무런 반응이 없었지만 어렴풋이 사람이 움직이는 것 같은 실루엣이 보였다.

"저기요."

미연은 조금 짜증스럽게 다시 창문을 두드렸다.

"저기요, 아저씨!"

그러자 미닫이 창문이 드르륵 소리를 내며 왈칵 열렸다.

"꺄악!"

순간 미연은 뒤로 몇 발짝 물러나며 비명을 질렀다. 창문 사이에 손가락이 끼일 뻔했다. 그러나 큰 소리를 지른 것은 다른 이유였다. 경비원 제복을 입고 있는 노인의 얼굴이 갑자기 눈앞으로 튀어나왔기 때문이다.

"……"

아무 말 없이 입을 다문 채 미연을 쳐다보고 있는 경비원의 머리는 박박 깎여있었다. 애초부터 삭발을 한 것이 아니라, 머리카락이 뭉텅뭉텅 빠져서 밀어버린 듯 두피가 얼룩덜룩했다. 눈동자에서는 이질감이 느껴졌다. 미연을 바라보는 한 쌍의 동공이 묘하게 따로 움직였다. 미연은 그의 한쪽 눈이 의안이라는 것을 깨달았다.

"뭐요?"

한참 후에 입을 연 경비원의 목소리는 미연을 재촉하는 것처럼 들렸다. 경비원의 눈동자가 그녀를 책망하고 있었다. 방금의 침묵은 어서 용건을 말하라는 의미였다.

"저기…… 그…….."

경비원의 험상궂은 외모에 주눅이 든 미연은 더듬더듬 입을 열었다.

"오늘 이사 왔는데요, 1302호요."

"……."

"벽에 그, 조명 조절하는 패드가 안 되는데 봐주실 수 있나요? 인터폰 같은 거요."

미연의 말을 듣던 경비는 콧등이 간지러운지 팔을 들어 코를 한번 쓱 훔쳤다. 소매가 걷힌 그의 왼팔에는 손이 없었다. 손목 위부터 잘려 나간 것 같았다. 미연은 그것을 의식하지 않기 위해 애써 경비원의 무심한 얼굴로 시선을 고정했다.

"그런 거는 저기 관리사무소에 물어보세요. 여기서는 못 해요."

경비원은 손 없는 팔을 창밖으로 내밀었다. 손가락 대신 뭉

툭한 단면이 미연의 어깨 너머를 가리켰다. 거칠게 마감된 단면으로부터 팔꿈치까지 이어지는 팔은 작고 단단한 근육으로 이루어져 있었다. 보기 좋게 만든 근육이 아닌, 고된 노동이 켜켜이 쌓여 만들어진 근육이었다. 온전치 못한 신체와 합쳐져 위압감을 주기 충분했다. 미연은 적대감과 두려움을 느꼈다. 그녀가 굳어있는 동안 경비원의 얼굴은 다시 안쪽으로 들어갔고 창문은 드르륵 소리를 내며 닫혔다.

"……."

미연은 경비실의 창문을 응시했다. 그녀에게는 그 창문을 다시 두드려 경비원을 불러낼 용기가 없었다. 바닥으로 떨구어진 시야에 경비실 벽에 기대어 있는 공구가 들어왔다. 반질반질한 돌벽에 전혀 어울리지 않는 낡아빠진 도구들이었다. 낫의 자루는 손때가 묻어 새까맸고, 도끼날은 얼마나 녹이 슬었는지 붉은색에 가까웠다.

등 뒤의 놀이터는 여전히 왁자지껄했다. 오후의 햇살이 평화롭게 내려앉고 있는 풍경은 방금 전 미연이 느낀 감정과 완전히 대조되는 것이었다. 전혀 다른 세계에 있다가 온 것 같았다.

미연은 양팔로 몸을 끌어안듯 감싸고 등을 돌린 채 서둘러 집으로 돌아갔다. 관리사무소를 찾아가거나 경비실로 다시 돌아가 따질 생각조차 하지 못했다. 지금 그녀를 잠식하고 있는 것은 이름 모를 섬뜩함이었다. 바닥에 깔린 보도블럭조차 빛나고 있는 드림힐아파트 단지에 전혀 어울리지 않는 경비원의 외모가 불쾌하기 짝이 없었다.

동시에 그녀는 죄책감을 느꼈다. 경비원의 목소리는 다소 사납기는 했으나 공격적이라고 할 수는 없었다. 나이 든 노인들 특유의 투박함으로 치부할 수 있는 것이었다. 그럼에도 불구하고 미연은 지나치게 놀랐고, 지나치게 불쾌했다. 노인의 생김새가 이곳의 풍경과 너무나 이질적이었기 때문이다. 그렇게 느끼고 있는 스스로의 마음에 양심의 가책이 들었다.

경비실에 올 때 멀어 보였던 길은 생각보다 짧았다. 미연은 순식간에 112동으로 돌아와 엘리베이터에 몸을 실었다. 집으로 돌아가 어수선한 이사 풍경을 보면서 현실로 젖어 들고 여러 복잡한 감정을 잊고 싶었다.

"엄마!"

미연이 짐을 넣느라 열려있는 현관문 안으로 몸을 넣었을 때 지호의 목소리가 들렸다.

"엄마 어디 갔다 왔어?"

"으응, 밖에 잠깐."

미연은 대충 둘러대며 신발을 벗었다. 이삿짐 사이를 돌아다니는 인부들의 모습을 보니 다시 그녀가 아는 세계로 돌아온 듯한 안도감이 느껴졌다.

"엄마, 뛰어서 죄송해요……."

미연의 주변을 서성이던 지호가 가까이 다가와 작게 말했다.

"이제 안 뛸게."

"그래. 착해, 우리 지호."

미연은 어리광을 부리듯 자신의 허리춤에 매달린 지호를 꼭 안아주었다.

"내가 방 정리도 다 했어."

"진짜? 대단한데?"

"빨리 와봐, 엄마."

지호는 미연의 칭찬에 기분이 좋아졌는지 손을 잡은 채 그녀를 방으로 이끌었다.

"어? 이게 지호 방에 들어갔구나."

미연이 골머리를 앓던 장식장이 지호의 방에 들어가 있었다. 잘 쓰지 않는 그릇이 들어가 있는 커다란 장식장은 원목 색깔의 책상과 낮은 책꽂이, 침대나 장난감 같은 아기자기한 가구와 어울리지는 않는 데가 있었다. 그러나 방문 옆 벽에 붙이듯 세워 두니 눈에 잘 띄지 않아 방의 전체적인 조화를 크게 해치지 않았다.

"괜찮지? 내가 여기 두라고 했어."

등 뒤에서 정우의 목소리가 들렸다. 미연은 정우가 자신의 어깨를 감싸는 것을 느끼면서 집을 나섰던 이유를 생각해 냈다.

"맞다, 오빠. 경비실에 갔는데 관리사무소에 물어보라더라."

"아, 그거? 괜찮아. 재부팅하니까 되더라고. 폰에서도 돼."

정우는 그렇게 말하면서 스마트폰을 내밀었다. 'DreamHill'

이라는 글자가 상단에 떠있는 화면이 보였다. 정우가 앱을 조작하자 복도의 불이 몇 번 점멸을 반복했고, 지호의 방 천장에 붙어있는 간접조명도 은은하게 빛나기 시작했다.

"우와 신기하다!"

지호가 들뜬 목소리로 정우를 올려다보며 외쳤다. 정우와 미연은 마주 보면서 싱긋 웃었다. 요즘 지어진 아파트에는 당연히 있는 기능일지 모르나, 서울의 낡아빠진 아파트에 살던 이들에게는 생각지도 못한 것이었다.

"고생했어, 미연아."

정우는 미연을 감싼 팔에 힘을 주면서 말했다. 목소리에서는 부부로서의 동지애 비슷한 것이 전해졌다. 좁은 집에서 먹고살기 위해 전전긍긍하던 때의 압박은 더 이상 느끼지 않아도 된다. 미연은 번듯한 내 집을 갖고 있다는 게 새삼 든든했다. 지호를 키우고 살아가는 데 있어 앞으로도 여러 가지 헤쳐 나가야 할 일이 많겠지만 적어도 집 문제만큼은 큰 걱정과 에너지를 쏟지 않아도 된다. 그것만으로도 복잡한 삶을 이겨내는 데 남보다 조금 더 수월해질 것이다. 사람들은 그래서 집을 갖고 싶어 하는지도 모른다.

"오빠도."

미연은 정우의 팔에 자신의 손을 올려놓고 토닥였다. 싫든 좋든 정우가 그녀의 남편인 사실은 변함이 없었고 앞으로도 그럴 것이다. 미연은 정우의 팔 온도를 느끼면서 아까 겪었던 일을 털어놓으려던 마음을 접었다. 나이 든 경비의 험상궂은 외모 이야기를 해서 얻는 게 뭐가 있다는 말인가. 지금 느끼는 평화를 깨고 싶지 않았다.

"이제 짜장면 먹으러 가?"

지호의 말에 정우가 너털웃음을 터트렸다.

"그래, 가자."

* * *

이삿짐 트럭이 떠난 뒤 셋은 쇼핑몰로 향했다. 솔직히 말하면 미연과 정우 모두 집에서 중국 음식을 시켜 먹고 잠이나 자고 싶은 심정이었으나, 종일 지루한 이사 과정을 견뎌준 지호에게도 보상이 필요했다. 이사할 때 으레 필요한 잡동사니들도 구입해야 했고.

쇼핑몰 내부는 바깥처럼 넓고 깨끗했다. 토요일이어서 그런지 늦은 저녁임에도 꽤 붐볐다. 물론 유모차 한 대도 가로지르기 힘들 정도로 인파가 빽빽이 밀집해 있는 서울에 비하면 훨씬 쾌적했다. 직원이 수시로 닦고 있는 인공 대리석 바닥과 에스컬레이터의 손잡이도 흠집 하나 없이 반들반들했다.

개업한 지 얼마 안 되어 보이는 중국집의 짜장면은 그저 그랬지만, 지호는 입에 맞았는지 미연보다 더 먹었다. 키즈카페는 다행히 초등학교 2학년까지 출입이 가능했다. 지호는 작은 동생들 틈에서 놀아야 한다는 사실은 크게 개의치 않는 듯, 기쁜 표정으로 실내화를 갈아 신고 대형 트램펄린으로 달려갔다.

"지호야! 조심해서 놀아."

미연이 큰소리로 외쳤으나 대답은 돌아오지 않았다.

"내가 볼 테니까 너는 좀 앉아있어. 이것만 마시고 갈게."

정우는 그렇게 말하고 제 앞에 놓인 커피를 들이켰다. 그는 지호를 돌보는 데 참을성이 부족하긴 했지만 살뜰한 편이었다. 특히 주변에 사람이 많을 때는 더욱 그랬다. 외출했을 때는 대부분 정우가 지호를 돌보았다. 그러면 함께 있던 사람들은 저런 아빠가 어디 있냐며 칭찬을 늘어놓았다. 정우는 그런 시선을 즐기는 듯했다.

정우는 평온한 표정으로 얼음을 씹고 있었다. 그러나 미연의 마음은 싱숭생숭했다. 검고 어두운 창문 사이로 불쑥 드러났던 경비원의 외모는 여전히 그녀의 마음에 강렬한 인상으로 남아있었다. 그런 사람이 아파트 단지를 돌아다니며 지호의 등하교를 지켜본다고 생각하니 기분이 이상했다. 한낮의 햇볕이 잘 어울리는 평화로운 놀이터 근처에 자리 잡고 있던 경비실 건물마저 기이하게 여겨졌다.

미연은 정우에게 자신이 느끼고 있는 불쾌감에 대해 설명하고 싶었지만 입이 쉽게 떨어지지 않았다. '경비원의 외모가 불쾌하다'는 주장이 머릿속에서는 납득이 되는데, 막상 말로 옮기려고 하니 스스로가 굉장히 오만한 사람으로 느껴졌기 때문이다. 기자라 그런지 원래 성격인지, 정우는 누군가의 외모나 특성을 차별하는 식의 발언에 강한 거부감을 가지고 있는 편이었다. 미연의 말에 동조하기는커녕 비난을 쏟아낼지도 모를 일이었다.

"뭐 해?"

미연이 고민에 빠져있는 동안 정우는 제 몫의 아이스커피를 전부 마셨다.

"아니……, 아무것도."

"피곤해?"

"그런가 봐."

"나도 졸립다. 지호 조금만 놀게 하고 가자."

정우는 하품을 하며 자리에서 일어섰다. 평소 부리부리한 눈매가 지금은 움푹 들어가 있었다. 그는 기지개를 켜며 아이들이 놀고 있는 시설물 쪽으로 걸음을 옮겼다.

미연은 정우가 걸어간 쪽을 잠시 지켜보다 자리에서 일어섰다. 그녀를 잠식하려는 찜찜한 기분을 떨쳐내기 위해서다. 지호가 노는 모습을 지켜보며 낮 동안의 기억을 잊고 싶었다.

들어올 때는 몰랐는데 시설물의 규모가 꽤 큰 것 같았다. 모래밭이나 작은 풀장, 대형 미끄럼틀 같은 것이 곳곳에 설치돼있었고, 그 사이를 따라 나무로 만든 기차선로 비슷한 것이 이어졌다.

"엄마, 엄마!"

작은 기차가 선로를 횡단하는 중이었다. 무지개 색깔의 순서대로 페인트가 칠해진 기차 칸마다 아이들이 앉아있었고, 중간쯤에서 지호가 손을 흔들었다. 미연은 지호에게 마주 손을 흔들어 주었다. 증기관 효과음이 나오는 스피커가 달린 맨 앞 칸에는 '성인 탑승 금지'라고 쓰인 팻말이 붙어있었다.

"지호야, 여기도 봐."

스마트폰을 들어 올린 정우가 지호의 옆을 동영상으로 촬영하며 따라갔다. 정우의 화면에는 웃으며 손을 흔들고 있는 지호의 모습이 보였다.

미연도 정우와 함께 기차선로 옆을 걸었다. 아이들이 왁자지껄 떠드는 소리에 이따금 들려오는 인위적인 경적 소리가 기분을 좋아지게 했다. 미연이 지호를 촬영하는 정우를 사진으로 찍어두면 좋겠다는 생각을 하고 있을 때 옆에서 누군가가 말을 걸었다.

"저기."

"네?"

"이거, 여기에서 끝나는 건가요?"

미연은 작은 목소리가 들린 쪽으로 고개를 돌렸다. 그녀보다 몇 살 어린 듯한 여성이 지호 또래로 보이는 여자아이의 손을 잡고 있었다. 조그마한 체구에 오밀조밀한 이목구비가 닮은 모녀였다.

"지난주에는 없었던 거 같은데……. 우리 애가 타보고 싶다고 하네요."

여성이 미연에게 머뭇머뭇 말하는 동안, 그녀의 딸은 몸을 조금 꼬면서 미연을 힐끔거리고 있었다. 낯을 가리는 아이들 특유의 동작이 귀여워 미연의 경계심을 풀어지게 했다.

"글쎄요, 저도 잘 모르겠어요. 오늘 처음 왔거든요."

"아아……."

그녀는 미연의 말을 듣고 꽤 난감한 표정을 지었다. 거기에는 보는 사람으로 하여금 죄책감을 불러일으키게 하는 점이 있었다. 미연이 껄끄러움에 자리를 피하려고 할 때 마침 기차가 멈췄다.

"엄마, 우리 가야 돼?"

기차 안에 앉아있던 지호가 고개를 내민 채 물었다. 미연이 서있는 선로 반대편에는 정거장 대신 벤치와 팻말이 세워져 있었다. 딸을 데리고 있던 여자는 이것을 보고 미연에게 물었던 것 같았다.

"더 놀아도 돼. 그런데 친구도 타보고 싶대, 지호야."

미연은 몸을 조금 비켜 여전히 같은 자리에 서있는 모녀의 모습을 지호에게 보여주었다. 기차 주변에서 몇 명의 아이가 알짱거리며 빈자리를 노리고 있었기에, 지호가 양보를 해주지 않으면 탈 수 없을 것 같았다.

"그래, 그럼 타."

지호는 고개를 끄덕인 뒤 시원스럽게 의자에서 일어났다. 그 모습을 보고 미연의 옆에 서 있던 여자가 반색을 했다.

"어머, 고마워. 정말 착하네."

"엄마, 더 놀아도 되지? 아빠랑 미끄럼틀 탈래."

"응, 더 놀아."

"여기 앉히세요."

지호를 의자에서 일으켜 세워주던 정우가 여자를 보고 말했다.

"감사합니다. 채윤아, 친구가 비켜줬네. 고맙다고 해야지."

"……."

채윤이라고 불린 아이는 고개를 조금 들고 기차를 한번 쳐다봤지만 여전히 말이 없었다. 꼼꼼하게 땋은 갈래머리에, 한눈에 봐도 고급스러운 재질의 원피스를 입고 있었다. 집에서도 꽤 예쁨을 받는 것 같았다.

"이름이 채윤이야? 몇 학년?"

미연이 말을 걸자, 채윤은 작은 입술을 몇 번 오물거리다 입을 열었다.

"나두……."

"응?"

들릴 듯 말 듯한 목소리에 미연이 허리를 조금 숙이자 채윤이 말했다.

"나두…… 같이 미끄럼틀 타도 돼요?"

"같이?"

채윤의 엄마가 조금 놀란 표정을 지었다.

"그럴래? 지호야, 친구랑 같이 미끄럼틀 타러 가."

"응."

지호가 고개를 끄덕였다. 정우가 손짓을 하자 채윤은 엄마의 손을 놓고 금세 둘을 쫓아갔다.

"기차를 타고 싶다고 조르더니, 지호랑 같이 놀고 싶었나 봐요."

채윤의 엄마는 멀어지는 셋의 뒷모습을 보며 멋쩍은 듯이 말했다.

"얼마 전에 이사를 와서 친구가 별로 없거든요. 오늘은 애 아빠도 출근했고……."

"어머, 저희도 오늘 이사 왔어요."

미연은 반가운 마음에 저도 모르게 큰 소리를 내서 말했다. 그러자 채윤엄마의 눈이 동그랗게 변했다.

"정말요?"

그것을 계기로 둘은 경적 소리를 내며 다시 움직이기 시작하는 기차선로 옆에 선 채로 대화를 하기 시작했다. 지호와 채윤이 같은 나이라는 것을 알게 되고 나자 수다에 더욱 불이 붙었다.

채윤이도 지호처럼 외동이었다. 채윤엄마에 따르면 남편 직장의 부서가 이쪽으로 발령이 나면서 서울에서 이사를 오게 되었다고 했다. 채윤아빠의 직장은 이름만 들으면 알만한 대기업의 전자 부품을 다루는 계열사였으므로 미연은 정우가 그다지 크지 않은 언론사에 다닌다는 것을 말하지 않은 채 그냥 기자라고 소개를 했다.

"기자도 주말에는 쉬시는군요. 아빠가 지호랑 잘 놀아줘서 편하시겠어요."

채윤엄마도 다른 사람과 마찬가지로 정우에 대한 칭찬을 늘어놓았다. 미연이 말없이 쓴웃음을 짓자 그녀는 이야기의 소재를 자연스레 다른 것으로 옮겼다. 미연이 청약 당첨으로 이사를 오게 됐다고 하자 깜짝 놀라며 미연의 가족이 얼마나 운이 좋은지를 조금 과장스럽게 칭송했다. 그것이 채윤엄마에 대한 미연의 호감을 더욱 높였다.

"그런데 무슨 아파트예요?"

"드림힐이요. 서하동에 있는."

미연은 말하고 나서 민망하게 웃었다.

"이름이 좀 유치하죠? 드림힐이라니……."

그러나 채윤엄마는 말이 없었다. 눈을 조금 크게 뜨고 미연을 빤히 쳐다보고 있을 뿐이었다. 놀라서 굳어져 있는 것처럼 보이기도 했다.

"저, 채윤어머니?"

"어머, 죄송해요."

채윤엄마는 곧 손을 내저으며 아무렇지 않은 듯 웃었다.

"잠깐 딴생각을 했어요. 저희 집은 호안동이에요. 잘하면 지호랑 우리 채윤이랑 같은 초등학교에 다니겠네요."

　그러면서 채윤엄마는 빠르게 말을 이었다. 자신들의 집은 호
안동에 재작년 지어진 신축 아파트인데, 회사에서 대출을 도맡
아 줘 큰 번거로움 없이 아파트를 살 수 있었다. 채윤이가 원래
는 참 활달하고 영어 유치원에서도 친구가 많았는데 오늘은 둘
이 오는 바람에 저렇게 낯을 가린다. 발레나 첼로 학원을 알아
보고 있는데 마침 단지 근처에 알맞은 학원 한 곳이 있더라는
등의 이야기가 이어졌다.

　남편의 능력과 재력에 대한 약간의 자랑과 과시가 섞여있는
이야기였다. 미연은 거기에는 별로 신경이 쓰이지 않았다. 그
녀의 신경을 빼앗는 것은 채윤엄마의 태도였다.

　그녀는 일부러 수다스러운 척을 하고 있었다. 늘어놓는 말도
두서가 없었다. 마치, 앞서 했던 이야기를 듣지 못한 사람처럼
행동하려는 것 같았다. '드림힐'이라는 단어가 미연의 입에서
나오기 전까지는 그런 모습이 보이지 않았다.

　드림힐아파트가 왜요? 미연은 그렇게 말을 하려고 했지만,
곧 키즈카페 영업이 종료된다는 안내 방송이 흘러나왔고 잠시
후에는 정우가 채윤이와 지호의 손을 잡고 돌아왔다. 채윤엄마
는 학교에서 볼 수 있으면 좋겠다는 말과 어울리지 않게 어색
하게 웃는 얼굴을 만들어 보인 후 채윤이와 함께 집으로 돌아
갔다.

* * *

쇼핑몰에서 돌아오는 길에 미연의 설명을 다 듣고도 정우는
시큰둥한 표정이었다.

"그게 어때서?"

"오빠는 안 이상해?"

"그 여자가 이상한 거지."

정우는 핸들을 잡은 채 별일 아니라는 듯 말했다. 쇼핑몰에
서 아파트 단지로 이어지는 길은 꽤 막혔다.

"아파트에 문제가 있다는 얘기는 지금까지 못 들었어. 우리
가 모르는 걸 알고 있었다면 그냥 말하면 되는 거고."

"……."

"미연아, 쓸데없는 소리에 신경 쓰지 마. 안 그래도 할 일이
많잖아."

"오빠는 무슨 할 일이 그렇게 많아서?"

미연은 날 선 말투로 쏘아붙였다. 그녀도 정우의 말이 틀린
것은 아니라고 생각했지만, 자신의 걱정을 쓸데없는 것으로 치
부하는 남편의 태도가 마음에 들지 않았다.

그러자 정우는 뜻밖의 이야기를 했다.

"빨리 집 정리를 해야지. 엄마랑 지수도 곧 올 텐데."

미연은 깜짝 놀라 정우를 돌아보았다.

"어머님이 오신다고?"

"이사했는데 와야지."

"언제?"

"내일."

"내일?"

미연의 목소리가 높아졌다. 뒷자리에 앉아 반쯤 졸고 있는 지호를 깨우지 않으려면 작게 말해야 했으나, 당장 내일 시어머니와 시누이가 온다는 말에 놀란 그녀는 그럴 수 없었다.

"그걸 지금 얘기하면 어떡해? 집에 먹을 것도 없어."

"시켜 먹으면 되지. 내일 못 올 수도 있다고 해서 말 안 한 거야."

"그게 문제가 아니라! 하……."

미연은 짜증스러운 한숨을 내쉬었다.

"어제부터, 아니 오늘 아침에라도 말했으면 준비를 했잖아. 오늘 이사 왔는데 어떻게 내일 당장 집들이를 해?"

"집들이 아니라니까. 잠깐 와서 밥만 먹고 갈 거래."

"그게 그렇게 돼? 어머님, 배달 음식도 싫어하시잖아."

"그럼 오지 말라고 할게, 됐나?"

미연이 신경질적으로 말하자 정우는 다소 거친 동작으로 핸들을 꺾으면서 말했다. 그의 목소리에도 짜증이 잔뜩 어려 있었다.

"어차피 못 올 수도 있다고 했으니까. 그냥 내가 오지 말라고 하면 되겠네."

"오빠, 지금 오빠가 짜증 낼 일이야? 애초에 일찍 말하지 않은 게 잘못이지!"

"너 같으면 말하고 싶겠냐?"

정우는 격양된 목소리로 말을 이었다.

"우리 엄마 온다는 얘기만 꺼내도 네가 이렇게 짜증을 내는데, 말하고 싶겠냐고!"

"지금 내 잘못이라는 거야?"

"그러니까 애초에!"

정우가 무언가 더 말하려는 순간, 갑자기 뭔가가 확 튀어나와 차 앞을 가로막았다.

"꺄악! 오빠!"

고개를 앞쪽으로 향하고 있던 미연은 시야에 갑자기 흰 무언가가 불쑥 들어온 것을 보고 있는 힘껏 비명을 질렀다.

"씨발!"

거기에 놀란 정우는 욕설을 내뱉으며 브레이크를 밟았다. 동시에 쾅 하는 충격과 약간의 흔들림이 차체에 느껴졌다.

"으아아앙!"

차가 멈추자 뒷좌석에서 지호가 발작적으로 울음을 터트렸다. 미연은 고개를 틀어 지호를 돌아봤다. 지호는 안전벨트를 꽉 쥐고 몸을 움츠린 채 눈물을 뚝뚝 흘리고 있었다. 분명 평소처럼 둘의 말다툼이 끝날 때까지 숨을 죽이고 기다리고 있었을 것이다. 미연은 우선 지호를 달래려고 했다.

"지호야, 괜찮……."

"어억!"

갑자기 앞 유리 쪽을 보고 있던 정우가 외마디 비명을 질렀다. 보닛 위에 긴 머리를 허리까지 늘어뜨린 여자가 개구리처럼 엎어져 있었다. 얼굴을 차체에 박다시피 하고 있어 어떻게 생겼는지는 보이지 않았다. 헤드라이트에 비추어진 옷은 원래 흰색이었는데 회색이 된 건지, 검은색이었는데 바랜 것인지 모를 정도로 낡고 더러웠다.

정우와 미연이 말다툼을 하고 있긴 했지만, 이미 아파트 단지 내에 접어든 차는 속도를 거의 내지 않고 있었다. 여자가 고의적으로 차 앞을 가로막은 것 같았다. 미연이 기억하기로는 그랬다.

"오빠, 이상한 사람 같아. 어떡해?"

"있어 봐. 여기서 차를 움직이면 뺑소니가 돼."

여자가 천천히 고개를 들었다. 산발이 된 머리나 옷과 달리 얼굴은 의외로 깨끗했다. 마르고 창백한 피부는 주름 때문에 나무껍질처럼 보였다. 그것이 차의 헤드라이트로 섬찟한 음영을 만들어 내고 있었다. 사시가 있는 건지, 양쪽 눈의 눈동자가 각기 흔들렸다. 눈빛을 보니 정신이 온전치 못한 사람으로 보였다. 그녀는 미동도 하지 않고 있었다. 개구리처럼 납작 엎드렸던 상체를 조금 일으킨 자세를 그대로 유지하는 중이다. 동공에 힘이 풀린 눈동자는 데굴데굴 구를 뿐, 아까부터 한번도 깜빡이지 않았다.

"젠장……."

정우는 혀를 한번 쯧 차고 운전석의 창문을 내린 후 고개를 창밖으로 약간 내밀었다.

"비키세요!"

"……."

"나오라고요! 경찰에 신고하기 전에!"

여자는 그제야 차체에 달라붙어 있던 몸을 일으켰다. 그녀의 시선은 정우와 미연 사이를 이리저리 움직이고 있었다. 눈의 흰자는 누렇게 변해있고 검은자는 보통 사람에 비해 훨씬 작았다. 미연은 두려운 마음에 정우의 어깨를 잡으며 다시 재촉했다.

"오빠, 빨리 가자."

"나 참 별……."

정우가 투덜대면서 차를 다시 움직이려고 했다. 그러나 일어선 여자가 운전석의 열린 창문 안으로 재빨리 얼굴을 들이미는 게 더 빨랐다.

"아악!"

"꺄아악!"

정우와 미연은 누가 뭐라 할 것 없이 비명을 질렀다. 여자의 얼굴과 어깨 절반이 차 안으로 완전히 들어와 있었다. 그녀는 그 상태로 온 얼굴에 주름을 잡은 채 커다랗게 웃기 시작했다.

"하하! 하하!"

여자는 입꼬리가 거의 귀밑까지 찢어질 정도로 웃었다. 바싹 마른 얼굴의 살가죽이 온통 밀려 올라가 잔뜩 주름을 만들었다. 벌어진 입술 사이로 보이는 이는 치석이 잔뜩 끼어 검은색에 가까웠다. 그마저도 몇 개 없었다.

"하하하!"

미연이 얼어붙은 채 꼼짝하지 못하는 동안 여자는 손가락을 천천히 들어 차 안으로 밀어 넣었다. 긴 손톱 아래에 때가 잔뜩 낀 손가락은 뒷좌석을 가리키고 있었다.

"하하하하하하!"

그때 정신이 들었는지 정우가 여자의 어깨를 손으로 확 밀쳤다. 여자가 비틀거리며 차에서 한 발짝 멀어진 사이 정우는 재빠르게 기어를 바꾸고 차를 후진시켰다.

미연은 겁에 질려 계속해서 앞을 응시했다. 여자가 금방이라도 차를 따라 달려올 것만 같았다. 그러나 그녀는 그 자리에 가만히 서있을 뿐이었다. 헤드라이트에 비친 여자의 얼굴에는 여전히 소름끼치는 미소가 가득했다.

정우는 두 손으로 핸들을 잡고 앞만 바라본 채 아무 말도 없이 집까지 돌아왔다. 미연은 지호가 바지에 오줌을 쌀 정도로 겁에 질려있었다는 것을 나중에서야 깨달았다. 그날 밤 지호는 가벼운 경기를 일으켰다.

*  *  *

지호는 어렸을 때부터 크게 놀라거나 몸을 심하게 움직인 뒤에는 종종 악몽을 꾸거나 경기를 일으켰다. 조그만 아이가 손발을 부들부들 떨며 우는 것을 보면 안쓰럽기 그지없었다.

그러니 이사 첫날부터 정신 나간 여자와 맞닥뜨린 지호가 그날 밤 발작에 가깝게 운 것도 이상한 일은 아니었다.

다음 날인 일요일도 지호는 전날의 충격 탓인지 침대에서 쉽게 일어나지 못했다. 밥도 먹는 둥 마는 둥 하며 끙끙 앓았고, 방에 혼자 있는 걸 무서워해 미연이 같이 있어 줘야 했다.

"엄마, 귀신이 나오면 어떻게 해?"

침대에 누워있던 지호가 눈물이 그렁그렁한 채 물었다. 미연은 안쓰러운 마음에 지호의 머리칼을 쓸어주며 물었다.

"귀신이 왜 나오니?"

"옛날에 어떤 아파트에 얼굴이 하얀 귀신이 나왔대. 밤에 나와서 사람들을 괴롭히는데 어떤 사람이 죽었대."

"옛날에? 어떤 사람? 지호야, 그게 무슨 말이야?"

미연이 의아하게 묻자 지호는 무언가 말하려는 듯하다 풀 죽은 얼굴로 입을 다물었다. 그것을 본 미연은 짐작 가는 데가 있어 지호를 다그쳤다.

"이지호, 너 또 유튜브에서 무서운 거 봤지?"

미연은 지호가 숙제를 마치거나 심부름을 했을 때마다 보상으로 유튜브를 볼 수 있게끔 하고 있었다. 최근에 지호가 빠진 것은 〈괴담도시〉라는 케이블 방송의 클립 영상이었다. '빨간 마스크에게서 도망치는 법'이나 '전교 2등에게 억울한 죽임을 당한 전교 1등의 원한' 같은 고루한 괴담을 적당히 재연하는 수준 낮은 프로그램이지만 아이들 사이에서는 인기가 좋은 것 같았다. 지호는 그 나이 또래가 그렇듯 무서운 이야기에 겁을 먹으면서도 한편으로는 보고 싶어 했다. 문제는 가끔 말도 안 되는 이야기를 듣고 나서 며칠 동안이나 무서움에 떤다는 것이었다.

미연은 여러 차례 지호에게 〈괴담도시〉를 보지 말라고 혼냈지만 별 소용이 없었다. 맞벌이 부부에게 있어, 아침 7시에 집을 나서 12시간 넘게 학교와 학원을 떠돌다가 귀가하는 아홉 살짜리 아이의 모든 것을 통제하기란 쉽지 않다. 담임과 학원 원장들에게 지호의 취향을 듣고 배울 때마다 미연은 자신이 엄마는 맞는 건가 싶은 생각이 들었으며, 그런 점이 응석을 받아주는 요인으로 작용했다.

"엄마가 그거 보지 말라고 했잖아."

지호는 눈만 도르르 굴릴 뿐 말이 없었다. 미연은 울상이 된 지호를 더 다그칠 것도 없다 싶어 다시 타이르듯 말했다.

"거기 나오는 거 다 지어낸 이야기야. 그렇게 생각하면 무서울 게 없잖니."

"근데…… 그 아줌마는 진짜 나왔잖아. 얼굴 하얀 아줌마."

지호는 머뭇머뭇 말을 이었다.

"엄마, 얼굴 하얀 귀신은 악마가 피를 다 뽑아가서 그런 거래. 그래서 밤에 돌아다니면서 다른 사람한테 피를 뽑으려고 한대."

"어휴, 그런 이야기를 들으니까 무서운 꿈을 꾸지."

미연은 어이가 없어서 풋, 하고 웃었다. 악마가 뭔지는 알고 무서워하는 걸까.

"그 귀신이 피를 뽑아가서 어떻게 한대?"

"자기 몸에 넣는대……."

"어떻게? 귀신인데? 그리고 혈액형이 다른 피를 넣으면 죽어. 아 참, 귀신이니까 죽을 수도 없겠네."

미연의 설명에 지호는 안심이 되었는지 턱밑까지 끌어올렸던 이불을 조금 내렸다. 미연은 지호의 손을 잡고 천천히 말했다.

"지호야, 그 여자는 귀신이 아니야. 조금 정신이 이상한 사람이래."

"엄마가 어떻게 알아?"

"부동산 아주머니한테 물어보고 왔어."

그 여자는 드림힐아파트가 지어지기 전 낡은 빌라촌에 살던 여자로, 밤낮으로 동네를 쏘다니며 민폐를 끼치곤 했다고 한다. 주로 지나가는 사람에게 소리를 지르거나 특히, 만만한 아이들에게 달려들어 겁을 주는 것을 즐기는 것처럼 보였다고 했다. 물리적인 해를 주는 것은 아니니 경찰에 신고해도 뾰족한 수가 없어, 피해 다니는 게 상책이라는 것은 부동산 사장의 조언이었다.

"……."

지호는 그래도 믿지 않는 눈치였다. 석연찮은 태도에 미연은 스마트폰을 꺼내 들었다.

"이거 봐. 맘카페에서도 그러더라."

지호는 미연에게 몸을 가까이 붙이고 화면을 들여다보았다. 드림힐 단지 근처에 이상한 여자가 있다, 우리 애도 놀라서 남편이 화를 냈다는 등의 게시글 몇 개를 보고 나서야 지호는 조금 납득한 듯한 표정을 지었다. 스마트폰에 익숙한 지호에게는 부동산의 이야기보다 맘카페의 댓글들이 더 믿음직할지도 몰랐다.

"지호가 자꾸 무서운 영상을 보니까 그렇게 생각이 되는 거야. 혼자 방에 있으면 귀신 나올 거 같고, 화장실도 못 가고. 이제 2학년인데 그러면 어떻게 해? 유치원생 아니잖아."

"으응……."

"그러니까 그런 유튜브 이제 보지 마. 여기 사는 친구들도 그런 건 안 볼걸."

"진짜? 우리 반에서는 다 봤는데……. 그럼 여기는 뭐 봐?"

"글쎄? 내일 학교 가니까, 지호가 직접 물어보자."

지호는 석연찮은 표정으로 고개를 끄덕였다. 다시 꼬물꼬물이불 속으로 기어들어 가는 지호를 보며 미연은 마음이 복잡해지는 기분이 들었다.

사람 사는 동네에 정신이 이상한 사람이 한두 명쯤 있는 것이야 드물지 않은 일이다. 서울에 있을 때는 베란다 밖에서 들려오는 취객의 고성 같은 것에 익숙했다. 그러나 미연이 동명시로 이사 오면서 꿈꿨던 목표에 따르면 드림힐에는 그런 사람이 없어야 했다. 여기에는 귀찮게 따라오며 손에 전단지를 억지로 쥐어주거나 느닷없이 말을 걸어 오며 사이비 종교를 강권하는 사람은 없어야 했다. 집 현관에서 아파트 바깥으로 나갈 때까지 입주자들이 서로를 마주치지 않을 수 있도록 프라이버시가 보장돼야 했다. 놀이터는 깨끗하고, 관리실은 친절하며, 아파트 내부의 시설들은 외부인에게 공개돼 있지 않을 뿐만 아니라 주차 공간도 넉넉해야 했다. 근처에는 각종 편의시설을 갖춘 깨끗한 쇼핑몰과 맛집이 가득한 상가가 있어야 했다.

실제로 이사 후 와서 보니 대부분은 미연이 꿈꾸던 그대로였다. 그러므로 그 여자의 등장은 사실 지호뿐만 아니라 미연에게도 충격이었다. 그녀가 그리던 그림에는 존재하지 않는 것이었기 때문이다.

— 하하하! 하하하!

소름 끼치게 웃던 여자의 얼굴과 섬뜩한 목소리. 마치 미연의 행운을 비웃고 불행을 바라는 것 같던 웃음. 미연의 마음에 불안이 희미한 먹구름처럼 피어올랐다.

간신히 진정된 지호가 잠들고 나서 정우와 미연은 대충 정리된 식탁에 앉아 치킨 한 마리를 나눠 먹었다.

"주말 내내 수고했어."

정우는 그러면서 콜라 캔의 끝부분을 부딪쳐 왔다. 결국 정우는 직접 전화를 걸어 시어머니와 시누이의 방문을 한 주 뒤로 미뤘다. 지호의 상태가 좋지 않았던 것이 도움이라면 도움을 준 셈이었다.

"당신도. 그리고 내일 지호 등교 잘 부탁해."

"그냥 가서 인사시키면 되나?"

"응. 담임선생님 인상 어떤지 잘 보고 와줘."

미연의 당부에 정우가 고개를 끄덕였다. 미연도, 내일이 새 집에서 첫 출근인 셈이라 평소보다 두 시간 정도 일찍 집을 나설 생각이었다. 정우가 근무하는 언론사는 여기서 멀지 않았고, 출근 시간도 자유로웠기 때문에 지호의 전학 첫날 등교는 정우가 담당하기로 했다.

"지호 학원은 어떻게 됐어?"

다리 한 조각을 집으며 정우가 물었다.

"일단 아침에 돌봄교실 맡기면 8시까지 데려다줘도 돼. 월수금은 영수 학원 등록했어. 화목은 컴퓨터랑 태권도 보내면 될 것 같아."

"학습지는?"

"담당 선생님만 바꾸면 돼서 그것도 그대로 하고."

"너무 많지 않아?"

"이것도 다른 애들에 비하면 적은 거야."

미연의 말에 정우는 치킨 다리를 한 입 베어 물며 눈살을 찌푸렸다.

"확실해? 당신이 신경 좀 잘 써줘. 알잖아."

정우가 고기를 우물거리며 말했다. 미연은 한숨을 쉬는 대신 콜라를 마셨다. '당신보다는 내가 잘 알지 않을까'라는 말도 함께 삼켰다.

미연은 서하동으로 이사 오기 전부터 '동명시 맘카페'에 가입해서 인근 학원의 정보를 찾아봤다. 드림힐이 워낙 대단지라 그런지, 새로 생긴 상가에는 학원들도 꽤 있었다. 미술이나 피아노, 바이올린은 물론이고 축구와 테니스 교실도 있었다.

그러나 '너무 많은 부담을 주지 말라'는 아동심리상담센터의 조언을 무시할 수는 없었다.

지호는 지극히 평범한 아이다. 체형도 표준이고, 숙제는 시키는 대로 곧잘 하지만 부주의한 탓에 가끔 받아쓰기를 왕창 틀려 오거나 준비물을 깜빡하기도 하는 보통의 초등학생이다. 1학년 담임에게는 '지호는 친구들과 잘 지내요'라는 밋밋한 평가를 받았다. 짓궂은 남자아이들이 할 법한 사고를 치는 일도 없었다.

그러나 단 한 번, 지호가 집안을 발칵 뒤집어 놓은 적이 있었다. 제 친할머니에게 전화를 걸어 '엄마가 나를 버리고 집을 나갔다'며 대성통곡을 한 것이다.

그날 지호는 총 네 군데의 학원을 들렀다 집에 가야 했다. 그런데 미술 학원에서 영어 학원으로 이동할 때쯤, 지호가 갑자기 할머니에게 전화를 걸어 그렇게 말한 것이다. 지호를 끔찍하게 생각하는 미연의 시어머니는 기겁해서 집을 나섰고 경찰에는 실종신고까지 했다.

당연히 거짓말이었다. 미연은 다른 날과 똑같이 회사에 출근했다. 차이가 있다면 점심시간에 짬을 내 정우를 만나느라 지호에게 전화를 거는 것을 깜빡했을 뿐이다. 지호는 미연이 평소와 같이 출근했다는 것을 알면서도 '엄마가 일을 쉬고 놀아주기로 했으면서, 나를 버리겠다며 집을 나갔다'고 거짓말을 했다.

사건 접수를 할 필요조차 없다는 것을 알게 된 경찰이 심드렁한 표정으로 돌아간 뒤 집안 분위기는 말이 아니었다. 회사에 양해를 구해 조퇴를 하고 허둥지둥 돌아온 미연에게는 시어머니의 폭언이 쏟아졌다. 정우가 뜯어말리지 않았더라면 시어머니는 미연으로부터 지호를 빼앗아 가버렸을지도 모른다.

미연은 정우와의 논의 끝에 지호를 데리고 상담센터를 찾아갔다. 그곳에서는 지호가 허언증 성향을 보인다는 분석을 내렸다. 여러 곳의 학원을 전전하는 생활과 학업 스트레스가 거짓말이라는 자기방어 기제를 만들었다는 설명이었다.

"학원 너무 많이 돌리게 하는 것도 안 좋으니까, 나 퇴근할 때까지는 돌봄교실 저녁에도 등록하려고. 5시까지는 해준대."

"당신이 고생이 많네."

정우가 말했다. 그의 시선은 왼쪽 손에 든 스마트폰을 향해 있었다. 염려하는 목소리는 진심처럼 들렸으나 표정은 한없이 평온했다. 그것을 보고 있자니 미연은 그녀가 전전긍긍했던 문제를 정우와 공유하고 싶어졌다.

"오빠."

"어?"

"그 여자 또 나오면 어떻게 해? 지호가 저렇게 놀라니까 걱정돼."

"뭘 어떻게 해. 피하면 되지."

정우는 여전히 감정의 동요가 없는 표정으로 미연을 바라보았다.

"애 놀라지 않게 네가 잘해. 경비한테 말하든가."

"맞아! 그, 112동 경비 할아버지도 이상해, 오빠."

미연은 마침 잘됐다 싶어서 입을 열었다. 경비원을 보고 그녀가 느낀 섬뜩함에 대해 최대한 논리적이며 설득력을 높일 수 있는 쪽으로 이야기하려 애썼다. 미연 자신의 느낌보다는 객관적 사실만을, 그러니까 경비실에 있던 낡은 공구라든가 그의 불친절한 태도에 대해서 열심히 설명했다.

"그런 일 하는 사람들이 다 그렇지 뭐."

그러나 정우는 너무나도 간단하게 미연의 의견을 일축해 버렸다.

"네가 그때 좀 피곤했잖아. 그래서 과하게 무서웠을 수도 있어."

"그래도, 오빠는 불안하지 않아? 이런 새 아파트에 그런 사람들이 둘이나 있는 것도 너무 이상해."

"네가 말하는 그런 사람들이 뭔데?"

정우가 픽 웃으면서 말했다. 선이 굵은 얼굴 위에 드리우는 미소는 멋있지만, 거기에는 비이성적인 이야기를 떠드는 상대방을 바라보는 사람의 엄격함 같은 것이 함께 깔려있었다. 미연은 남편의 그런 미소를 볼 때마다 어쩐지 주눅이 드는 자신을 느꼈다.

"그냥…… 이상한 사람들 있잖아."

"봐. 제대로 설명도 못 하네."

"내 말은…….."

"미연아."

정우가 스마트폰을 쥐고 있던 손을 까딱했다.

"네가 지금 지호랑 다를 게 뭐야."

"뭐가?"

"괜히 쓸데없는 걱정 만들어서 스트레스 받고. 안 그래도 바쁘고 일 많은 사람이 그럴 거 없어. 지금은 지호 적응시키는 데

나 집중해."

미연의 걱정을 포함한 정우의 설득은 그럴듯했다. 당장 내일 건조기 배송 업체와 에어컨 설치 업체에 클레임을 걸어야 하는 판국에 일어나지도 않은 일을 염려하는 것은 불필요한 일일지도 모른다. 미연은 정우가 시답잖은 일로 호들갑을 떠는 류의 여자들을 경멸하는 것을 잘 알고 있었다. 그녀 자신도 감정적인 아내가 되고 싶지는 않았다.

"어쨌든, 나는 그 사람들 다시 안 마주쳤으면 좋겠어."

"그럴 거야."

정우가 스마트폰 화면을 들여다보면서 대꾸했다.

\* \* \*

교구장의 집은 이전보다 한층 넓어졌다. 교구장은 그것을 '실천의 결과'라고 표현했다. 만세교 신자들에게 있어 '실천'은 매우 중요한 의미다. 천지 만물을 존중하는 '자유'를 마음껏 누리고 그것을 구체적인 '실천'으로 옮길 때 '행복'이 온다는 것이 바로 상제님의 진리이니 말이다. 상제님의 설교에는 항상 같은 가르침이 담겨있다. 이해하기 쉽고, 받아들이기도 쉽다. 세상의 종말이 오니 자신을 따라야 한다는 고루하고 비논리적인 주장 따위는 없다. 다경을 포함한 모든 만세교 신자들은 그런 점을 좋아해 함께 모이는 것이다.

"오셨군요."

"안녕하세요."

기도회 참석을 위해 교구장의 집을 찾은 다경은 먼저 도착한 이들과 돌아가며 인사를 나누었다. 하나같이 친절하고 웃는 얼굴이다. 다경은 그 따뜻함이 좋았다. 거실에는 이미 열 명 가까이 되는 사람이 둥글게 원을 만들어 앉아 도란도란 이야기를 나누고 있었다. 다경도 그 틈에 끼어 앉기 위해 엉거주춤 허리를 숙였다. 그러자 사람들이 조금씩 엉덩이를 움직여 자리를 마련해 주었다.

"감사해요."

다경은 옆자리에 앉은 남자에게 가볍게 고개를 숙이면서 말했다. 그가 말없이 다경을 내려다보는 것이 느껴졌다. 그녀는 남자와 눈을 마주치고 상냥하게 웃었다.

"그럼, 시작할까요."

누군가가 그렇게 말하자 둘러앉은 사람들이 고개를 끄덕였다. 거실은 곧 고요한 침묵에 잠겼다. 다경도 조용히 숨을 고르며 명상에 빠져들었다.

"아아아아아!"

얼마 지나지 않아, 다경의 맞은편에 있던 여자가 큰 소리로 고함을 치기 시작했다. 그것을 시작으로 사람들의 아우성이 시작됐다. 제자리에서 펄쩍펄쩍 뛰는 사람도 있었고, 옷을 찢으며 울부짖는 사람도 있었다. 땅에 엎드려 엉덩이를 하늘로 치켜올린 채 크게 웃는 사람도 있었다. 누구 하나 옆 사람을 신경 쓰지 않고 마음껏 자신을 표현했다. 그야말로 '행복'의 '실천'이었다.

"아! 아! 아! 아! 아!"

다경 또한 머리채를 부여잡고 있는 힘껏 목소리를 높였다. 교구장은 거실에 빈틈없이 방음 설비를 갖춰두었다. 만약 소리가 새어 나가더라도, 여기에는 다른 만세교 신자도 많이 살고 있으니까 큰 걱정을 할 필요는 없다.

"까아악! 까악!"

다경은 다른 사람들과 함께 목이 터져라 고함을 질렀다. 서로의 손을 잡거나 팔에 의지하며 통곡하는 이들도 보였다. 구석에 가만히 선채 서로를 끌어안고 다독이는 무리도 있었다. 알아들을 수 없는 말들과 비명으로 가득 찬 공간 안에 있다 보면 황홀한 약에 취한 것 같은 기분에 사로잡혔다. 그렇게 되면 도저히 자신을 가만히 놔둘 수 없었다. 머리채를 쥐어뜯고, 옷을 찢어발기고, 속옷을 집어 던졌다. 사람들은 하나둘씩 나체가 되어갔다.

이것은 진정한 해방이었다. 누구의 눈치도 보지 않고 온전한 자신을 드러낸다. 아무에게도 피해를 주지 않고 자유를 얻는다. 거기에서 행복을 찾는다. 그야말로 상제님의 말씀을 실천하는 것과 다름없다.

거실에 모인 사람들은 너 나 할 것 없이 서로를 끌어안았다. 끊임없는 움직임이었다. 그것은 점점 더 격렬해져 갔다. 어느새 그들은 서로 짝을 지어 하나가 되고 있었다. 그러나 얽매일 필요는 없다. 얼마든지 자유롭게 서로가 원하는 쾌락을 충족시켜 주면 되는 것이다.

다경도 어느새 다른 사람들에 의해 옷이 완전히 벗겨졌다. 아까 눈을 마주쳤던 남자에 의해 그녀의 몸이 소파 위에 엎어졌다. 몇 사람의 손이 더 그녀를 탐하는 것이 느껴졌다. 다경은 열락에 빠지는 것을 느끼면서 마음껏 비명을 질렀다.

문득 다경은 어디선가 그녀를 바라보고 있는 시선을 느끼고 눈을 떴다. 거실 너머 방문 틈으로 교구장의 딸인 영희의 얼굴이 보였다. 어깨에는 교구장인 진숙의 손이 올라가 있다. 영희의 얼굴은 교구장과 같이 무표정했다. 무표정한 얼굴로 다경과 다른 이들을 지켜보는 중이었다. 곧 문이 닫혔다. 다경은 영희가 진숙의 뒤를 이어 교구장의 길을 받들게 될 거라고 했던 말을 떠올렸다.

\* \* \*

"세상에 웬일이야. 언니, 그래서 지호는 괜찮아?"

맞은편에 앉은 직장 동료인 수민의 물음에 미연은 국을 뜨면서 고개를 끄덕였다.

"원래 어렸을 때부터 놀라거나 심하게 놀면 자다가 경기를 좀 했어. 오늘은 괜찮길래 학교 보냈어."

"다행이다. 근데 그 여자 완전 미친 거 아니야? 지가 뭔데 차를 막고 삿대질을 해?"

수민은 다소 격한 목소리로 외쳤다. 다행히, 점심시간에 늘 붐비는 회사 근처 백반집의 소음은 수민의 목소리를 가볍게 파묻었다.

"말도 마. 진짜로 미친 여자였어. 거기 재개발되기 전부터 돌아다니면서 괜히 차 앞 가로막고 애들한테 소리 지르는 것으로 유명했대. 얼마나 유명했으면 부동산 사람들까지 다 알더라."

"세상에…… 조현병, 뭐 그런 거야? 고소도 못 하겠네."

"내 말이. 차로 자기를 치었다고 우기지 않은 게 다행이다 싶을 정도야."

다시 생각만 해도 두통이 도지는 것 같았다. 미연은 한 손으로 뻣뻣한 목을 주무르며 밥을 입에 넣었다.

"그냥 안 마주치는 게 젤 낫겠다, 언니. 요새 이상한 사람 워낙 많잖아. 그런 여자 없는 동네가 어디 있겠어."

"응…… 그러게."

"액땜했다 쳐. 요즘 같은 때 청약 당첨되는 거 거의 로또잖아. 게다가 동명시는 신도시니까 앞으로 집값도 더 오를 텐데."

수민이 반찬을 집으며 말했다. 투덜거리는 그녀의 목소리와 미연을 바라보는 그녀의 얼굴은 부러움을 숨기지 못했다. 미연은 그것을 보고 희미한 안도감을 느꼈다.

"학교도 바로 근처라며? 지호 다니기 편하겠다."

"그건 그래."

지호가 다니는 서하초등학교는 드림힐 단지 안에 있다고 해도 좋을 정도로 가까웠다. 초등학교를 품은 아파트, '초품아'라고 해야 할까. 지자체에서는 처음으로 '운동장 없는 학교'로 지어졌다고 했다. 모든 운동 시설이 체육관 안에 위치해 있고, 본관과 급식실, 체육관은 하나로 이어져 있어 외부인의 접근을 제한했다.

"근데 언니가 힘들겠다. 집이 너무 멀잖아."

수민은 걱정스러운 목소리로 말했다. 그녀는 미연보다 다섯 살 어린 서른둘로, 재작년에 결혼해서 아이는 아직 없었다. 둘은 이제 막 상장한 스타트업의 경영기획팀에 속해있었다. 수민은 미연과 나이 차이는 좀 났지만 워낙 싹싹한 성격이라 미연을 그다지 어려워하지 않고 살갑게 대했다. 회사에서 몇 안 되는 여성 직원이라는 점도 둘의 결속을 단단하게 했다.

"어쩔 수 없지 뭐. 한 명은 희생해야지."

미연은 자조적으로 웃었다. 회사의 근무 시간은 오전 9시부터 오후 5시, 일주일에 두 번은 4시 퇴근이라는 나쁘지 않은 조건이었으나 미연의 경우 출퇴근에 한 시간 반이 걸렸다. 아침에는 지호가 일어나기 전에 집에서 나와야 했고 퇴근하자마자 헐레벌떡 지하철을 타도 저녁 먹을 시간을 겨우 맞출까 말까 하는 상황이었다. 이마저도 정시 출근과 정시 퇴근을 가정할 때다. 야근이나 회식이 있을 때는 더 늦어진다. 오늘 아침에도 간신히 지각을 면했다.

그러나 수민을 향한 말 자체는 진심이 아니었다. 사회생활이 만들어 준 겸손이라고 해야 할까. 지금 미연에게 있어 기나긴 통근 시간은 희생보다 과업으로 인식되고 있었다. 의지할 수 있는 남편과 눈에 넣어도 아프지 않다는 시쳇말을 이해시켜 준 아들이 있는 단란한 가족, 무엇보다 행복에 정점을 찍어준 신도시 아파트를 유지하기 위해서는 미연 또한 조건이 나쁘지 않은 직장을 성실하게 다닐 의무가 있었다.

"그래서 오늘 지호 등원도 애 아빠가 했어."

미연의 말에 수민이 눈을 동그랗게 떴다.

"언니 남편이? 완전 자상하다. 우리 신랑도 나중에 애 낳으면 그래 줄까?"

"아휴, 그것만 잘해. 기자라 출퇴근 시간이 느슨해서……."

그때 테이블 위에 놓인 스마트폰에서 알림이 울렸다.

영희엄마: 안녕하세요^^

"뭐지?"

미연은 스마트폰을 집어 들었다. '영희엄마'라니, 처음 보는 이름이었다. 조리원과 유치원, 초등학교에서 만났다가 연락이 끊긴 여성들의 메신저 대화명 대부분이 아이 이름 뒤에 '맘'과 '엄마'를 붙이고 있었으나 영희라는 이름의 아이는 없었는데.

메신저를 확인하니 그것은 한 단체 대화방으로부터 온 것이었다. '안녕하세요^^'라는 대화 앞에는 '영희엄마님이 지호맘을 초대했습니다'라는 메시지만 보일 뿐이었다. 잘못 온 메시지인가 싶어 채팅방을 나가려던 미연의 눈에 새 메시지가 보였다.

영희엄마: 지호어머니

영희엄마: 아버님께 번호여쭤

채윤맘: 반가워요

영희엄마: 서연락드려요^^


채윤이라면, 그제 키즈카페에서 만났던 여자아이다. 자세히 보니 채팅방에는 미연을 포함해 총 다섯 명이 있었다.

영문을 모르는 미연은 정우에게 전화를 걸었다. 정우는 한참 신호가 가고 나서야 응답을 했다.

— 어.

"오빠 밥 먹었어?"

— 대충. 너는?

"먹고 있어. 오빠 내 번호 누구한테 알려줬어?"

— 그, 채윤인가? 키즈카페에서 만났던 애 있잖아. 걔도 지호랑 같은 반이더라고. 너랑 연락하는 게 좋을 것 같아서 그 집 엄마한테 알려줬지.

"근데 나 무슨 단체방에 초대됐어. 채윤엄마 말고도 많아."

— 그래? 친한 엄마들끼리 만든 거 아냐? 나 기자실 거의 다 왔으니까 나중에 얘기하자.

정우는 말을 마치고 일방적으로 전화를 끊어버렸다. 상대를 기다리지 않고 전화를 끊는 것은 정우의 버릇 중 하나였기에 미연은 크게 신경 쓰지 않았다. 그보다 자신을 채팅방에 초대

한 것이 '채윤맘'이 아닌 '영희엄마'라는 알 수 없는 여자라는
데 더 관심이 쏠렸다.

"뭐야, 언니?"

맞은편에서 수민이 궁금한 얼굴로 물었다. 정신을 차려보니
그녀는 이미 식사를 다 끝낸 상태였다.

"아니, 미안. 가자. 나도 다 먹었어."

미연은 의자를 드르륵 소리가 나도록 뒤로 밀었다. 북적이는
식당의 인파를 뚫고 계산을 한 뒤 커피를 사서 사무실에 들어
가려면 고민하고 있을 시간이 부족했다. 미연은 우선 대충 '감
사합니다. 반가워요.'라는 메시지를 남기고 자리에서 일어났다.

\* \* \*

월요일은 정신없이 지나갔다. 짬짬이 채팅창을 들여다본 미
연은 퇴근 시간이 다 되어서야 상황을 파악할 수 있었다.

지호는 채윤이 덕에 전학 간 첫날부터 친구를 많이 만들었
다. 준서, 시후, 영희는 특히 채윤이와 친한 아이들이다. 다들
동명시로 이사 온 지 얼마 되지 않았다는 공통점이 있다. 게다
가 영희는 지호처럼 드림힐에 살고 있다.

사실 이 모든 것은 채팅방에서 영희엄마가 한 이야기다. 미
연이 채팅방을 살펴본 결과 제일 오지랖이 넓은 것은 그녀인
듯했다. 애초에 다섯 아이 엄마들끼리 모인 이 채팅방을 영희

엄마가 만든 것이다.

영희엄마는 단체 채팅방에서 서로에 대한 소개가 오간 지 얼마 되지 않아 미연에게 개인 메시지를 보내기도 했다.

영희엄마: 같은 드림힐 식구끼리

영희엄마: 잘지내요^^

영희엄마: 우리는 112동 1402호랍니다^^ 가깝지요

그 메시지는 섬뜩하기까지 했다. 미연은 채팅방에서 집 주소를 말한 적이 없는데, 영희엄마라는 사람은 왜 '가깝지요'라는 표현을 쓴 것일까? 미연이 같은 동 1302호에 살고 있다는 것을 안다는 의미일까?

지호가 한 말이 영희를 거쳐 영희엄마에게 전해졌을 수도 있고, 정우가 지호를 등교시키면서 채윤엄마에게 미연의 연락처를 전했다고 하니 그때 말이 오갔을 수도 있다. 그러나 미연의 기분은 여전히 석연치 않았다. 하필 영희네가 미연의 집 바로 위에 살고 있다는 점도 무언가 찜찜했다.

미연은 좁아터진 지하철에 몸을 욱여넣고 간신히 팔 한쪽을 빼서 스마트폰의 잠금을 풀었다. 메시지 앱을 클릭한 후 영희엄마의 프로필 사진을 보았다. 아파트 단지에서 찍은 듯한 평범한 철쭉 한 송이가 찍혀있을 뿐이었다. 채윤과 준서, 시후엄마는 제각기 아이와 함께 혹은 아이를 혼자 두고 찍은 사진을

메인으로 걸어두었다.

　미연 또한 수영장에서 튜브를 끼운 채 손가락으로 '브이'를 그려 보이고 있는 지호를 프로필 사진으로 등록해 뒀다. 그런 점에서 녹색 바탕에 흰색 철쭉이 피어있는 영희엄마의 프로필은 다소 특이했다.

　게다가, 영희라니. 요즘 아이들 답지 않은 이름이다. 최근 아이들의 이름으로는 부드럽고 산뜻한 어감이 인기를 끌고 있다. 그런 점에서 채윤이나 시후 같은 이름이 보통이라면 보통이었다.

　밀리고 쏠리는 사람들 틈 속에서 미연은, 혹시 영희라는 아이는 존재하지 않는 걸까, 라는 가정을 했다. 영희엄마는 사실 아이가 없고 그저 학부모 행세를 하고 싶어서 학교에 찾아온 건 아닐까. 사실 영희라는 이름도 자신의 것이고…….

　그러나 지하철 문이 열리고 닫힐 때마다 미연의 현실 감각도 조금씩 돌아왔다. 그런 상상은 지호가 보는 〈괴담도시〉 프로그램 같은 데서나 지어낼 만한 이야기다. 미연은 뻑뻑해진 눈가 주변을 손으로 문질렀다. 이런 쓸데없는 생각까지 하다니, 피곤하긴 한가 보다.

　미연이 환승을 위해 간신히 열차 칸을 빠져나왔을 때쯤 스마트폰에서 진동이 울렸다.


　영희엄마: 혹시 오늘

영희엄마: 집에 놀러가도

영희엄마: 되요?


미연은 저도 모르게 우뚝 멈춰 섰다.

"아이 씨."

뒤에서 걸어오던 누군가가 등에 부딪혀 작게 욕설을 내뱉고 지나가는 것이 느껴졌다. 그것을 듣고 정신을 차린 미연은 다시 걷기 시작했다. 손으로는 '그건 곤란할 것 같아요'라는 메시지를 입력했다.


지호맘: 그건 곤란할 것 같아요.

영희엄마: 이웃인대

영희엄마: 친하게진내요~


'이 여자가 뭐라는 거야?'

자신의 답장을 아랑곳하지 않는 듯한 메시지였다. 미연은 황당했다. 아무리 지호와 같은 반 아이 엄마라고 해도 다짜고짜 집에 놀러 오겠다는 영희엄마의 태도는 이상한 데가 있었다. 자신들은 서로 얼굴도 보지 않은 사이 아닌가. 지나치게 짧게 끊어 보내는 메시지와 '돼요'를 '되요'라고 쓰는 사소한 오타도 거슬리기 시작했다.

미연은 더 답하지 않기로 했다. 대신 서둘러 다리를 움직여 환승 통로를 뛰다시피 걸었다. 영희엄마라는 여자가 집 앞에 서있으면 어떡하나, 라는 생각이 갑자기 들었기 때문이다.

\* \* \*

아파트에 헐레벌떡 도착한 미연은 엘리베이터를 타고 올라오면서도 누군가 지켜보고 있는 것 같은 불안에 괜히 초조함을 느꼈다. 다행히, 그녀가 걱정한 일은 일어나지 않았다. 영희엄마로부터 더 메시지가 오지도 않았고, 집 앞에 누군가 서있는 일도 없었다.

집에 도착해서 저녁 준비를 하는 동안 미연은 영희엄마에 대해 설명했다. 정우는 미연과 비슷하면서도 미지근한 반응을 보였다.

"전학 첫날부터 단체 채팅방 초대는 이상하긴 하네."

"그치? 오빠는 영희엄마라는 여자, 봤어?"

"봤다고 해도, 누군지는 모르지. 채윤엄마도 지호가 먼저 인사하길래 겨우 알아봤는데."

"그럼 누가 우리 집 주소를 알려준 걸까?"

"지호가 말하지 않았을까? 아니면 담임이나."

정우의 말에 미연은 된장찌개에 넣을 두부를 썰던 손을 물로 씻었다.

"지호에게 물어봐야겠어."

지호가 아무에게나 집 주소를 알려주면 안 된다는 것을 모른다면 가르쳐 줘야 했다. 미연은 저녁밥을 기다리며 거실에서 텔레비전을 보고 있는 지호에게 다가갔다.

"지호야, 영희네 엄마 알아?"

소파에 앉아 텔레비전을 뚫어져라 보고 있던 지호는 미연 쪽으로 눈도 돌리지 않은 채 고개를 끄덕였다.

"알아."

"그 아줌마한테 우리 집 주소 알려줬니?"

"아니."

지호는 고개를 저었다.

"정말 안 가르쳐 줬어? 거짓말하면 안 돼."

그러자 지호가 얼굴을 돌려 미연을 물끄러미 바라보았다.

"나 거짓말 안 해."

"그래, 맞아."

미연은 빠르게 인정하고 고개를 끄덕였다. 상담센터에서는 아이에게 거짓말이라는 단어를 사용할 때 신중해야 한다고 조언했다. 지호가 거짓말을 한다는 건 순전히 미연의 억측이니, 이럴 때는 잘못을 인정하는 게 맞았다.

"지호야, 혹시 모르는 사람이 우리 집 주소 물어보면, 엄마한테 물어보고 알려준다고 해. 알겠지? 어른들은 우리 집 주소가 필요하면 지호가 아니라 엄마나 아빠한테 먼저 물어보거든. 지호한테 물어보는 건 이상한 사람이야."

"응. 알았어."

정말 알아들었는지 아닌지, 지호는 대강 대답하고 다시 텔레비전에 집중하기 시작했다. 소파에서 일어서려던 미연은 다시 엉덩이를 붙였다.

"지호야, 영희는 어때? 많이 친해졌어?"

"몰라."

지호는 여전히 텔레비전을 보면서 고개를 저었다.

"오늘 학교 안 왔어."

* * *

그로부터 사흘 후인 목요일에 미연은 오전 반차를 내고 지호를 학교에 데려다주었다. 아침 일찍부터 돌봄교실에 가는 대신, 엄마와 함께 있다가 등교하게 된 지호는 한껏 신이 나 흥분한 채 학교 안으로 들어갔다.

"이지호!"

미연이 지호가 신발장 앞에서 실내화를 갈아 신는 것을 돕고 있을 때 뒤에서 목소리가 들렸다. 등을 돌리니 갈래머리를 한 채윤이가 제자리에서 방방 뛰며 손을 흔들고 있는 것이 보였다. 뒤쪽에는 채윤엄마가 서있었다.

"어머, 지호어머니. 오늘 휴가세요?"

"안녕하세요."

채윤엄마는 미연에게 반갑게 인사를 건네며 다가왔다. 그러나 표정은 미묘했다. 키즈카페에서 어색하게 헤어졌던 사실을 기억하는 것이 티가 났다.

"엄마, 우리 갈게! 아줌마, 안녕히 계세요."

채윤이 미연에게 고개를 꾸벅 숙이며 말했다. 며칠 전과 달리 밝은 태도에 인상도 달라져 있었다. 미연은 채윤엄마가 늘 어놓았던 수많은 자랑 가운데, 적어도 채윤이 원래 활달한 편이라는 말만은 진짜 같다는 생각을 했다.

"엄마, 다녀오겠습니다."

"응. 지호야, 잘 갔다 와. 채윤이도 안녕."

미연이 손을 흔들어 주자 지호와 채윤은 교실로 깡충깡충 뛰어 들어갔다. 문이 열렸을 때 얼핏 들린 교실의 소음은 키즈카페의 그것과 크게 다르지 않다는 느낌이 들었다.

"지호어머니는 어쩐 일이세요?"

"학교에 못 와봐서요. 선생님께 인사도 좀 드리고요."

미연은 그러면서 문에 붙은 창문으로 시선을 던졌다. 아침에 인사를 나눈 담임이 진지한 표정으로 전자칠판을 바라보며 수업 준비를 하고 있었다. 미연과 나이가 비슷해 보이는 여성이었다. 지호와 채윤이가 교실에 들어가 자리를 찾아가는 모습이 보였다.

"아이들 얼굴도 지호랑 채윤이밖에 모르겠네요."

미연이 웃으면서 그렇게 말하자 채윤엄마가 가까이 다가

왔다.

"아, 그러시겠네요. 저기 채윤이 왼쪽에 앉은 아이가 영희예요. 지호 뒤쪽이 시후랑 준서고요."

미연은 채윤엄마가 가리키는 곳을 바라봤다. 지호는 뭐가 그렇게 신이 났는지 입을 크게 벌린 채 웃는 중이었다. 까무잡잡한 얼굴의 시후는 다른 아이들에 비해 키가 컸고, 체구가 가장 작은 준서는 줄 달린 안경을 쓰고 있었다.

미연의 시선이 채윤의 옆에 앉아있는 영희에게로 향했다. 반짝반짝한 고무밴드로 갈래머리를 묶고 핑크색 체크 원피스를 차려입은 채윤과 달리 단발머리를 한 영희는 흰색 반팔 셔츠에 검은 바지라는 단순한 차림이었다. 낡거나 지저분해 보이는 옷은 아니었지만, 아홉 살짜리 여자아이가 입기에는 너무 평범하다는 느낌이 들기도 했다.

사실 영희를 보는 것이 미연의 또 다른 목적이기도 했다. 아직 얼굴도 보지 못한 영희엄마에 대한 느낌이 워낙 기이하다 보니, 혹시 영희라는 아이도 조금 이상한 데가 있는 것은 아닐까 하는 추측을 했던 것이다.

그러나 실제로 학교에 와보니 미연이 집에서 세웠던 가설들은 모두 맞지 않았다. 옷차림이나 행동거지에서 특별한 점은 찾아볼 수 없었고, 까불거리는 준서를 보며 채윤이와 웃는 모습도 여느 아이들과 다르지 않았다.

그런데, 영희엄마는 월요일에 왜 영희를 등교시키지 않은 걸까. 본인은 학교에 와서 미연의 전화번호까지 알아 갔으면서 말이다.

미연이 채윤엄마에게 막 말을 걸려고 했을 때였다.

"어머, 채윤엄마, 지호엄마!"

호들갑스러운 목소리 쪽으로 고개를 돌린 미연은 그녀와 채윤엄마를 부른 여성이 바로 영희엄마임을 직감적으로 알았다.

그녀는 눈을 크게 뜨고 반가운 표정을 한 채 둘 쪽으로 걸어왔다. 그럴 때마다 그녀가 신은 높은 힐이 또각또각, 커다랗고 선명한 소리를 냈다. 미연이 보기에는 일부러 그런 소리를 내는 것 같았다. 무릎 위로 올라온 붉은 원피스는 지나치게 짧고 타이트해 몸의 굴곡을 여과 없이 드러냈다.

"아…… 영희어머니, 안녕하세요."

채윤엄마가 인사를 건넸다. 영희엄마는 웃는 얼굴로 채윤엄마와 미연을 번갈아 가며 보았다. 가까이서 본 그녀의 모습은 훨씬, 이상했다. 얼굴은 60대에 가까워 보였다. 짙은 아이라인과 새빨간 립스틱으로 나이를 가리려고 애쓴 듯했으나 촌스러울 정도로 진한 메이크업이 오히려 노화를 부각시켰다. 머리칼은 탈색을 했는지, 지나치게 밝은 갈색에다 뻣뻣했다. 무슨 소재인지 알 수 없는 붉은 원피스에서는 나프탈렌과 단내가 짙은 향수 냄새가 났다. 아래로 뻗은 허벅지와 종아리에 울퉁불퉁한 정맥이 두드러졌다. 발을 꽉 죄고 있는 붉은 힐까지, 그녀는 온통 나이에도 상황에도 맞지 않는 모습이었다.

"지호엄마, 맞죠?"

자신에게 재차 묻는 영희엄마의 목소리에 미연은 그녀를 관찰하는 것을 그만두었다.

"네, 안녕하세요."

미연은 최대한 예의있게 대답하려고 애썼다. 그러나 결국 궁금한 것을 참지 못하고 질문을 꺼냈다.

"그런데 저를 어떻게 아셨어요?"

"어휴, 지호엄마도 참."

영희엄마는 빨간 입술을 한껏 벌리며 재미있다는 듯 웃었다.

"이웃 사이에 모를 리가 있나요. 출퇴근 때마다 보이는데요! 옆에 채윤엄마도 있고."

"출퇴근이요?"

그렇다면 영희엄마는 자신이 집을 나설 때마다 그 모습을 관찰했다는 건가? 미연이 따져 물으려고 했지만 영희엄마가 그녀의 팔짱을 낀 것이 더 빨랐다.

"어머, 이럴 게 아니라 우리 커피 한잔해야죠! 어서 가요. 채윤엄마도요!"

"아니, 저……."

미연이 무언가 말하기도 전에, 영희엄마는 그녀를 질질 끌다시피 하며 복도를 걸었다. 망설이던 채윤엄마도 따라오기 시작했다. 어차피 곧 수업이 시작될 테고 학교를 벗어나야 하는 것은 사실이기 때문에 미연은 우선 영희엄마를 따라가기로 했다.

그녀의 팔은 나이 든 사람이 그러하듯, 살집 있는 몸에 비해 마르고 축 처져 흐물거리는 질감이었다.

\* \* \*

학교 정문 근처 싸구려 프랜차이즈 카페에 가서 커피 세 잔을 시키고 자리에 앉을 때까지, 영희엄마를 향한 미연의 경계심은 쉽게 풀리지 않았다. 그녀가 먼저 카드를 내밀어 커피 값을 계산한 다음에도 마찬가지였다.

영희엄마가 아메리카노 세 잔을 쟁반에 받쳐 들고 오는 동안 미연은 옆에 앉은 채윤엄마를 힐끔거렸다. 채윤엄마의 표정도 그다지 달가워 보이지는 않았다. 미연은 키즈카페에서 채윤엄마가 '드림힐아파트'라는 말을 들었을 때 이상한 반응을 보였던 것을 떠올렸다. 채윤엄마는 영희엄마가 생각났던 것 아닐까. 같이 어울리기 결코 편하지 않지만, 아이들이 친해지는 바람에 어쩔 수 없이 말을 섞어야 하는 상대로서 말이다.

"난 아침부터 정신이 없어가지고, 커피 먹을 시간도 없었어요."

미연의 맞은편에 앉은 영희엄마가 종이컵의 플라스틱 뚜껑을 열면서 그렇게 말했다. 그녀는 언제 가져왔는지 카운터 옆에 있던 커다란 시럽 통을 테이블 위에 올려두고 펌프를 푹푹 눌러 다섯 번이나 짜냈다. 그러고는 후루룩 소리를 내며 커피를 마신 뒤 입을 열었다.

"지호엄마는 회사 그만둔 거예요?"

"아뇨, 오늘은 반차 냈어요."

미연은 껄끄러움을 숨기지 않은 채 대답했다. 그러나 영희엄마는 미연의 의도를 읽지 못한 채 여전히 밝은 목소리로 말했다.

"아유, 그랬구나. 오늘 지호는 엄마가 데려다줘서 좋았겠네. 맨날 아빠가 데려다주죠? 지호엄마는 출근이 빠르니까."

"……."

그런 걸 어떻게 다 아느냐, 고 쏘아붙이려던 미연은 입을 다물었다. 영희네 집은 미연의 위층이었으니 아마 현관문을 여닫는 소리를 듣거나, 베란다에서 아파트 단지를 걸어가는 모습을 보았을 것이다. 영희엄마가 그런 걸 일일이 관찰하는 타입이라는 것이 미연을 불편하게 했지만, 그러지 말라고 한들 그녀가 들을 것 같지도 않았다.

"그런데, 영희를 꽤 늦게 낳으셨나 봐요."

대신 미연은 다소 공격적인 질문을 했다. 아마 다른 사람에게라면 결코 하지 않았을 질문이다. 영희엄마의 무례함을 조금 꺾고 싶었달까.

영희엄마의 반응은 의외였다. 그녀는 커피를 내려놓고 손으로 입을 가리며 눈을 동그랗게 뜨고는 소녀들이나 할 법한 표정을 지었다.

"맞아요! 어떻게 알았어요?"

그녀는 혼자 깔깔 웃으며 박수까지 쳤다. 어떻게 알다니, 딱 보면 알 수 있지 않은가. 영희엄마는 기가 찬 미연을 앞에 두고 혼자서 이야기를 시작했다. 영희가 첫 아이인데 노산이라 상당히 힘들었다는 둥, 드림힐 같은 데에 살게 될 줄은 꿈에도 몰랐다는 둥, 영희가 복덩이라는 둥, 나이 들어 아이를 키우자니 힘이 달린다는 둥 푸념 아닌 푸념을 늘어놓았다.

"저, 월요일에는 영희가 학교에 안 왔다고 하던데요."

영희엄마의 기나긴 수다를 더 참기 힘들었던 미연이 입을 열었다. 그녀의 말만 들어보면 영희를 무척 아끼는 것 같은데, 월요일부터 학교를 보내지 않은 이유는 무엇인지 궁금했다.

그러자 영희엄마는 의외의 이야기를 꺼냈다.

"설거지랑 빨래 좀 시켰어요."

"네?"

"요새 애들도 그런 건 할 줄 알아야죠. 너무 응석만 받아줘도 안 돼요."

미연은 당황해서 입을 꾹 다물었다. 놀랐을 때 말이 잘 나오지 않는 것은 그녀의 습성 중 하나이기도 했다. 아홉 살 여자애에게 설거지랑 빨래를 시켰다고? 게다가 그것 때문에 학교를 빼먹게 하고? 농담인 걸까? 묻고 싶은 것은 많았으나, 무엇부터 이야기를 꺼내야 할지 선뜻 결정할 수가 없었다.

채윤엄마는 어떨까. 미연은 그녀가 자신의 생각에 동의해 주기를 바라며 고개를 돌렸다. 하지만 그녀는 오히려 감탄하는 표정으로 영희엄마를 향해 말을 걸었다.

"어머, 영희가 그런 것도 하나요. 공부도 참 잘한다던데, 영희어머니는 좋으시겠어요."

"아유, 뭘요."

영희엄마가 손사래를 쳤다. 그때까지, 미연은 채윤엄마가 왜 딸을 부려먹는 영희엄마에게 칭찬을 건넸는지 의도를 알 수 없었다.

"그런데, 영희는 왜 과학반에 안 들여보내셨어요? 재능 있는 아이들만 추천을 받았다고 그러던데요."

채윤엄마가 호기심 가득한 얼굴로 입을 열고 본론을 꺼낸 뒤에야, 그 맞장구는 단순히 비위를 맞추기 위해서였음을 깨달았다.

과학반. 재능 있는 아이들. 그 단어는 채윤엄마뿐만 아니라 미연에게도 궁금증을 불러일으켰다.

"저기, 채윤어머니. 과학반……이라는 게 있나요?"

"아, 지호어머니는 모르셨군요. 동명시에서 지원하는 건데, 말은 과학이지만 그, 코딩 같은 거 있잖아요. 사교육 부담 덜어주는 차원에서 이공계 쪽 수업을 해주나 봐요."

이공계라고 해도, 아직 초등학교 2학년 아이들이니까 어려운 것보다는 '장난감 로봇 만들기'나 '게임으로 코딩 배우기' 같은 흥미 위주의 놀이수업을 한다고 했다. 그런데 의외로 수업 내용이 체계적이고 아이들도 재미있어해서 인기가 많단다. 다만 각 반에서 담임의 추천을 받은 몇 명만 들어갈 수 있다는 게 채윤엄마의 설명이었다. 참고로 지호네 반에서 과학반 추천을 제일 먼저 받은 아이가 영희였다.

"저는 몰랐어요."

"지호는 이번 주에 전학 왔으니까, 그럴 수도 있죠."

채윤엄마는 미연을 위로하듯 말했다.

"그리고, 지호어머니는 일하시니까."

그녀는 다정한 말투로 덧붙였다. 미연은 그때, 자신을 제외한 나머지 두 엄마들은 전업주부라는 사실을 깨달았다. 미연의 자격지심일지도 몰랐으나 채윤엄마의 상냥한 표정은 마치 엄마에게 챙김 받지 못하는 지호를 불쌍하게 여기는 듯한 느낌을 주었다.

미연도 나름대로 맘카페를 들락날락하며 정보를 모았다고 생각했는데, 하긴 학교 안에서 일어나는 소소한 일까지 한번에 파악하기는 어려울 것이다. 맘카페를 부지런히 들락거리면서 같은 학부모끼리도 정보를 얻어야 한다는 것을 깜빡 잊었다. 미연과 같은 워킹맘에게는 쉽지 않은 일이었다.

"우리 채윤이는 워낙 친구를 좋아해서, 담임선생님이 안 좋게 보셨나……."

채윤엄마가 씁쓸하게 말하자 영희엄마는 얼음을 와작와작 씹으면서 손을 흔들었다.

"그럴 리가 있겠어요? 애들은 애들답게 놀 때가 제일 예쁜 걸요."

그녀의 입술에서 튀어나온 얼음 조각이 테이블에 달라붙어 동그랗게 녹았다. 영희엄마는 영희가 채윤이나 지호뿐만 아니라, 더 많은 친구를 사귀고 아이답게 노는 법을 알았으면 좋겠다고 했다. 영희가 공부는 따로 학원을 보내는 것도 없는데 곧잘 하면서도 사교성은 떨어지는 것 같다며, 칭찬인지 겸손인지 모를 말을 늘어놓았다.

"영희는 학원을 하나도 안 다니나요?"

채윤엄마가 눈을 동그랗게 뜨고 물었다.

"난 안 보내요. 그 시간에 놀이터 가서 친구라도 사귀면 좋죠. 해 지면 집에 와서 숙제하면 그만이고요."

"어머…… 대단하시네요."

"오호호호!"

영희엄마는 채윤엄마의 말에 깔깔 웃었다. 째지는 듯한 하이톤의 음성은 듣기 거북했다. 웃음소리가 어찌나 큰지 맞은편 테이블에 앉은 사람들이 이쪽을 쳐다볼 정도였다.

"애 엄마가 애 보는 게 뭐 큰일이라고요."

이야기는 자연스럽게 아이들의 학원 루틴으로 옮겨갔다. 미연은 채윤엄마의 '대단하다'는 칭찬보다 놀라움이었던 것을 깨달았다. 독서 교실, 영어, 수학, 미술, 피아노, 첼로, 플루트, 발레, 축구, 수영, 태권도, 코딩…… 그동안 채윤이가 다녔던 학원의 종류는 셀 수 없이 많았고 채윤엄마는 그것을 자랑처럼 늘어놓았다. 그녀는 단정해 보이는 외모와 다르게 한번 말을 시작하면 두서없이 모든 정보를 풀어놓는 타입인 것 같았다. 독백 같은 수다를 한참 듣고 나서야 미연은 어렴풋이 채윤엄마가 하고자 하는 말을 파악했다. '요즘 같은 때 학원조차 보내지 않고 아이를 방치하다니 대단하다'는 의미였던 것이다.

미연은 별말을 하지 않은 채 영희엄마의 말을 곱씹었다. 그녀는 대수롭지 않은 듯 말했으나, 같은 애 엄마인 미연에게 애 보는 일은 '큰일'이었다. 직장에 휴가를 내지 않으면 아이의 등교도 시킬 수 없고, 학교에 과학반이 있는지 없는지도 모르는 엄마. 외설스러운 옷에 상황에 맞지 않는 대화를 하는 영희엄마보다 자신이 더 부족했다. 미연은 그런 자책 속에 빠져서 넋을 놓고 있다가 퍼뜩 정신을 차렸다.

"저는 가봐야 할 것 같아요."

미연은 스마트폰으로 시간을 확인하면서 말했다. 점심시간에 맞춰 회사로 복귀하려면 이제 출발해야 했다.

"지호엄마, 집으로 가요? 나도 같이 가."

영희엄마는 기쁜 듯이 미연을 따라 일어서려 했다. 몸에 찰싹 달라붙는 그녀의 원피스가 허벅지 위로 말려 올라가 있었다. 미연은 질겁한 채 사양하는 듯이 손을 흔들었다.

"아뇨, 아뇨. 저는 반차 쓴 거라서 회사에 가봐야 해요. 먼저 갈게요."

"바쁘시네요. 고생이 많아요."

채윤엄마가 안쓰럽다는 듯 말했다. 마치 아랫사람에게 수고했다는 인사를 건네는 것 같은 태도였으나 미연은 무어라 대꾸하지 못하고 소리 없이 웃으며 재빨리 자리를 떴다. 영희엄마가 엉덩이를 들썩이며 아쉬운 표정을 하고 있었기 때문이다.

"휴."

카페의 유리문을 간신히 열고 나오자 작은 셔츠 단추가 목젖을 꼭 조이고 있는 것 같은 답답함이 조금 나아졌다. 대신 가벼운 두통이 밀려왔다. 미연은 작게 한숨을 쉬고 팔을 힘주어 감싼 채 조금 빨리 걸었다.

오전 10시가 조금 넘은 초등학교 앞 사거리는 한가하기 이를 데 없었다. 멀리서 아이들의 웃음소리가 들려오는 듯한 착각을 주는 평화로운 풍경이었다. 그러나 미연은 어쩐지 계속해서 등줄기에 소름이 돋는 듯한 느낌을 받고 있었다. 그것은 갑작스레 커다란 바퀴벌레를 목격하고 나서 등을 돌려 도망치고 있을 때와 비슷한 감정이었다.

"……."

짧은 횡단보도를 건넌 미연의 시선이 카페의 유리벽으로 향했다. 테이블에 앉아 뭔가를 이야기하는 영희엄마와 채윤엄마가 보였다. 채윤엄마는 아직 영희엄마에게 궁금한 것이 남았는지 몸을 앞으로 기울이고 열심히 이야기를 하고 있었다. 영희엄마는 이따금 코를 후비면서 그것을 듣는 중이었다. 테이블 위에는 여전히 시럽 통이 있었다.

초등학교 앞이라 그런지, 카페 안을 채운 것은 대부분 엄마들이었다. 유모차를 옆에 둔 테이블도 있었고, 유치원 가방을 멘 채 빵을 먹고 있는 여자도 보였다.

그들의 공통점은 각자 '무리'를 형성했다는 것이다. 테이블에 혼자 앉아있는 여자는 한 명도 없었다. 작게는 둘, 많게는 다섯까지 짝을 지은 채 대화를 나누고 있었다. 웃는 곳도 있었고 분위기가 가라앉은 곳도 있었다. 그 모습은 교실의 풍경과도 비슷했다. 새 학기가 시작되면 저마다 소속될 수 있는 친구 무리를 만들기 위해 애쓰는 것처럼 엄마들도 나름대로의 집단을 형성해 정보를 공유하는 것이다.

그렇다면 미연은 어떤가. 그녀는 다시 한번 영희엄마를 보았다. 영희엄마가 이따금 입을 열면 주변의 시선이 그녀에게로 쏠렸다. 그들의 눈빛에서는 놀라움과 당혹, 약간의 조롱이 엿보였다. 미연이 영희엄마에게서 느낀 것과 비슷한 점을 다른 이들도 느끼고 있었다.

그러나 미연에게는 다른 선택지가 없었다. 이미 엄마들은 각자의 무리를 형성했을 테고 미연은 거기에 끼어들 기회가 없다. 겨우 하루 반차를 내고 학교에 와서도 영희엄마를 만나 다른 이들과 인사할 기회를 잃어버렸다. 이제 와서 같은 반 다른 엄마들의 전화번호를 알아내 연락하는 것도 우스운 일이고 말이다.

말하자면 그녀는 고립된 셈이었다.

미연은 지하철역으로 걸어가면서 스마트폰으로 맘카페를 들여다보기 시작했다. 서하초등학교를 검색해서 나오는 게시글과 댓글을 남김없이 읽었다. '과학반 정보 구해요'라는 글도 올리고, 방과후 수업 이야기를 나누는 글에 질문도 했다. 서하초등학교에 두 아이를 보낸다는 글을 올린 회원의 아이디를 검색해 블로그에도 들어가 봤다. 등교 전 토끼 모양 틀에 예쁘게 찍어낸 주먹밥으로 아침밥을 차려주었다는 게시글에 미연은 자신도 모르게 '안녕하세요. 우리 집 애도 같은 학교에 다니는데……'라고 댓글을 달았다가 흠칫하고 지워버렸다. 영희엄마로부터 벗어나야 한다는 생각에 너무 몰두했는지 스토킹 비슷한 짓을 해버렸음을 깨달은 탓이다. 미연은 동떨어지지 않기 위한 그녀 나름의 몸부림이라고 합리화하기로 했다.

\* \* \*

시어머니와 시누이는 토요일에 저녁을 먹으러 오겠다고 했다. 미연은 아침부터 손걸레를 들고 집 구석구석을 닦았다.

"뭘 그렇게까지 해?"

정우는 입주 청소까지 맡긴 새 아파트에서 미연이 또 대청소를 하고 있는 게 못마땅한 듯했다.

"이사할 때 더러워졌잖아. 새집인데 아까워."

"아까울 것까지 있어? 어차피 엄마랑 지수 와서 또 더러워질 텐데."

정우는 그렇게 말한 뒤 피식 웃고는 베란다 창틀을 박박 닦고 있는 미연을 두고 소파에 앉았다. 미연은 하나도 힘들지 않았다. 오히려, 새집이니까 청소하는 보람이 있다고 해야 할까. 앉아있는 먼지만 살짝 닦아내면 반짝반짝해지는 문지방과 몰딩이 뿌듯함을 줬다. 운 좋게 당첨된 집이니까 더 귀하게 써야 한다는, 미신적인 생각이 드는 기분도 나쁘지 않았다.

그러나 미연은 청소를 예상했던 시간보다 빨리 끝내야 했다. 저녁을 먹으러 온다던 시어머니와 시누이가 점심시간을 넘긴 직후에 바로 찾아왔기 때문이다.

요리 준비를 미처 다 끝내지 못한 미연이 혼비백산하는 동안 둘은 집안 곳곳을 돌아다니며 인테리어와 가구 배치 등을 트집 잡았다. 안방 크기는 너무 작으며, 지호 방은 아이 것치고 너무 크고, 화장실은 너무 끝에 딸린 데다 소파와 TV는 세 식구가 쓰기에 지나치게 비싸다는 것이 그들의 결론이었다. 제 어머니와 여동생을 달가워하지 않는 정우가 말끝마다 반박을 덧붙이는 게 주방에서 사과를 깎던 미연에게도 들렸다.

"그래도 뷰는 좋다. 아파트 단지 뷰네."

정우의 여동생이 커다란 베란다 창문에 달라붙어 말했다.

"너는 뭐 말을 그렇게 하니? 놀이터도 잘 보이고 좋기만 하네. 우리 지호 노는 것도 잘 보이겠어."

소파에 앉아있던 시어머니가 어쩐 일인지 시누이를 타박했다. 오지랖 넓은 시어머니는 미연의 인테리어 감각에는 비판을 가할지언정 멀끔한 신축 아파트를 굳이 흠집 내고 싶지는 않은 것 같았다. 아니면 할머니를 무척 좋아하는 지호가 품에 앉아 애교를 부리고 있어 기분이 좋은 것일 수도 있었다.

"왜 이렇게 빨리 왔어?"

소파에 등을 기댄 채 바닥에 앉아있던 정우는 머리를 쓸어 올리면서 퉁명스럽게 말했다. 시어머니가 그런 정우의 어깨를 팍하고 쳤다.

"어이구, 남매가 아주 말 밉게 하는 건 똑같아! 너 보러 온 거 아니다. 우리 손주 보러 온 거지."

"할머니, 나도 할머니 보고 싶었어."

"오냐, 오냐. 예쁜 우리 강아지."

시어머니는 지호를 꼭 끌어안고 엉덩이를 토닥였다. 큰아들의 첫 손주인 지호가 그녀로서는 각별하지 않을 수 없을 것이다. 미연은 앞치마를 한 채 거실 테이블 위에 과일 접시를 올려놓았다.

"좀 드세요."

"언니도 앉아요. 뭘 그렇게 서둘러? 시켜 먹어도 되는데 사서 고생을 해요."

"그래도, 이사하고 처음 오셨는데요."

미연은 그렇게 말하면서 속마음과 다르게 웃는 얼굴을 만들었다. 말은 그렇게 해도, 미연이 정말로 배달시킨 음식을 내놓으면 시누이는 간이 짜다는 둥 양이 적다는 둥 하면서 음식을 다 먹을 때까지 툴툴거릴 테고 시어머니는 하나밖에 없는 며느리에게 밥상 한번 제대로 받아보지 못한다며 눈물을 짜낼지도 모를 일이다. 미연이 다년간 체득한 경험에 따르면 그러했다.

"애미야, 지호 학교는 어떻든? 서울보다는 못하니?"

"아니에요, 어머니. 시설도 괜찮고 깨끗해요. 운동장 없는 학교라고 해서, 밖에서 다른 사람들이 학교에 잘 못 들어오도록 해놨더라고요."

"아, 맞아!"

딸기를 막 집으려던 시누이는 미연의 말이 끝나기도 전에 뭔가 생각났다는 듯이 무릎을 탁 쳤다.

"새언니, 그거 알아요? 여기에 옛날에 유괴사건 있었던 거?"

시누이의 말에 미연의 표정이 의아하게 변했고 시어머니의 얼굴은 사색이 되었다.

"유괴라니, 언제?"

"아이참, 엄마! 저번에 같이 텔레비전에서 봤잖아. 10년 전 서하동에서, 뭐 이런 제목이었던 것 같은데……."

시누이는 그렇게 말하면서 어느 텔레비전 프로그램에서 다룬 서하동 일대의 어린이 유괴사건을 언급했다. 다섯 살 된 여자아이 한 명이 집으로 돌아오지 않아 부모가 실종신고를 했고 결국 며칠 뒤 죽은 채 발견되었다는 섬뜩한 사건이었다.

"애! 너는 지호 듣는데……."

시어머니가 얼른 지호를 감싸며 시누이를 꾸짖었다. 지호는 이야기가 무서웠던지 창백한 얼굴을 한 채 시어머니에게 안겨 있었다.

"아니, 엄마. 지호도 이런 거 알아야지? 지호야, 엄마 말 잘 듣고, 이상한 사람 있으면 따라가지 말고. 알겠지?"

"범인이 누구였는데?"

정우가 심드렁하게 묻자 시누이가 고개를 갸웃했다.

"그게…… 누구였더라? 수상한 사람은 여러 명이었는데, 결국 잡힌 사람은 없었다는 것 같아. 그래서 의문의 사건이라고 프로그램에서도 막 그랬어."

"그럼 유괴가 아니라 그냥 사고사 아냐?"

"어머, 맞아!"

시누가 갑자기 손바닥을 짝 하고 마주쳤다. 그녀는 흥분한 듯한 표정으로 빠르게 말을 이었다.

"그 말이 생각 안 났어. 실종! 그래, 연속 실종사건! 첫 번째 여자애가 죽고 나서 몇 년 뒤에 비슷한 나이 또래 애 한 명이 실종됐대. 그리고 작년에도 한 명 더 있었대! 여기 근처에서만 세 명이야. 대박이지?"

그녀는 지호를 감싸며 자신을 흘기는 시어머니의 눈빛도 무시한 채 이야기에 완전히 열을 올리는 중이었다. 그녀에게 중요한 것은 사건의 진상이 아니다. 정우와 미연이 아파트 청약에 당첨된 행운에 대한 질투를 퇴색시키고 어떻게든 이 주변의 치안이 좋지 않다는 주장을 납득시키는 것이 중요했다.

"재개발 전에는 동네가 지저분했으니까, 있었을 법하지."

정우도 드림힐에 대한 제 여동생의 비난이 마음에 들지 않는지 딱딱하게 말했다. 그러나 시누는 눈을 동그랗게 뜨고 반박했다.

"아니, 오빠! 작년에도 그랬다니까. 드림힐 세워지고 나서도! 이 동네에 아직 범인 있는 거 아냐? 언니, 주변에 수상한 사람 없었어요?"

"별로……."

미연은 '제발 그만 좀 하세요'라는 말을 속으로 삼키며 흐릿하게 웃었다. 문득 며칠 전 한 번 더 마주쳤던 경비원의 모습이 떠올랐다. 그는 손이 없는 것을 굳이 숨기지 않은 채 셔츠 한쪽 소매를 헐렁한 대로 놔두고 천천히 걷는 중이었다. 그는 유독 경비실 부스가 있는 놀이터 부근을 떠나지 않고 아이들이 노는 모습을 지켜보곤 했다. 그러다 이따금 시소나 미끄럼틀을 조금 위험하게 타는 아이들이 있으면 침을 튀겨 가며 큰 소리로 고함을 쳤다.

만약 그녀가 경비원을 본다면 틀림없이 손가락질을 하며 비명을 지르고 호들갑을 떨 것이 뻔했다. 미연은 갑자기 그를 옹호하고 싶어졌다. 경비 말인데요, 보기와는 달리 성실한 사람이에요. 눈에 잘 띄지도 않아요. 10억 원대를 훌쩍 넘는 신축 아파트에 신원이 불분명한 사람이 있겠어요? 참, 아가씨가 싸구려 같다고 한 책상은 지호 아빠가 유럽에서 직구한 거랍니다.

"암튼, 요즘 세상이 무섭잖아. 이런 아파트라고 이상한 사람 없겠어? 여기는, 재개발 전에 살았던 사람들도 꽤 입주했다며."

시누이는 드림힐에 대해 미연보다 더 자세히 알고 있는 것 같았다. 어떻게든 이 아파트에 흠집을 내기 위해 증거를 수집해 온 사람처럼 보였다. 미연은 희미한 두통을 느꼈다.

"얘, 미연아. 지호는 누가 보니?"

시누이의 전략은 시어머니에게 통한 듯했다. 미연은 불안한 얼굴로 자신을 바라보고 있는 시어머니를 안심시키기 위해 최대한 침착하게 말을 꺼냈다.

"아침이랑 오후에는 돌봄교실에 보내고요. 학원은 많이 안 보내려고 해요."

"그러니까 어디를 보내는데?"

"영어랑 태권도 정도……."

"할머니!"

지호가 갑자기 미연의 말을 끊고 벌떡 일어났다.

"나 이제 코딩 할 줄 안다!"

"코디? 그게 뭐냐?"

"코딩! 게임 만드는 거! 컴퓨터 학원에서 배웠어!"

지호의 말에 사과를 와삭와삭 씹고 있던 시누이가 소곤거렸다.

"컴퓨터 학원도 다니네, 뭐."

"일주일 내내 가는 건 아니에요."

미연의 말에도 시어머니는 석연찮은 표정을 지었다.

"너무 많이 보내는 거 아니냐?"

"요즘은 학원 아니면 친구들 만날 곳이 없어요, 어머니."

"핑계는……. 네가 집에 없어서 그런 거 아니니. 지호 저녁은 제대로 먹이냐?"

"그럼요. 저녁시간 전까지는 들어오죠."

미연이 억지웃음을 지으면서 말했다. 시어머니는 더 따져 묻지는 않았지만 지호를 토닥이며 혀를 끌끌 찼다. 미연이 곁눈질로 본 정우는, 이 모든 것이 귀찮다는 듯 입을 꾹 다물고 딴곳을 보며 앉아있을 뿐이었다.

"쉬고 계세요."

미연은 그렇게 말하며 일어섰다. 그녀가 주방으로 향할 동안 아무도 어디 가느냐고 묻지 않았다. 뒤에서 텔레비전이 켜지는 소리가 들렸다.

"할머니! 이거 보자."

신이 나서 외치는 지호의 목소리를 뒤로 하고 미연은 찬장을 열어 요리에 넣을 조미료를 찾았다. 유리병 사이를 가로지르던 그녀의 손이 느려졌다. 미림 대신 급하게 사서 썼던 소주 한 병이 눈에 띄었다. 정우는 취재처에서 갖는 술자리에 질렸다며 집에서는 술을 마시지 않는다. 미연도 술을 완전히 끊은 지 꽤 됐기 때문에 아직 남아있는 것이다.

"……."

미연은 슬쩍 거실 쪽을 보았다. 아일랜드 식탁 너머, 자신을 제외한 채 옹기종기 앉아있는 사람들은 즐거워 보였다. 마치 저쪽과 이쪽 사이를 투명한 벽이 막고 있는 것처럼 공기마저 다르게 느껴졌다. 미연 쪽을 쳐다보는 이는 아무도 없었다. 그러니까 이 술을 마신다고 해도 누구 하나 신경 쓰지 않을 것이다. 두통을 견디기 위한 한 모금이 간절했다.

'안 돼.'

미연은 고개를 저었다. 그녀가 술을 끊은 지도 2년 가까이 되어간다. 자신과 했던 약속을 이런 일로 어길 수는 없었다. 미연은 떨리는 손을 꽉 쥐었다 편 다음 다시 펼쳤다. 그러고는 아무렇지 않은 듯 음식 준비를 계속해 나갔다.

\* \* \*

미연은 정우와 결혼한 후 지금까지 한번도 친정에 가지 않았다. 그러니 심란한 일이 생길 때마다 친정이 아닌 술에 의지하곤 했던 것도 자연스러운 일이었다.

지호를 임신한 미연이 정우를 데리고 결혼 허락을 받기 위해 친정에 방문했을 때, 부모님은 심하게 결혼을 반대했다. 특히 엄마의 반응이 격렬했다. 엄마는 울다가, 악을 썼다가, 정우를 때렸다가, 미연에게 죽으라고 했다가 끝내는 당장 아이를 지우러 가자며 그녀의 머리채를 잡아끌었다.

미연은 엄마의 반응에 정우보다 더 당황했다. 애지중지 키워 서울 이름난 대학에 해외 어학연수까지 보낸 외동딸이 대학을 졸업하자마자 덜컥 아이를 배 왔으니 혼날 각오는 어느 정도 했었지만 도가 지나쳤다.

미연이 생각했을 때 엄마는 배신감에 충격을 받았었던 것 같다. 모녀는 외모부터 시작해서 닮은 데가 많았다. 잘하는 것도 비슷했고 죽도 잘 맞았다. 미연은 엄마를 친구처럼 여기며 자랐으나 돌이켜 보면 엄마는 미연이 커갈수록 자신을 대입하는 성향이 짙어져 갔다. 어른들이 시키는 대로 집안일을 돕다가 맞선을 봐 시집을 가는 바람에 꿈을 펼치지 못했던 스스로의 인생을 미연이 순조롭게 커가는 것으로 보상받으려 했던 것이다. 미연은 자신을 향한 엄마의 모성애가 집착이었다는 것을 비로소 깨달았다.

엄마가 미연과 정우를 향해 쏟아낸 폭언은 선을 넘은 것들이었다. 아수라장 속에서도, 정우와 아이를 지켜야겠다는 미연의 마음은 굳건했다. 결혼할 거면 연을 끊자는 엄마의 말도 받아들였다. 그리고 정말로 혼인신고를 한 뒤 시댁의 도움을 받아 전셋집을 마련하고 지호를 낳고 나서도 연락하지 않았다. 딱 한 번, 정우가 아이 소식을 알리기 위해 전화로 연락을 시도했지만 받지 않았다. 그때부터 부모님을 향한 미연의 마음은 완전히 닫혔다.

그녀에게는 이제 정우와 지호가 있다. 더 이상의 가족은 필요하지 않다. 이 생활 자체가 미연에게는 증거였다. 엄마가 틀렸고 자신은 맞았다는 증거.

때문에, 그녀는 평소 더도 말고 덜도 말고 딱 보통 시댁만큼만 성가시게 구는 시어머니와 시누이를 오히려 큰 행운으로 여겼다. 하소연할 친정이 없는 이상, 참을 수 있는 정도의 괴롭힘은 꽤 고마운 것일지도 모른다.

하지만 오늘은 달랐다. 시누가 지치지도 않고 계속 떠들어 댄 '아동 연쇄 실종사건'이라는 문구가 내내 미연의 신경을 긁었다.

시어머니가 남은 반찬 보관법이나 빨래하는 법 같은 것에 대한 잔소리를 몇 시간 더 늘어놓고 시누이와 함께 떠난 뒤, 미연은 뒷정리를 하는 정우에게 불안을 털어놓았다.

"오빠, 그거 진짜야? 여기서 애들 실종된 거."

"너까지 그 소리냐?"

밀대에 걸레를 끼워 바닥을 쓱쓱 문지르던 정우가 황당하다는 듯 미연을 돌아보았다.

"지수한테 옮았어? 왜 그래."

"아니, 오빠는 그 프로그램 봤나 해서."

"검색해 보면 되잖아."

정우는 귀찮다는 듯 말한 뒤 다시 바닥을 문질렀다. 생각해 보니 그런 것 같기도 해서, 미연은 스마트폰을 찾았다. 요즘은 텔레비전에서 나온 프로그램을 그대로 요약한 형식의 기사도 많으니 검색을 해보면 정보를 어렵지 않게 찾을 수 있을 것이다.

"지난주에 했나 봐."

'동명시 아동 실종'을 입력하니 몇 개의 기사가 떴다. 온갖 키워드가 뒤죽박죽 얽힌 기사들 속에서 원하는 것을 찾아내기란, 사람들이 엉망으로 헤집어 놓고 간 싸구려 할인 매대에서 상품을 골라내는 것만큼 번거로웠다.

몇 개의 기사를 클릭해 보고 나니 간신히 맥락이 파악됐다. 지난 주말에 실화를 기반으로 한 범죄 다큐멘터리 프로그램에서 동명시에서 일어난 연쇄 아동 실종사건에 대해 다뤘다고 한다. 미연이 이사로 여념이 없었던 동안이었으니 모를만도 했다.

다시 말하면, 여기에서 아이들이 연이어 실종되었다는 시누이의 말 또한 사실이라는 것이다. 미연은 조금 불안한 기분에 사로잡혔다.

방송에 따르면, 첫 번째 실종사건이 일어난 시기는 10년 전으로 거슬러 올라간다. 동명시 서하동에서 보호자의 부주의로 다섯 살이던 김소영(가명) 양이 실종되는 사건이 발생했다. 아파트 신축 이야기가 나오고 있던 서하동은 치안이 좋지 않았던 것으로 알려졌다. 결국 소영 양은 싸늘한 시신으로 발견되었다.

몇 년 뒤, 개발이 한창이던 서하동에서 이번에는 여섯 살 박우진(가명) 군이 실종되었다. 비슷한 사건이 연달아 일어나자

주민들은 공포에 휩싸였다. 우진 군은 시신조차 찾지 못했다고 한다.

　제작진이 이들 두 사건에 주목한 것은 작년에 또 다시 아동 실종사건이 발생했기 때문이다. 이번에는 서하동과 인접해 있는 호안동에서 비극이 일어났다. 그러나 경찰은 이를 동일한 범인의 소행으로 보지는 않고 있다. 방송 말미에 제작진은 첫 사건 당시 제작됐던 용의자의 몽타주를 공개했다.

　기사에도 용의자의 몽타주 캡처본이 자료사진으로 첨부돼 있었다. 어디서나 볼 수 있을 법한 평범한 중년 남성의 얼굴이었다.

　"오빠, 이거 봐."

　정우는 어느새 걸레질을 끝내고 소파에 앉아있었다. 미연은 그의 옆에 나란히 앉아 스마트폰의 화면을 가까이했다.

　"한 줄이면 되는 기사를 잔뜩 늘려놨네."

　정우가 핀잔을 주듯 말했다.

　"그게 문제가 아니잖아. 여기서 애가 이렇게 많이 실종됐다니, 난 몰랐어."

　미연이 불안한 얼굴로 말했다. 동명시 개발의 일환으로 드림힐 같은 대형 단지가 건축됐다는 것은 알고 있었으나 치안이 이렇게까지 나빴을 줄은 몰랐다. 게다가 작년에도 비슷한 일이 있었다니…… 미연은 문득 동명시에서 처음 '운동장 없는 학교'로 지어졌다는 서하초등학교를 떠올렸다. 혹시, 연이어 사라지는 아이들을 보호하기 위해 외부인이 진입하기 쉬운 운동장 같은 공간을 없앤 걸까.

그녀는 곧장 맘카페에 접속해 봤다. 유괴니 실종이니 하는 불길한 단어들을 검색했다. 소득은 없었다. 암묵적으로 그런 꺼림칙한 이야기를 하지 않는 분위기가 조성된 것일까. 단 하나의 글도 없다는 것이 오히려 그녀의 마음을 불안하게 만들었다. 어느새 그녀는 손가락을 분주히 움직이고 있었다.

혹시 동명시 실종사건 프로그램 보신 분 계신가요?
얼마 전에 이사 와서 몰랐는데 아이가 실종됐었다는 게 정말인가요?
아시는 분 있으시면 댓글 바랍니다.

"뭐 해?"
"맘카페에 글 올리려고."
"뭐 하러. 옛날 일인데."
반면 정우는 크게 동요하지 않는 것 같았다.
"10년 전이면 여기 아파트는커녕 빌라도 몇 채 없을 때야. 지금과는 딴판이었겠지. 실종사건이야 어디에나 있는 거고."
정우는 지금은 산자부 취재 담당을 맡고 있지만, 예전에 사회부 소속으로 경찰이 다루는 사건에 대한 기사를 종종 썼었다. 그래서 그런지 드림힐 근처에서 실종사고가 일어났었다는데도 덤덤해 보였다. 미연은 그게 잘 이해가 가지 않았다.

"오빠는 걱정 안 돼? 지호, 저녁 때 혼자 집에 와야 하는 날도 있을 텐데."

"그런 날을 안 만들면 되지."

정우의 말투는 여전히 뭘 그런 걸 걱정하느냐는 것처럼 들렸다.

"네가 퇴근하면서 데리고 오면 되잖아."

"매일은 힘들어. 회사에서 5시에 출발해도 여기 오면 7시야. 야근하는 날도 있을 거고……."

"야근을 뺄 순 없어? 아니면 집에서 하든가."

"되도록 안 하려고 하지만, 혹시나……."

"혹시나, 뭐?"

정우가 소파에 등을 깊게 묻으며 미연을 쳐다봤다. 그는 불쾌한 표정을 짓고 있었다.

"혹시나, 네가 사정 안 되는 날에는 학원에서 지호 데리고 오라고?"

"그럼 안 돼?"

"안 된다는 게 아니야. 당연히 그렇게 할 거고."

정우는 어깨를 으쓱했다.

"너, 지호 낳고 나서 기억 안 나? 일 계속하면서 지호 케어도 같이 할 수 있다며. 내가 그만두라고 하니까 절대 안 된다고, 할 수 있다고 끝까지 우겼잖아. 근데, 지금 봐. 하루 종일 학원 뺑뺑이 돌아야 하는 애를 제시간에 맞춰 집에 데리고 오지도 못해?"

미연이 생각하기에 지금 그런 말을 꺼내는 것은 조금 치사했다. 친정에 의지할 수 없는 미연의 사정과 그렇기 때문에 더더욱 스스로 모든 것을 해내고 싶은 그녀의 성격을 정우는 누구보다 잘 안다. 게다가 그때는 출산 후 육아휴직까지 쓰게 되면 입사한 지 얼마 안 된 직장에서 자리가 위태로워질지도 모른다는 불안도 컸기 때문에 일을 계속하겠다고 주장한 것인데…….

"오빠, 갑자기 그 얘기를 왜 꺼내? 평소에 지호 좀 봐주는 게 그렇게 힘들었어?"

"그런 얘기가 아니야. 난 지호의 육아를 도와준다고 생각한 적 없어. 같이 하는 거지. 하지만 그 조건이, 네가 일을 그만두는 거였잖아. 넌 그걸 거부했고."

"……."

"결국 넌 나에게 한 약속을 지키지도 못하고 있으면서, 또 내 도움을 바라고 있는 거지."

또박또박 이어지는 정우의 목소리는 아나운서가 스크립트를 읽는 것처럼 들렸다. 미연은 반박을 하고 싶었지만, 어디서부터 말해야 할지 혼란스러웠다. 하소연을 하기엔 비이성적인 사람처럼 보이는 것이 싫었다.

"그러면, 어떻게 하라는 건데?"

"어떻게 하라고 한 적 없어. 그냥 그렇다고. 내 생각을 말한 거야."

"그래, 똑똑해서 좋겠네."

미연이 쏘아붙이자 정우가 눈살을 찌푸렸다.

"넌 왜 그렇게 매사에 꼬였어?"

"꼬인 게 아니라, 나보고 잘못했다는 거잖아."

미연의 목소리가 날카로워졌다. 그녀를 보고 있던 정우는 깊은 한숨을 내쉬더니 가까이 다가와 어깨를 감싸 안았다.

"왜 그래."

"아니라고, 아무것도."

"화났어? 오늘 엄마랑 지수한테 시달려서 피곤했구나."

정우의 다정한 목소리와 익숙한 체취에서 위로가 밀려들었다. 그것이 순식간에 미연의 마음을 풀어지게 했다. 그러나 기분이 이렇게 빨리 풀렸다는 것을 대놓고 티 내기도 좀 뭐해서, 미연은 말없이 정우의 가슴에 머리를 기댔다.

"지수가 떠든 것 때문에 네가 많이 예민해진 거 같아서 미안하네."

"……."

"앞으로는 오지 말라고 할까? 드림힐은 출입금지 시켜?"

"어떻게 그래."

정우의 실없는 말에 미연은 결국 작게 웃음을 터트렸다. 정우도 따라 웃으며 미연을 토닥였다.

"힘들겠지만, 같이 견뎌보자."

"응. 오빠, 나도 미안해."

"그래."

자신의 사과로 말다툼이 끝났다는 데 미연은 안도감을 느꼈다. 지호를 낳았을 때 정우가 집안일을 돕는 조건으로 미연의 퇴사를 종용하고, 미연이 그것을 거부해 지금까지 오게 된 일은 대화 한두 마디로 간단히 끝날 문제는 아니었다. 모든 부부가 그렇듯 둘의 사정은 복잡하게 얽혀있었다. 남 보기에 그럴듯한 가정의 모습을 유지하고 싶은 욕심이 있다는 것은 둘의 공통점이었으나 미연의 역할로 초점이 맞춰지면 의견은 좁혀지지 않았다. 그러므로 미연은 더더욱 그 이야기를 오늘 하고 싶지 않았다. 진지한 이야기를 할 기회는 얼마든지 있다. 지금은 서로의 온기에 의지해 휴식을 취해야 할 때였다.

*　*　*

미연이 피로에 전 몸을 안고 출퇴근한 지 며칠 뒤, 팀에서 저녁 회식 자리를 갖기로 했다. 회사 근처 삼겹살집은 오후 5시부터 붐비기 시작했다.

"참, 미연 씨는 술 안 마시지."

왁자지껄한 테이블 위로 놓였던 술잔이 거두어져 갔다. 맞은편에 앉았던 김 팀장은 팀원 수대로 다섯 잔의 폭탄주를 만들기 위해 소주와 맥주를 섞고 있었다.

"죄송해요. 저는 좀."

"아냐, 아냐. 요즘은 이런 거 확실히 말해줘야 좋지. 자, 마실 사람들만 마시자고."

김 팀장은 그러면서 미연의 컵에 사이다를 따라 건네주었다. 나머지 팀원들도 술잔을 받아 들고 건배할 준비를 했다.

"자 그럼, 오늘 건배사는 뭘로?"

"미연 언니 내 집 마련!"

김 팀장의 말에 수민이 얼른 끼어들어 외쳤다. 그녀의 얼굴은 그릴의 화기와 술기운으로 약간 붉어져 있었다.

"아 참, 그렇구나. 미연 씨의 내 집 마련을 축하하며!"

"축하합니다."

김 팀장이 유쾌하게 외치자 나머지 사람들도 잔을 부딪치며 축하 인사를 건넸다. 미연은 머쓱하게 웃으며 사이다를 마셨다.

"아, 그런데 진짜 청약 당첨이 쉽지 않잖아? 비결이라도 있어?"

김 팀장이 고기쌈을 우적우적 씹으면서 물었다. 그는 나무젓가락처럼 마른 남자인데도 어떤 팀원보다 먹성이 좋았다.

"운이 좋았어요. 서울이 아니기도 하고요."

"아, 신도시랬나? 인천 쪽?"

"동명시라고, 거기보다는 가까워요."

"동명시……."

그는 입안 가득 넣은 음식을 맥주로 꿀꺽 넘기고 뭔가를 생각하는 듯하더니 깜짝 놀란 표정을 지었다.

"아니, 거기 아냐? 얼마 전에 무슨 프로그램 나왔잖아."

"맞아요! 그, 아기 실종된 곳 아니에요?"

"진짜? 언제?"

그들은 지난 주말 시누이가 말했던 실종사건에 대한 이야기를 시작했다. 아무래도 미연을 뺀 모두가 그 프로그램을 본 모양인지, 김 팀장의 말을 시작으로 누군가가 맞장구를 치자 이야기가 활기를 띠었다.

"올해, 아니 작년까지 세 명이랬나?"

"진짜 범인이 누굴까? 거기가 그렇게 외진 동네도 아니었다며."

"그, 실종된 아이 엄마도 따라 죽었다고 하지 않았어?"

대화가 사건의 후일담과 우리나라 아동 실종 실태의 심각성으로 이어질 때까지 미연은 어색한 표정을 짓고 있을 수밖에 없었다. 회식 자리에서는 모두가 참여할 수 있는 공통된 대화 주제가 인기를 끌 수밖에 없다. 그러므로 동명시에서 얼마나 위험한 사건이 일어났는지에 대해 열띤 이야기가 오가는 것도 무리는 아니었다. 남의 불행을 은근히 재미있어하는 듯한 공기가 감지되는 것은 미연만의 착각일 것이었다.

"근데 뭐, 그렇게 따지면 안 위험한 데가 어디 있겠어요?"

어색한 표정을 짓고 있던 미연이 안쓰러웠는지 수민이 말을 돌렸다.

"그리고 거기가 꼭 미연 언니 집 쪽이라는 법도 없고요. 동명시도 꽤 클 텐데."

"아, 그건 그렇구나. 우리가 꼭 초를 친 것처럼 돼버렸네. 미연 씨, 미안해."

김 팀장이 너털웃음을 지으며 말했다. 미연은 그 사건이 일어난 서하동이 바로 자신들이 거주하고 있는 아파트가 위치한 곳이라는 이야기를 차마 하지 못한 채 따라 웃었다.

"괜찮아요."

"미연 씨도 워킹맘이잖아. 고생이 많아. 지호가 초등학생이랬나?"

"2학년이에요."

"어이구, 아직도 아기구나."

김 팀장에게는 고등학생 아들과 중학생 딸이 있었다. 그는 애들이 따르는 것도 한때라며, 품 안의 자식이라는 말도 있으니 귀찮아도 지금을 즐기라는 조언을 건넸다.

"머리가 크니까 이젠 나한테 아는 척도 안 해. 미연 씨는 아직 지호가 귀찮게 하지?"

"엄마를 많이 따르긴 해요."

"나도 미연 씨가 힘든 거 잘 알아. 우리 와이프도 첫째 초등학교 때 일을 관뒀거든. 맞벌이로는 도저히 애 둘 케어가 안 되더라고."

그는 커가면서 점점 엄마 손이 많이 갈 수밖에 없는 상황에 대한 푸념을 늘어놓았다. 주머니에서 스마트폰의 진동이 울리는 것이 느껴졌지만 미연은 그것을 무시하고 팀장을 마주 보면서 고개를 끄덕였다.

"팀장님도 힘드셨겠어요."

"우리 와이프가 더 힘들었지. 일도 관두고 애들한테만 매달리고……. 나는 미연 씨는 안 그러면 좋겠어."

"감사합니다."

스마트폰의 진동은 계속 이어졌다. 그러나 김 팀장의 표정이 진지해진 것을 본 미연은 알 수 없는 누군가의 연락을 무시하기로 했다.

"미연 씨도 알겠지만 우리 회사가 그렇게 큰 편은 아니잖아. 연구팀 빼면 우리 같은 사무직은 더 적고."

미연의 회사는 인공지능 기술 솔루션 특허를 따내 그것을 기반으로 정부 사업을 수주하며 급성장한 기업으로, 업력에 비해 빨리 상장한 스타트업이었다. 대표는 카이스트 출신에다 자수성가한 IT 인재라는 평가를 받고 있지만, 가만히 있어도 기술이 알아서 잘 팔리고 있다 보니 연구 이외의 회사 운영에는 관심이 없었다. 행정 업무를 담당하는 직원들은 하는 일 없이 월급을 타먹는 것 아니냐는 의심을 끊임없이 받고 있었다.

"그래서 나는 우리 팀원 한 사람 한 사람이 소중해. 미연 씨도 같이 오래 일하면 좋겠어."

"저도 그럴 생각이에요. 팀장님께서도 저 육아휴직 때 많이 배려해 주셨잖아요."

미연은 김 팀장이 쥐고 있는 빈 컵에 맥주를 따라주며 말했다. 팀장은 그것을 시원한 물처럼 맛있게 들이켰다.

"나도 미연 씨 사정 잘 아니까. 지금은 많이 괜찮아졌지?"

"네."

괜찮아졌는지 아닌지는 잘 모르겠지만, 미연은 고개를 끄덕였다. 그녀는 육아휴직을 지호를 낳고 몇 년 지나서 썼다. 둘째가 생긴 지 막 여섯 달이 되었을 무렵 사산됐기 때문이었다.

그 사실은 가족 모두에게 상처였다. 지호는 아직 뭐가 뭔지 잘 모를 나이였음에도, 미연이 병원에 머무는 동안 시어머니 손에 크면서 잘 가리던 대소변 실수를 다시 하기 시작했다. 정우는 통보조차 없는 외박을 하는 날이 많아졌다. 퇴원 후 미연은 집에 홀로 남았다. 남편도, 아들도 없이 혼자 있는 집에서 아픈 기억을 되새기기란 죽기보다 힘들었다. 결국 매일 술에 의지해 잠을 이루다가 알코올중독 증상까지 갔었다.

미연이 완전히 술을 끊고 가족들이 다시 하나로 모이기까지는 꽤 오랜 시간이 걸렸다. 모두 쉽지 않은 일들뿐이었는데, 지금 돌이켜 보면 기억이 주는 아픔은 생각보다 흐릿하다. 드림힐아파트 청약 당첨으로 이전에 살던 집을 떠나게 된 것도 큰 도움이 됐다. 이따금 느껴지는 손 떨림과 편두통만이 옅은 잔상으로 남아있을 뿐이었다.

"퇴근도 빨리 해야 되고, 어려움이 있겠지만 애 엄마라고 해서 성과 없는 일만 주고 그러지는 않을 거야. 아마 곧 중요한 대외 홍보가 있을 것 같은데, 미연 씨도 같이 하자고."

"정말요?"

"대표가 신경을 쓰는 일이더라고. 당분간 업무 강도를 높일 수밖에 없을 듯해. 그래도 난 미연 씨만 열외로 두고 안 그래. 무슨 말인지 알지?"

"감사합니다, 팀장님. 저도 열심히 하고 싶어요."

미연은 이번에는 진심으로 기쁘게 고개를 끄덕였다. 다른 팀원하고 똑같이 추가 수당 없는 야근을 하고, 괴팍한 운영진들의 피드백을 받아야 한다는 대접이 기이하게도 고마웠다. 그녀만 열외로 두지 않겠다는 팀장의 말이 진심처럼 느껴졌다.

"어, 미연 씨. 아까부터 전화 오는데?"

미연의 옆에 앉아있던 팀원이 고기를 굽던 집게로 아래쪽을 가리켰다. 주머니 속의 스마트폰 액정 화면이 여전히 불빛을 내고 있는 것이 보였다.

"잠시만요."

그녀는 별 수 없이 자리에서 일어났다. 양철통처럼 생긴 의자에 엉덩이를 붙인 사람들이 만든 좁은 길을 헤치고 간신히 가게 밖으로 빠져나왔다. 발신인의 주인은 정우였다.

"여보세……."

— 너 어디야?

통화 버튼을 누르자마자 정우의 짜증스러운 목소리가 날카롭게 귀를 찔렀다.

"왜? 회식이라고 했잖아."

— 지금?

"응. 왜?"

스마트폰 건너편에서 정우가 짜증 섞인 한숨을 내쉬는 것이 들렸다. 그도 술자리 중인지, 여러 사람의 왁자지껄한 목소리가 섞여있었다. 미연의 가슴이 덜컹했다. 오늘 아침에 분명, 미연의 회식 때문에 정우가 지호를 학원에서 데려오기로 했다. 태권도만 다녀오면 되는 날이라 저녁 7시가 넘은 지금에는 정우가 지호와 같이 있어야 했다.

"오빠 아직 밖이야? 지호는?"

— 아, 그러니까. 넌 지호 폰 관리도 안 하냐? 지금 전화가 안 돼.

"아니 그게 문제야? 배터리가 닳았나 보지. 지호랑 같이 있기로 했잖아. 오빠 지금 어딘데?"

— 강남에서 갑자기 술자리가 생겼어.

"나보다 가깝네. 빨리 집에 가봐."

— 그럴 수 있는 자리가 아니야. 학원에 연락해 보니까, 혼자 갈 수 있다고 해서 아파트 앞에 내려줬다는데. 집에 있겠지?

정우의 질문은 황당하기까지 했다. 그는 아이 아빠면서도 자기가 맡은 픽업 역할을 상의 없이 빼먹은 것도 모자라 거의 두 시간 넘게 방치되고 있는 아이의 행방을 오히려 자신에게 묻고 있었다.

"……."

— 전화를 진작 받던가. 나 지금 진짜 못 가.

미연의 침묵을 타박하듯 정우가 말했다. 제 잘못을 인지한 건지 아닌지, 말투는 아까보다 누그러져 있었다. 그녀는 혈압이 올라오는 듯한 느낌에, 이마에 손을 얹은 채 낮게 말했다.

"일단 내가 갈게. 나중에 얘기해."

그녀는 정우의 답을 듣지 않고 전화를 끊고 다시 가게로 들어갔다.

"팀장님, 죄송해요."

미연은 가방을 들고 김 팀장을 향해 고개를 푹 숙였다.

"남편한테 전화가 왔는데 일이 길어져서, 애가 너무 혼자 오래 있을 것 같대요. 가봐야 할 것 같습니다."

"어어, 그러면 가야지. 집도 멀잖아. 얼른 가."

얼굴이 조금 붉어진 김 팀장이 고개를 끄덕였다.

"언니, 담엔 2차까지 가요!"

자리에서 일어나는 미연을 향해 수민이 손을 흔들며 말했다. 그녀의 눈은 이미 만취해 초점이 흐렸다. 미연은 문자 할게, 라고 입 모양으로 말한 후 자리를 떴다.

\* \* \*

회사 사람들은 대수롭지 않게 미연을 보내주었지만 그녀의 마음은 무거웠다. 하필 오랜만에 한 회식에, 미연의 이사를 축하해 준 자리에, 열외로 두지 않겠다는 팀장의 말이 끝나자마자 그녀 혼자 열외가 되어 자리를 뜬 셈이었으니 말이다.

퇴근 시간이 훌쩍 넘은 탓에 집으로 가는 지하철의 배차 간격이 조금 넓다는 생각이 들었다. 게다가 마음이 어지러웠던 탓인지 미연은 환승을 반대로 해버렸다. 결국 헐레벌떡 아파트 단지로 진입한 것은 밤 9시 반이나 되어서였다.

지호가 늘 누군가와 함께 집으로 돌아가는 것은 아니었다. 가끔 혼자 놀이터에 갔다가 집에 오기도 하고, 학원 차 시간이 맞지 않을 때면 집에서 숙제를 하다가 나갈 때도 있었다. 그러니 오늘도 혼자 현관 도어락의 비밀번호를 누르고 문단속을 한 뒤 집에 머물러 있을 가능성이 높았다.

하지만 일말의 또 다른 가능성이 그녀를 불안하게 했다. 지호가 집으로 바로 가지 않고 한눈을 팔았다면 어떻게 될까. 아까는 건성으로 흘려 들었던 실종사건이 지금에야 와서 그녀의 심장을 나무뿌리처럼 움켜쥐는 것 같았다. 범인이 안 잡혔다고 했던가? 아니, 아예 용의자조차 모른다고 했었나. 작년에는 호안동에서 실종되었다고 하니까 올해는 어쩌면…… 아무도 주문하지 않은 부정적인 생각이 자꾸 날아들었다.

해진 뒤 아무도 없는 놀이터, 가로등 없는 아파트의 뒷편, 상가가 끝나고 차도로 이어지기 직전의 인적 드문 풀숲. 나쁜 마음을 먹은 사람이 숨고자 하면 아파트 안에도 사각지대는 얼마든지 있었다. 한번 시작된 상상은 꼬리에 꼬리를 물고 끝없이 뻗어나갔다.

어둑한 아파트 현관에서 초조한 마음으로 엘리베이터를 기다리던 그녀는 기절할 듯 놀랐다. 문이 열리자마자 무언가가 톡 튀어나와 미연의 무릎에 매달렸기 때문이다.

"꺄악!"

미연은 저도 모르게 비명을 지르며 주저앉았다. 그러나 작은 형체는 미연에게 단단히 매달려 떨어지지 않았다. 그녀는 곧 그 정체가 지호임을 깨달았다.

"엄마!"

"이지호! 너 어디 있었어?"

미연은 바닥에 떨어뜨려 버린 숄더백을 주울 생각도 하지 못하고 지호의 어깨를 잡으며 물었다. 지호는 태권도복을 입고 가방을 멘 채라는 것을 빼면 아주 멀쩡했다. 멀쩡한 것을 넘어 굉장히 신나 보이는 상태였다.

"나 영희네 집에!"

"영희?"

고개를 들자 엘리베이터에서 지호와 함께 내려온 듯한 영희 엄마가 미연의 눈에 띄었다.

"어머 어머, 지호엄마! 왜 바닥에 앉아있어."

영희엄마는 호들갑을 떨며 미연을 일으켰다. 주름지고 흐늘거리는 손이 팔에 닿는 느낌이 유쾌하지 않았기에 미연은 얼른 일어섰다.

"안녕하세요."

"베란다에서 지호엄마가 들어오는 게 보이더라고. 그래서 지호랑 같이 마중 나왔지."

영희엄마는 무릎 아래까지 내려오는 긴 티셔츠를 원피스처럼 입고 있었다. 요란한 이탤릭체가 프린트된 새빨간 티셔츠였다. 그녀는 엘리베이터 안으로 미연과 지호를 밀어 넣으며 말을 이었다.

"밖에 잠깐 나갔다 오는데 지호가 혼자 들어오는 게 보이는 거야. 오늘 늦게 온다고 했다며? 아빠도 전화를 안 받는다고 하길래 우리 집에 데려가서 영희랑 저녁 먹였어."

"실례했네요. 너무 감사해요. 지호야, 아줌마한테 인사드렸니?"

"아유 뭘! 애가 먹으면 얼마나 먹는다고."

영희엄마는 호들갑을 떨면서 미연의 어깨를 탁탁 쳤다. 미연과 막역한 사이처럼 행동하는 그녀에게서 희미하게 제사 때 피우는 향과 나프탈렌 같은 것이 뒤섞인 냄새가 났다. 그녀의 나이를 생각하면 자연스러운 냄새였다. 한편으로 화려하고 촌스러운 옷차림과 어울리지 않는 냄새이기도 했다.

"오늘은 너무 늦어서, 내일 다시 인사드릴게요."

엘리베이터에서 내린 미연은 고개를 숙이면서 말했다. 영희엄마는 여전히 붉은 립스틱을 진하게 바른 입을 크게 벌리면서

너스레를 떨었다.

"아유, 그러지 말라니까! 애 좀 봐주는 게 별일이야?"

"그래도요."

"저녁 땐 아무래도 애 혼자 놔두기 불안하잖아. 같은 엄마가 봐주는 게 낫지. 지호엄마가 지호 걱정할까 봐 내가 데려온 거야. 너무 신경 쓰지 말고 쉬어."

영희엄마는 그러면서 엘리베이터 안으로 들어가 손을 흔들었다. 어정쩡하게 고개를 까딱한 미연과 달리 지호는 손을 마주 흔들었다. 어느새 영희엄마와 친해진 모양이었다.

"지호야, 미안해. 원래는 아빠가 오늘 집에 일찍 오기로 했는데."

"괜찮아. 영희랑 놀아서 재밌었어."

"재밌었어? 뭐 하고 놀았어?"

미연은 현관 도어락의 비밀번호를 누르면서 물었다. 하루 종일 사람이 없었던 빈집은 다소 썰렁한 느낌이 들었다.

"술래잡기하고, 책 읽었어. 영희네 아줌마가 주스도 줬다."

"밥은? 뭐 먹었어."

"음…… 고기하고 김치. 밥."

이상한 거 안 먹었어? 라고 물으려던 미연은 말을 삼켰다. 솔직히 말하면 지호가 거기에서 저녁을 먹고 왔다는 사실이 조금 께름칙했다. 영희엄마에게는 왠지 그런 느낌이 있었다. 그러나 미연은 '저녁 때 애를 혼자 놔두기 불안하다'라고 걱정해

준 영희엄마의 말을 떠올리고 생각을 고치기로 했다.

"엄마, 나 숙제 마저 해야 돼."

미연이 거실의 불을 켜자 지호는 바닥에 퍼질러 앉아 책가방의 지퍼를 열면서 말했다.

"영희랑 숙제했어?"

"응. 영희는 숙제 다 하고 논대. 그리고 공부도 한대. 나도 할 거야."

지호는 도복을 벗지도 않은 채 책을 펼치고 노트를 꺼냈다. 곧 연필을 잡고 '받아쓰기 연습'이라고 쓰여있는 부분에 글자를 채워나가기 시작했다.

미연도 지호를 따라 바닥에 앉았다. 알아서 숙제를 시작하다니, 별일이 다 있다. 공부에 집중하는 동그란 뒤통수가 귀여워 미연은 지호의 엉덩이를 톡톡 두드려 주었다.

"숙제도 알아서 잘하고, 우리 지호 너무 예쁘다."

"영희는 집 오면 숙제부터 한대, 엄마."

"영희랑 언제 그렇게 친해졌어?"

"그냥 그래. 다 같이 노니까 어울리는 거야."

"그냥 그래? 그런 말은 또 어디서 배웠니?"

미연이 키득거리면서 말했다. 지호는 어디서 주워듣는지 뜬금없이 어른들이나 하는 말투를 쓰고는 했다. 웃고 있는 미연과 달리 지호의 얼굴은 여전히 진지했다. 그 표정을 보니 미연은 갑자기 장난을 치고 싶어졌다.

"지호야, 영희랑 채윤이 중에 누가 좋아?"

"음…… 채윤이는 좀 시끄러워. 시후랑 준서가 맨날 장난만 치니까 같이 놀기만 하고 공부도 안 해."

"그래?"

"응. 그리고 영희가 그러는데, 채윤이가 시후 좋아하는 거 같대."

"어머나."

지호의 이야기를 들어보니, 준서와 시후는 원래부터 친한 사이인데 공부에 관심이 많은 준서가 영희와 친해지고 싶어 했고, 거기에 시후를 마음에 들어 하는 채윤이가 끼게 된 상황인 것 같았다. 아이들끼리도 나름대로 드라마가 있는 것이다. 미연은 지후의 설명을 흥미진진하게 들었다.

"엄마, 그리고 여기 애들도 〈괴담도시〉 본대."

지호가 미연을 보면서 말했다.

"근데 다 뻥이래. 그래서 하나도 안 무섭대."

"맞아, 지호야. 그런 건 다 거짓말이야."

미연은 기특한 마음에 지호의 머리를 쓰다듬어 주었다.

"내가 안 무서워하면 봐도 되지, 엄마? 쪼금만 볼게."

"쪼금만? 약속 지킬 수 있어?"

"응! 쪼금만."

지호는 신이 나서 고개를 끄덕였다. 미연은 문득 궁금한 생각이 들었다.

"지호야, 그 유튜브가 왜 그렇게 재밌어?"

다시 숙제를 시작한 지호가 말했다.

"우리 동네 얘기 나오니깐."

\* \* \*

기묘하고 어두운 진실, 사라진 아이들과 범인은?

엄마, 나 무서워. 살려줘……! 동명시 연쇄 실종사건의 진실과 거짓

10년 후의 고백, 저는 나쁜 엄마입니다.

"어휴……."

미연은 침대에 누운 채 손가락으로 스마트폰 화면을 스크롤하며 한숨을 내쉬었다. 유튜브에 '서하동 유괴'를 검색하자 수많은 저질 영상이 쏟아졌다. 하나같이 자극적으로 지은 제목을 썸네일에 크게 박아 넣었지만, 막상 클릭을 하면 지금까지 미연이 주변 사람들에게 들었던 것 이상의 내용은 없었다. 오히려 맥락에 맞지 않는 이야기로 가득했다. 그런 영상을 '사이버렉카'라고 부른다는 것도 미연은 오늘에서야 알았다.

지호가 보는 유튜브 채널 〈괴담도시〉도 마찬가지였다. 대부분은 미연이 알고 있는 대로, 이제는 너무 많이 퍼져 괴담이라고 볼 수도 없는 빨간 마스크나 홍콩할매 같은 소재를 다루고 있었다. 그러나 자세히 보니 꽤 구체적인 지명을 언급하며

'○○에서 일어난 일'이라는 식의 영상을 올리는 경우도 종종 있는 것 같았다.

그 가운데는 '서하동의 저주'라는 영상도 있었다. 미연이 그것을 막 누르려고 하는데 옆에서 정우의 목소리가 들렸다.

"안 잘 거야?"

"오빠 안 잤어?"

"불을 그렇게 켜놓고 있는데 잠이 오겠냐?"

"아, 미안해."

미연이 스마트폰을 보느라 켜둔 침대 머리맡의 스탠드를 끄려고 하자 정우가 몸을 일으켰다.

"됐어. 나 지호 방에 가서 잘게."

"그래……."

정우는 끝까지 미연을 보지 않은 채 그대로 방을 나갔다. 결국 미연은 술이 만취해 돌아온 정우와 밤늦게까지 말다툼을 했다. 정우는 미연이 전화를 받지 않았음을 계속해서 물고 늘어졌고 미연은 정우가 자신의 잘못에 대한 본질을 흐린다고 지적했다. 내용 자체는 시답잖은 것이었으나 그것을 담은 표현은 둘의 것 모두 날 서린 칼처럼 뾰족했다. 며칠 전 했던 화해가 다시 무로 돌아갔다. 당분간 둘의 사이는 또 서먹해질 것이다.

미연은 더 신경 쓰지 않고 다시 스마트폰으로 시선을 돌렸다. 싸구려 가발을 쓰고 귀신 분장을 한 배우가 오래된 주택가에서 사람들을 놀라게 하는 장면이 보였다.

서하동의 저주, 진실은?

10년 전, 끔찍한 사건이 발생한 서하동의 저주!

연이어 실종된 어린아이들!

경찰의 무능함으로 사건은 미궁 속에 빠졌다.

과연 범인은 누구인가?

당시 용의자였던 A씨는 행방불명이 되었고

설상가상으로 어머니인 B씨는 스스로 목숨을 끊었다……

수많은 사람의 목숨을 앗아간 서하동의 저주!

만세교의 저주는 실존했나!

　자막으로 삽입된 내용을 읽기 위해 영상을 보던 미연은, 그것을 계속해서 쳐다보고 있는 스스로가 한심하게 느껴져 결국 재생을 종료했다. 〈괴담도시〉는 연출도, 내용도 미연의 생각보다 더 조악하고 형편없었다. 아무리 케이블 방송국이라고 해도 이런 퀄리티의 영상 클립을 유튜브에 올릴 생각을 하다니. 도대체 이런 게 아이들 사이에 왜 유행인지도 모를 일이었다. 자막을 제대로 다듬지도 않는지, '저주'라는 단어가 몇 번이나 반복되는 것도 거슬렸다.

　다만, 영상의 일시 정지를 나타내는 흰 막대기 두 개가 떠있는 화면 아래 '만세교의 저주는 실존했나'라는 자막은 그냥 지나칠 수 없었다. 만세교라는 말은 처음 들어보는 것이었다. 실종된 아이들의 이야기를 신나게 떠들던 시누이의 입에서도, 직장 동료들의 말에서도 나오지 않았었다.

미연은 곧바로 '만세교'를 검색했다. 하지만 특별한 것을 찾을 수는 없었다. 검색 사이트에서는 어느 지방에 있는 다리 이름에 대한 결과가 제일 먼저 보였고, 유튜브에서도 '만세교 수문 개방식'이라는 제목의 짧은 영상이 300건 정도 되는 조회수를 기록하고 있을 뿐이었다. 동명시의 실종사건과, 멀리 떨어진 지역에 존재하는 다리 사이에 무슨 관계가 있는 것일까.

영문을 알 수 없어진 미연의 손가락은 이번에는 맘카페 게시판으로 향했다. 실종사건에 대해 질문했던 그녀의 글에는 아무런 반응이 없었다. 만세교라는 단어가 포함된 글도 없었다. 미연은 예전에 자신이 작성했던 글과 동일한 내용을 한번 더 업로드했다. 그래도 댓글이 달리지 않을 때를 대비해서 글 하나를 더 작성했다.


유튜브에 올라온 서하동 이야기...

요즘 유튜브에 이상한 동영상이 너무 많더라구요 ㅠㅠ

얼마 전에 동명시 실종사건이 방송되어서 그런 건지 ㅠㅠ

내용은 별로 없고 자극적인 연출만 잔뜩 있네요.

아이들이 볼 수도 있는데요...

만세교의 저주라는건 또 뭔지 ㅠㅠ

유튜브에 나온 내용이 혹시 사실인가요?

미연은 그녀가 작성한 글을 다시 읽어보았다가, 유튜브에 실제로 어떤 이야기가 있는지 자세히 설명하지 않았다는 것을 깨달았다. 그래서 이번에는 〈괴담도시〉 유튜브 링크와 함께 대략적인 설명을 덧붙였다. 그렇게 하고 나니 글이 당초 생각했던 것보다 길어졌다. 음모론을 퍼트리는 사람이 쓴 글처럼 보이는 것 같기도 했다. 미연은 '자신은 이상한 사람이 아니며 학부모로서 걱정이 될 뿐'이라는 문장을 적어 게시글을 다시 수정했다.

맘카페에서 유튜브로 돌아간 미연은 〈괴담도시〉 채널에 업데이트된 영상의 목록을 살펴봤다. 지호가 '우리 동네 얘기가 나와'라고 말한 부분이 신경 쓰였기 때문이다. 그게 꼭, 서하동 유괴사건만을 말하는 건 아닌 듯한 느낌이 들었다.

그러다 우연히, 한 영상의 썸네일이 눈에 들어왔다. 낡아빠진 집에 을씨년스러워 보이는 필터를 씌워 '폐가의 저주'라는 제목을 붙인 사진이었다. 왠지 모르게 익숙한 느낌이 들어 미연은 화면을 밝혀가며 그 사진을 이리저리 관찰했다가 깜짝 놀랐다.

"이것도 서하동인가……?"

말 그대로 폐가로 보이는 그 2층 주택은 미연도 처음 보는 것이었다. 하지만 문제는 그 배경이었다. 주택 너머로 보이는 산의 모양이 드림힐아파트 뒤로 보이는 능선의 모양과 꼭 닮았기 때문이었다.

그때부터 미연은 영상의 썸네일을 하나하나 자세히 관찰하기 시작했다. 놀랍게도 꽤 많은 영상에서 그 산의 모습을 찾아냈다. '4차선 대로 귀신'이라는 제목이 붙은 영상에서 나오는 교차로는 처음 이곳에 이사 올 때 지나쳤던 그곳이었다. '원한 실린 육교'라는 영상에서 촬영된 육교 또한 서하초등학교 근처의 것이었다.

미연은 왠지 소름이 돋아 자리에서 일어나 방의 불을 켰다. 이렇게 많은 괴담이 집 주변에 존재한다는 사실에 기분이 이상했다. 게다가 실종사건과 같은 경우는 실화를 각색한 것이 아닌가. 혹시 다른 괴담 가운데서도 실제 사건을 재연했다면? 그러니까, 이 많은 일이 정말로 여기에서 일어났던 것들이라면…….

거기까지 생각이 미친 미연은 인터넷 페이지를 열어 '괴담도시'를 입력하고, 그 프로그램을 만드는 케이블 방송사를 검색했다.

"나 참."

방송사의 주소를 보는 순간 미연은 어이가 없어서 실소했다. 주소는 동명시 외곽을 가리키고 있었다. 그 괴담들은 서하동 근처에서 일어난 사건을 바탕으로 한 것이 아니었다. 단지 방송사가 동명시에 위치하고 있기 때문에, 재연 영상을 촬영하기 쉬운 근처 동네를 택한 것뿐이었다.

미연은 역시 지호에게 〈괴담도시〉를 많이 보게 하면 안 될 것 같다는 생각을 했다. 자신만 해도 잠시 판단이 흐려졌는데,

아이들이 보면 얼마나 진짜 같을까. 그것도 매일 보는 곳을 배경으로 한 영상이라면.

고민하던 미연은 제보를 받는 메일 주소를 복사한 뒤 〈괴담 도시〉 PD에게 보낼 메일을 작성하기로 했다.


안녕하세요. 동명시에 거주하는 학부모입니다.

혹시 이 영상은 해당 내용에 대해 잘 알고 계신 분이 만드신 것인가요?

사건에 대한 정확한 이야기 없이 지나치게 자극적으로 제작된 것 같은 우려가 듭니다.

하지만 단지 조회 수를 위해 허위 사실을 유포하는 것은 방송사로서 책임을 다하지 않는 일 아닌지요?

물론 저도 사건에 대해 잘 아는 것은 아닙니다.

아이들도 볼 수 있는 곳에 공개적으로 이런 내용을 올리는 건 적합하지 않다는 생각이 들어서요.

이 영상만 보면 동명시가 무슨 범죄구역인 것처럼 묘사를 하셨던데요.

동명시도 엄연히 평범한 사람들이 사는 곳입니다.

거기에 사는 사람들 생각은 안 하시나요?

신도시 개발 기사는 보셨나요?

동네에 무슨 악감정이라도 있으신 분인지...

사실을 왜곡하지 마시고 조회 수에 연연하는 방송 좀 그만

찍으세요.

다 쓰고 나니까 처음 미연이 생각했던 것보다 어조가 격해졌다. 그러나 미연은 메일을 수정하지 않고 그대로 전송했다. 평범한 사람들의 보금자리를 비하하는 것 같은 유튜브의 내용에 가슴이 두근거릴 정도로 화가 났다.

미연은 잠에 들기 위해 눈을 감았다. 얼핏, 머릿속에서 아까 보았던 폐가가 스쳤다. 영상의 내용은 가짜겠지만, 어쨌든 드림힐이 지어지기 전에는 그런 낡아 빠진 집들이 이곳을 잔뜩 채웠다는 것이다.

직접 보지 않았으면 아마 상상도 하지 못했을 것이다. 바퀴벌레가 기어 다니는 시멘트 바닥과 곳곳에 금이 간 담벼락, 낡은 철문과 깨진 우편함⋯⋯.

미연은 문득 영희엄마가 '오래 전부터 여기에서 살았다'고 말한 것을 떠올렸다. 그런 풍경은 왠지 영희엄마와 연결되는 무언가가 있었다. 오래된 방에서 날 것 같은 불쾌한 냄새. 나이와 어울리지 않는 옷차림과 상황에 잘 맞지 않는 대화. 거기서 오는 이질감이 주는 희미한 섬뜩함.

미연은 더 생각하지 않기 위해 애써 잠을 청했다. 지호를 저녁까지 먹여 집에 보낸 그녀를 너무 편견 어린 시선으로 바라보면 안 될 것 같았다. 과연 잘될지는 의문이지만.

2장

친구

"집에 오면 숙제부터 하는 거야."

영희가 방 안으로 들어오며 말했다. 영희의 손에 들린 쟁반에는 노란 액체가 담긴 유리잔 두 개가 놓여있었다.

"다른 거부터 하면 안 돼?"

침대 위에 앉아 발을 흔들거리고 있던 지호가 물었다.

"그리고, 다른 애들은 어디 있어? 채윤이랑 시후랑, 준서랑."

"그 애들은 여기 못 와."

영희는 단호하게 말하며 좌식 탁자 위에 쟁반을 올려놓았다.

"여긴 너만 올 수 있어. 봐, 애들은 너랑 나밖에 없어."

지호는 슬쩍 바깥을 바라봤다. 영희의 말대로, 거실에는 어른들뿐이다. 그중에는 지호가 아는 사람도 있었다.

"아까는, 다 같이 여기서 논다고 했잖아?"

지호는 바닥으로 폴짝 뛰어내리면서 말했다.

"거짓말이야."

영희가 태연하게 말하면서 유리잔을 들었다. 지호는 깜짝 놀라서 눈을 크게 떴다.

"야, 거짓말 하면 안 돼!"

"왜 안 돼?"

"엄마가…… 하지 말라고 했으니까."

"우리 엄마는 해도 된대."

"우와, 부럽다."

지호는 진심으로 부러운 표정을 지으며 말했다.

"너도 여기서는 해도 돼."

"진짜?"

"응. 우리 엄마는 화 안 내니까."

영희는 쟁반에 놓인 유리잔을 지호 쪽으로 밀었다. 지호는 영희처럼 유리잔을 들고 안에 든 액체를 마셨다.

"이거 뭐야?"

"주스."

"무슨 맛? 맛이 이상해."

"조금 지나면 괜찮아져."

영희의 말에 지호는 잔을 내려놓고 헤헤 웃었다. 이상하게 기분이 좋아졌다.

"대신 상제님 말씀은 잘 따라야 해."

"상제님이 누군데?"

지호는 탁자를 마주 보고 앉은 영희를 향해 말했다. 졸리면서도 졸리지 않은 기분이었다. 방을 마구 뛰어다니고 싶을 만큼 신이 나는데, 몸은 움직여지지 않았다. 분명, 침대에 누워 잠들기 직전과 비슷한 느낌이 들고 있는데도 영희의 모습이 흐려지지 않고 무척 생생했다. 다시 보니 영희는 주스를 거의 마시지 않았다.

"너, 〈괴담도시〉 봤어?"

"응."

지호는 침을 꿀꺽 삼키고 고개를 끄덕였다. 〈괴담도시〉는 제일 좋아하는 유튜브 채널이다. 엄마는 그 이야기를 꺼낼 때마다 화를 냈지만, 새로운 영상이 올라오면 보지 않고는 견딜 수 없었다.

"상제님은 거기에 나오는 일을 다 할 줄 아셔."

"진짜야?"

지호의 눈이 휘둥그레졌다. 어쩐지 영희가 하는 말이 엄청난 일인 것처럼 느껴졌다.

"상제님의 말씀을 따르지 않으면 어른들도 죽을 수 있어. 대신 말씀을 잘 들으면 복을 받게 돼. 우리도 마찬가지야."

"복이 뭔데?"

"너가 하고 싶은 거 다 들어주는 거."

"우와……."

지호의 표정이 황홀해졌다. 영희가 하는 말이 도저히 거짓말이라는 생각이 들지 않았다. 오히려, 굉장히 좋은 일이 일어날 것 같은 기분이 들었다.

"너도 복 받고 싶어?"

"응!"

"그러면 내가 시키는 대로 할 수 있어?"

"응! 시키는 대로 할게!"

지호는 힘차게 고개를 끄덕였다.

\* \* \*

미연이 〈괴담도시〉 PD에게 보낸 메일에는 아무런 답장이 오지 않았다. 수신확인도 돼있지 않았다. 미연은 메일이 가지 않은 것인가 싶어 한번 더 전송을 하려다가 그만두었다.

미연은 지호를 영희네 집에 보내면서도 완전히 안심하지 못했다. 그러나 지호의 모습이 조금씩 달라지는 것을 보고 생각이 변하기 시작했다.

서하초등학교에서는 맞벌이 등 여러 이유로 집을 일찍 나와야 하는 아이들을 위해 오전에도 돌봄교실을 운영했다. 돌봄교실이라고는 하지만 특별히 누가 돌봐주는 것은 아니고, 빈 교실에 아이들을 모아놓고 자율학습을 시키는 것이다. 지호는 오전 8시에 등교를 했는데, 영희도 아침 일찍부터 학교에 온다고 했다. 또, 알고 보니 지호와 영희는 컴퓨터 학원이 서로 겹쳤다. 지호는 영희도 학습지를 푼다, 숙제를 한다며 미연이 나서서

검사를 하기도 전에 책상 앞에 앉았다.

미연이 보기에, 지호는 영희를 좋아한다기보다 따라 하려는 느낌이 강했다. 그녀는 나중에야 그 이유를 알 수 있었다. 영희는 컴퓨터를 잘했다. 학원에서는 아이들이 코딩에 관심을 가질 수 있도록 간단한 게임 알고리즘을 만들도록 하는데 영희는 벌써 게임 하나를 완성해 간단다. 여느 아이들처럼 게임에 관심이 많은 지호는 그것을 어떻게든 따라잡고 싶은 모양이었다.

지호는 영희와 꽤 자주 어울렸다. 컴퓨터 학원에서 나란히 앉거나, 학교에서 학원으로 이동할 때까지 같이 노는 경우도 있는 것 같았다. 종종 미연에게 전화를 걸어 영희네 집에 밤까지 있어도 되냐고 물을 때도 있었다.

처음에는 '영희네 아줌마 허락도 받지 않고 가면 안 된다'고 지호를 타일렀다. 예의를 가르쳐 주려는 목적, 지호를 영희엄마에게 맡기고 싶지는 않은 마음이 절반씩 섞여있었다. 영희와 어울리고 나서부터 지호의 태도가 눈에 띄게 밝아졌음에도 불구하고 미연의 마음 한구석에는 석연치 않은 무언가가 이끼처럼 달라붙어 있었다.

미연이 몇 번 나무라자, 그다음부터 지호는 말을 바꾸었다.

"엄마, 영희가 그러는데 아줌마가 오고 싶으면 아무 때나 와도 된다고 했대."

"정말이니?"

"진짜야! 엄마가 아줌마한테 전화해 봐."

미연이 캐물었을 때는 살짝 짜증을 내기까지 했다.

미연은 정말로 영희엄마에게 전화를 걸려고 했다. 그러나 생각해 보니, 영희엄마는 메신저만 등록이 돼있어 번호는 알 수 없었다. 그러나 전화번호를 가르쳐 달라고 하면 또 불편할 정도로 친근하게 굴 것만 같았다.

생각 끝에 미연은 점심을 먹고 사무실로 돌아오는 길에 영희엄마에게 메시지를 보냈다.

안녕하세요. 요즘 지호가 영희를 너무 귀찮게 하는 것은 아닌지요? 집에도 자꾸 놀러 간다고 하는데, 실례인 것 같아서요. 영희어머님도 바쁘실 텐데, 혹시 불편하시다면 제가 잘 타이를게요.

그러자 곧바로 영희엄마에게 전화가 걸려 왔다. 미연은 내키지 않는 마음으로 전화를 받았다. 아니나 다를까 영희엄마의 째어지는 듯한 목소리가 귀를 날카롭게 찔렀다.

— 지호엄마! 나야, 영희엄마. 메시지 봤는데 무슨 뜻인지 모르겠어서 전화했어. 난 글이 길면 잘 안 읽어지더라.

"네……?"

— 그러니까 무슨 말이야? 지호가 영희를 귀찮게 한다고? 영희는 그런 말 없던데?

"그게, 지호가 폐가 될까 봐요."

— 폐? 그게 무슨 뜻인데?

미연은 잠시 침묵을 지켰다. 처음에는 영희엄마가 장난을 치거나 상황을 비꼬고 있는 줄 알았다. 그러나 다시 생각해 보면 지호에게 집으로 놀러 와도 된다고 한 것은 영희엄마다. 그러니까 영희엄마는 정말로, 미연이 완곡하게 표현하느라 길게 보낸 메시지의 뜻을 이해하지 못하고 전화를 건 것이다.

"저…… 우리 지호가 자꾸 영희네 집에 놀러 간다기에……."

— 아이고! 난 또 뭐라고. 와도 된다니까? 같은 말을 몇 번씩 하게 하는 거야. 지호엄마도 참 답답하네.

그러더니 영희엄마는 깔깔깔 하고 높은 목소리로 웃었다. 스피커를 통해 새어 나오는 소리는 미연을 지나치던 행인 한 명이 흘끗하고 돌아볼 정도로 컸다.

"그래도, 갈 때마다 물어보라고 해둘……."

— 안 그래도 돼! 난 거의 집에만 있으니까, 지호 학원 왔다 갔다 할 때 들러도 되고. 지호 오면 엄마한테 전화하라고 할게. 그러면 되지?

영희엄마는 그렇게 자기 할 말만 하고 일방적으로 전화를 끊었다. 미연은 스마트폰을 잠시 바라본 후, 우선 영희엄마의 번호를 저장했다. 그리고 서둘러 사무실로 돌아갔다. 영희엄마의 행동거지를 천천히 곱씹어 보기에는 미연에게 시간이 많지 않았다.

미연의 회사는 몇 주 뒤 산업통상자원부 장관 방문을 앞두고 있었다. 외부에서 볼 때는 의례적인 '중소기업 애로사항 점검'

행사였으나, 미연의 회사에서는 의미가 컸다. 산자부에서 미리 정책으로 도입할 만한 지원책을 제안하라고 귀띔했기 때문이었다. 게다가 경쟁사 가운데 산자부가 업계 대표로 미연의 회사를 선정했다는 것도 대표의 기대감을 한층 높였다.

팀장은 회식에서 한 약속대로 미연도 행사 준비에 참여하도록 했다. 솔직히 말해 연구팀을 제외하면 체계라고는 거의 없는 회사였기 때문에, 부서 간 소통부터가 큰일이었다. '경영기획'이라는 이름 아래 인사, 총무, 마케팅, 홍보 등의 업무를 모두 떠맡고 있는 미연의 팀이 매일 야근을 거듭할 수밖에 없었다.

미연도 어떻게든 다른 직원들의 일을 도우려고 애썼지만, 지호 때문에 정시 퇴근을 해야만 하는 상황에서는 상대적으로 일이 적을 수밖에 없었다. 집으로 가져가서 할 수 있는 업무에도 한계가 있었다. 때문에 그녀는 근무 시간만큼은 허튼 데 쓰지 않겠다는 각오를 한 상태였다.

미연이 사무실로 돌아오자 옆자리의 수민이 손을 흔들었다.

"언니, 뭐 먹고 왔어?"

"김밥."

"으이구, 맛있는 거 먹지."

그렇게 말하는 수민도 샌드위치를 들고 있었다. 책상에는 1리터짜리 싸구려 아이스 아메리카노가 녹아가는 중이었다.

"다들 시간 없어서 죽으려고 하는데, 여유 있게 먹을 수가 있니."

"점심시간 정도는 괜찮아. 나는 남는 시간에 한잠 자려고 이 거 먹는 거야."

그렇게 말하며 웃는 수민의 눈도 피로에 절어있었다. 미연은 안쓰러운 마음이 들었다. 수민뿐만 아니라 다른 직원들도 매일 녹초가 되어가는 중이었다.

"나도 이제부터 야근할까 봐."

"언니가? 지호는 어떻게 하고?"

"신랑한테 맡기거나……. 나, 커피 타 올게."

미연은 말끝을 살짝 흐리면서 자리에서 일어서 탕비실로 향 했다. 정우에게 지호를 맡길 수 있을까 싶은 생각이 들었기 때 문이다.

만약 미연이 일 때문에 저녁에 지호를 전적으로 돌봐달라고 부탁한다면, 정우는 또 회사를 그만두라고 종용할 것이 뻔했다.

정우는 미연이 지호를 낳고부터 일을 그만두라는 이야기를 꺼냈다. 정우의 벌이는 기자치고 나쁘지 않은 편이었으나, 미 연은 생활비 문제를 떠나 계속 일을 하고 싶었기 때문에 고집 을 부렸다.

미연이 특별히 애사심이 강하다거나 자아실현 같은 데 욕망 이 있어서 그런 것은 아니다. 결혼 생활이 힘들 때마다 미연은 연을 끊은 친정엄마의 비난을 생각하며 이를 악물고 버텼다. 엄마는 기껏 공부시켜서 대학 보냈더니 애 엄마나 될 거냐는 둥, 거지꼴로 살고 싶으면 결혼하라는 둥 길길이 날뛰었다. 엄마의 모습에 질려버린 미연은 결국 친정과 인연을 끊고 살기로 결정했다. 열심히 살아서, 혼자서 모든 것을 해내는 모습을 보여주면 엄마도 미연의 판단이 옳았음을 깨닫고 모질게 굴던 과거를 뼈저리게 후회할 거라고 믿었다.

대학을 헐레벌떡 졸업하고 지호를 낳은 뒤 몸조리를 하고 나서야 미연은 취직 활동을 시작했다. 그러나 갓 낳은 지호를 돌보면서 일을 병행하기란 쉽지 않았다. 정우는 미연에게 가정주부로 남으라고 했지만 미연은 그것을 거부했다. 정우가, 자신의 뜻을 존중해 주지 못할 거라면 미연을 돕지 않을 거라고까지 말했지만 미연은 꿋꿋이 버텼다. 일하면서 애를 잘 키울 수 있겠냐는 시댁의 눈초리와 지금 애를 낳으면 인생이 망할 거라고 했던 친정의 비난을 모두 이겨내고 싶었다.

지금까지 실제로 그렇게 해왔다. 지호는 별 탈 없이 잘 크고 있으며, 미연의 회사 생활도 순조로웠다. 몇 차례 위기가 있었던 정우와의 관계도 지금은 나쁘지 않다. 이 모든 것은 아치를 이루는 벽돌이었다. 한 가지만 균열이 가도 전체가 와르르 무너질 터였다. 사실은, 지금 모든 게 조금씩 위태로운 상황일지도 모른다. 지호의 허언증은 언제 나타날지 모르는 증상이다. 회사에도 예상하지 못한 문제가 터질 수 있다. 미연이 일을 계속하는 것에 대한 정우의 불만은, 지난번 말다툼에서도 알 수 있듯이 완전히 봉합되지 못했다.

그런 점에서 드림힐 당첨은 훌륭한 무게중심이었다. 웬만한 충격에도 끄떡없이, 행복의 아치가 흔들리지 않도록 막아주는. 영희엄마라고 하는 조금 불쾌한 존재가 바로 윗집에 있다는 것이 신경 쓰였지만 그 또한 이 균형을 유지하는 데 도움을 주는 하나의 부품과 같은 것이라고 생각하면 그만이다. 맞벌이인 정우와 미연이 지호를 돌보기 위해 단 하나의 변수도 들어올 수 없을 만큼 빽빽한 일정을 맞춰나가다 어딘가 어긋날 때 도와주는 톱니바퀴 정도인 것이다.

미연은 어쨌든 그녀가 행운을 거머쥔 상태라는 것을 믿고 있었다. 사람의 뇌는 나쁜 일이 발생하지 않기를 바라는 반작용에 오히려 부정적인 상상을 하게 된다고 한다. 지금 미연 또한 그런 상태일지도 모른다. 태어나지도 않은 불행이 어디선가 자리 잡고 있는 것은 아닐지 두려워하는 것이다. 걱정할 필요 없다.

"걱정할 필요 없어."

걱정할 필요 없어. 걱정할 필요 없어. 미연은 주문을 외우듯 위로처럼 문장을 되새겼다.

\* \* \*

퇴근길, 여느 때처럼 스마트폰을 들여다보던 미연은 뜻밖의 알림 메시지를 받았다.

알림 | 동명시 맘카페에서 탈퇴 처리되었습니다.

느닷없는 이야기였다. 당황한 그녀는 서둘러 카페 페이지에 접속했다. 그러나 화면에는 접근 권한이 없으며, 회원 가입을 통해서만 게시글을 볼 수 있다는 메시지만 계속해서 뜰 뿐이었다.

온라인 커뮤니티 한 곳 탈퇴가 천지개벽할 만한 심각한 일은 아니지만, 신경이 쓰이는 것은 어쩔 수 없었다. 미연은 지하철에 오르면서 카페 운영자에게 탈퇴 이유를 묻는 메일을 보냈다.

답장은 미연이 지하철 환승을 마치고 버스를 갈아타려고 할 때쯤 도착했다. 의외로 빨랐다. 요즘 맘카페들은 회원 수도 많고 운영도 활발하니 나름의 민원 처리도 신속한 것일까.

하지만 운영자의 답변은 미연의 의문을 해결해 주지 못했다. 답장에는, 미연이 쓴 게시글이 회원에게 신고를 당했으며 신고가 일정 수 이상 누적될 경우 탈퇴 처리된다는 약관을 긁어다 붙인 것 같은 문장이 전부였다.

그럴만한 글이 있었을까. 미연은 지난 며칠간의 맘카페 활동을 떠올려 보았다. 그녀는 글은커녕 댓글도 잘 달지 않는 편이었다. 쓴 것이라고 하면 수학 선행학습을 해주는 학원을 물어본 글과 아동 실종사건에 대해 질문한 글 정도였다. 학원 글도, 특정 학원을 언급하면 홍보 금지 규정 위반으로 경고를 받고 반대로 부정적인 글은 명예훼손 규정으로 삭제될 수 있다고 해서 꽤 조심해서 작성했었는데.

그렇다면 신고를 당할만한 게시글은 만세교에 관한 것뿐이었다. 그러나 그 내용 어디에 문제가 있었을까. 카페 운영 조항을 읽어보려 했지만, 이미 탈퇴 처리가 되어 알 길이 없었다. 나중에 다시 가입 신청을 하면 되겠지, 미연은 그렇게 결론짓고 스마트폰을 재킷 주머니에 넣었다.

그보다, 다음 주부터는 정말로 야근을 해야 할지도 모른다. 미연은 억지로 서류를 구겨 넣어 모양이 이상해진 가방을 어깨에 메고 엘리베이터를 타면서 길게 한숨을 내쉬었다.

현관문을 열자 센서등이 미연을 반기듯이 켜졌다.

"왔어?"

거실 쪽에서 정우가 말하는 소리가 들렸다. 오늘은 제대로 지호를 태권도 학원에서 데려왔다고 메시지를 보냈었다.

"응. 손 좀 씻을게."

미연은 현관문 바로 옆에 달린 화장실에 들렀다가, 복도에 붙은 지호의 방문을 열었다.

"팔천상제홍일신!"

지호는 미연을 등지고 선 채 방 한가운데서 팔을 뻗으며 뭔가를 열심히 외치고 있었다. 태권도복은 잘 개어 침대 위에 올려놓은 상태였다.

"지호야 뭐 해?"

미연이 묻자 지호는 '팔천'으로 시작하는 이상한 단어를 몇 번 더 외치더니 등을 돌렸다.

"주문 외우는 거야."

"무슨 주문?"

"용감해지는 주문."

그러고는 다시 등을 돌렸다.

"팔천상제홍일신! 팔천상제홍일신! 팔천상제홍일신!"

제 나름대로 정해둔 횟수 같은 게 있는 것인지, 지호는 그 단어를 외칠 때마다 작은 손가락을 오므려 숫자를 셌다. 접히지 않은 손가락이 두 개 남았을 때가 돼서야 그 행동은 끝났다.

"세상에, 지호야. 땀 좀 봐. 또 〈괴담도시〉에서 이상한 거 보고 따라 하니?"

미연은 웃으며 휴지 몇 장을 뽑아 지호의 이마를 닦아주었다. 지호는 전에도 빨간 마스크를 쫓아내는 주문이 있다며 희한한 단어를 열심히 적어서 외우고는 했다. 아이는 젖은 머리카락을 털며 고개를 저었다.

"이상한 거 아니야. 용감해지려고 만든 주문이야."

"어이구, 기특해라."

지호는 드림힐로 막 이사 왔을 때 귀신이 나올지도 모른다며 악몽을 꾸던 때와 딴판이었다. 태권도 도장에 보낸 효과인지, 요즘 혈색도 좋아졌다.

"지호야, 오늘 영희네 아줌마하고 전화했어."

"진짜? 그럼 이제 영희네 집에 매일 가도 돼?"

미연의 말에 지호는 반색하며 눈을 동그랗게 떴다. 미연은 망설이다 입을 열었다.

"근데……, 영희네 집이 왜 좋아?"

미연은, 이번에는 지호에게 제대로 물어봐야겠다고 결심했다. 영희엄마가 혹시 과자나 불량식품을 잔뜩 먹여서 좋아하는 걸까. 가면 계속 유튜브 같은 거나 보게 해주는 건 아닐까. 그녀는 그런 추측을 하고 있었다.

그러나 지호는 의외의 대답을 했다.

"우리 집이랑 가깝잖아."

"응?"

"우리 집 바로 위니깐. 집에 아무도 없어서 뛰어도 되고. 엄마랑 아빠 오면 바로 집에 갈 수도 있어."

"아…… 그렇구나."

잔뜩 긴장하고 있던 미연은 맥이 탁 풀리는 것을 느꼈다. 지호의 목적은 생각보다 순수하고 명쾌했다.

지호 입장에서 생각해 보면 그렇다. 학원 수업이 끝나고 모든 아이들이 돌아가고 나서도 집에 가지 못하고, 미연이나 정우가 헐레벌떡 학원에 찾아올 때까지 우두커니 앉아있어야 하는 것보다는 영희네 집으로 함께 돌아가는 편이 좋은 것이다. 엄마 아빠가 돌아올 때까지 우리 집이 비어있다는 사실도 알고 있으니 층간 소음 걱정 없이 뛰어놀아도 괜찮다. 무엇보다, 계단 한 번만 내려오면 바로 집으로 올 수 있다는 사실도 장점이다.

"영희네 아줌마는? 잘해주니?"

"응. 저번에는 순대볶음 해줬다. 엄마, 순대볶음 먹어봤어?"

"지호가 그런 것도 먹을 줄 알아?"

"아줌마가 먹기 싫으면 안 먹어도 된다고 했는데, 영희가 먹어서 나도 먹었어."

"대단하네. 엄마는 징그러워서 못 먹어."

"안 징그러운데."

미연은 고기 냄새에 민감한 편이라, 곱창은 둘째치고 순대조차 먹기 힘들었다. 덕분에 지호도 못 얻어먹는 음식이 많았는데 다행히 순대는 나쁘지 않았나 보다.

"지호야……, 언제 친구들 한번 초대할래?"

미연은 잠시 생각하다가 지호에게 물었다.

"친구?"

"영희랑 채윤이랑 시후, 준서였나? 주말에 다 같이 데리고 와. 엄마가 맛있는 거 해줄게."

사실, 미연의 관심이 제일 많은 쪽은 영희였다. 실제로 영희와 이야기를 나눈 적이 없었기 때문이다. 지호는 영희와 꽤 친한 것 같은데도 막상 집에 오면 영희에 대한 시시콜콜한 이야기는 잘 하지 않는다.

"응, 알겠어! 내가 물어볼게."

지호는 의자에 앉으면서 고개를 끄덕였다. 책상 위에는 벌써 학습지가 펼쳐져 있었다.

"그래, 고마워. 뭐 먹고 싶어? 친구들은 뭐 좋아할까?"

"나는 피자!"

"으이구, 너 말고 친구들 말야."

지호가 들뜬 목소리로 외쳤다. 미연은 가볍게 웃으면서 핀잔 아닌 핀잔을 주었다. 지호는 헤헤 웃고는 학습지로 고개를 돌렸다.

"그리고 지호야, 영희네 너무 자주 가면 실례인 거 알지? 갈 때는 아줌마한테 인사 잘하고."

지호는 똘망한 눈을 한 채 고개를 끄덕이고 말했다.

"응. 엄마, 밥 먹어. 배고프잖아. 아빠랑 나는 먹었어."

"알겠어. 놀고 있어."

미연은 지호를 꽉 끌어안아 주고 방에서 나왔다. 어른스럽게 말하는 지호를 볼 때마다 미연은 뭐라 설명할 수 없는 뿌듯함을 느끼곤 했다.

"뭐 먹을래? 골라."

주방으로 가자 정우가 냉장고를 열어 덮밥류의 밀키트 여러 개를 꺼내 보이며 물었다. 미연은 고개를 저었다. 며칠째 점심에 김밥을 먹어서 쌀이 약간 물린 상태였다.

"그냥 빵 먹으려고."

"빵? 빵이 있어?"

"응. 내가 알아서 먹을게."

"그래."

정우는 식탁에서 스마트폰을 보면서 말했다. 미연은 옷을 갈아입은 뒤 간단히 식빵을 굽고 잼을 발랐다. 혼자 먹으면 빵에 계란을 입히거나 햄을 굽는 것조차 귀찮기 마련이다.

"오빠. 윗집 있잖아."

"뭐……?"

뭘 그렇게 집중해서 보는지, 정우는 한참 있다가 스마트폰에서 시선을 떼며 고개를 들었다. 미연은 빵을 씹으면서 그간의 상황을 설명했다. 영희엄마에게서 순간순간 섬뜩함을 느꼈던 미연의 묘사를 듣고도 정우는 피식 웃을 뿐이었다.

"그냥 푼수 할머니 같은데?"

"그래? 괜찮은 거 같아?"

"옛날 사람이면 못 배웠을 수도 있지. 애가 늦둥이다 보니까 젊게 보이고 싶은 거고……. 좀 모자란 것 같긴 하네."

"지호가 그 집에 자주 가는데, 괜찮을까?"

"야, 지호가 얼마나 겁이 많은데. 금방 울어버리고 무서워하고 그러잖아. 뭐가 이상하다 싶으면 바로 말할걸. 부풀리지 않으면 다행이지."

정우는 남은 빵에 잼을 발라주며 말했다. 미연은 정우의 말을 듣고 그렇게 생각할 수도 있겠다 싶었다. 경계심 많은 지호의 성격이 이럴 때는 도움이 됐다.

"하도 실종이다 뭐다, 주변에서 얘기하니까 불안해서……. 나 앞으로 늦게 들어올지도 모르는데."

미연은 정우를 보며 은근슬쩍 야근 이야기를 꺼냈다. 실종사건을 알게 되고 나니 지호를 혼자 다니게 하는 게 불안한 것도 사실이었고, 말이 나온 참에 정우의 반응을 보고 싶기도 했다.

그런데 의외로 정우는 덤덤하게 물었다.

"왜?"

"회사에 일이 많아졌어. 나 혼자 계속 빠지는 것도 눈치 보여. 매일은 아니지만 다른 직원들 야근할 때 같이 해야 할 거 같아서."

그는 미연의 말을 듣고 잠깐 무언가를 생각하는 듯하더니 입을 열었다.

"그러면 나까지 늦을 때는 지호를 영희네다가 맡겨."

"그래도 될 거 같아……?"

"어차피 잠깐이잖아? 이럴 때도 있는 거지."

"어쩐 일이야? 나 야근하는 거 싫어하잖아."

미연이 눈을 동그랗게 뜨고 묻자 정우가 미연의 이마를 손가락으로 가볍게 밀치며 웃었다.

"야, 아무리 그래도 해야 되는 일을 하지 말라고 하겠냐? 날 그렇게 나쁜 남편으로 생각한 거야?"

"그럼 진짜 괜찮아?"

"솔직히 말하면, 내가 이런 거 때문에 너 일 그만두라고 했던 거야. 네가 얼마나 힘들어질지 아니까."

정우의 목소리가 진지해졌다.

"네가 내 말이 맞았다는 걸 알아줬으면 됐어. 앞으로도 쉽진 않을 거야. 편한 대로 해."

"고마워……, 오빠."

미연의 말에 정우는 싱긋 웃었다. 솔직히 말하자면 미연은 정우의 의견에 완전히 동의할 수는 없었다. 정우의 말속에서 마치 근본적인 책임은 미연에게 있는 것 같은 뉘앙스도 느껴졌다. 하지만 지금 이 대화가 또 싸움으로 이어지지 않은 것만 해도 큰 수확이라고 여겼다. 매번 합리적인 대화로 갈등을 해소할 수는 없는 노릇이다. 여기서는 논쟁을 일으키지 않는 편이 현명했다.

정우가 다시 스마트폰으로 시선을 가져갔다. 미연은 자신의 스마트폰을 찾아보려다, 맘카페에서 탈퇴 처리당한 일을 생각해 냈다.

"맞다. 오빠, 나 맘카페에서 강퇴당했다? 별일이 다 있지?"

"왜, 악플이라도 썼어?"

"그랬으면 덜 억울하지. 글 두 개밖에 안 썼단 말이야. 지호 학원 물어본 거, 그리고 실종사건 얘기. 둘 중에 하나가 신고당했나 봐. 신고할 거리가 있었을까? 학원은 단순 질문 글이었고, 실종사건도 검색하다 보니까 무슨 만세교라는 게 나와서 물어본 것뿐인데."

미연이 투덜대자 정우가 이맛살을 찌푸렸다.

"애초에 그런 글을 쓰지 마. 다 유언비어인데 뭐."

"유언비어? 뭐가?"

"만세교 얘기. 관련 없는 종교던데."

"종교? 아!"

정우의 말에 미연은 머릿속에 전구가 켜지는 듯한 기분이 들었다. 이제까지 '만세교'를 다리 같은 것으로만 알고 있었는데, 생각해 보니 종교라는 선택지도 있었던 것이다.

"그게 종교였구나! 오빠는 어떻게 알았어?"

"사회부 후배한테 얼핏 들었던 것 같아."

"그럼, 그거 진짜 실종사건이랑 관련 있는 거야?"

"나는 없다고 알고 있다니까."

"그래도, 혹시 아는 후배 있으면 물어봐 줘. 궁금해서 그래. 나는 아무리 찾으려고 해도 잘 모르겠더라고."

오늘 정우의 기분이 좋아 보여, 미연은 좀 더 용기를 냈다. 정우는 사회부에 있을 때 경찰 출입을 맡은 적도 있었고, 지금도 사건에 대해 아는 기자들쯤은 쉽게 파악할 수 있을 것이다.

"있으면 한번 물어볼게."

미연의 말을 들은 정우는 고개를 끄덕이더니 마감을 해야 한다며 서재로 돌아갔다. 늦은 밤까지 안방으로 돌아오지 않고 그대로 서재에서 잠이 든 듯했지만, 미연은 마음의 짐을 한결 던 듯한 기분에 숙면을 취했다.

* * *

    지호의 친구들이 놀러 오기로 약속한 것은 토요일이었으나 점심 메뉴에 대한 미연의 고민은 월요일부터 시작됐다. 처음에는 무언가를 만들어 먹어야겠다 싶었는데, 생각해 보니 애들이 다섯 명이나 된다. 나름 친구를 대접하는 건데 한두 가지 음식으로 때울 수는 없을 터였다. 또, 알레르기가 있는 아이가 있을지도 모른다.

    미연은 준서엄마와 시후엄마를 한번도 본 적 없지만, 영희엄마의 오지랖 덕에 단체 채팅방에는 함께 속해있었다. 미연은 채팅방에 메시지를 띄울까 하다가 그만두었다. 분명 참견하기 좋아하는 영희엄마가 전화를 걸어 필요도 없는 이야기를 끊임없이 늘어놓을 게 뻔했다. 평소에 대화에 참여하지 않을 뿐만 아니라 채팅을 거의 보지도 않으면서 이제 와 메시지를 올리기도 멋쩍었다. 일대일 대화를 걸어 물어보자니 유난을 떠는 것 같았다. 결국 미연은 지호가 가져오는 정보에 의존하기로 했다.

    그런데, '다들 피자를 먹고 싶어 한다'라던 지호의 말이 목요일쯤 되어서 약간 바뀌었다.

    "엄마, 영희만 온대."

    "뭐? 왜?"

    준서와 채윤이, 시후 모두 서울에 놀러 간다고 했단다. 일정이 있었다면 미리 말해주면 좋았을 텐데. 그래서 메신저에서도 별말이 없었던 걸까. 맥이 빠진 미연과 달리 지호의 기분은 나쁘지 않아 보였다.

"영희는 와도 되지, 엄마?"

"응, 그래."

미연은 고개를 끄덕였다. 사실 그녀도 영희가 제일 궁금하긴 했다. 지호가 서하초등학교로 전학 온 뒤 친구가 집에 놀러 오는 것은 처음이다. 또, 이러니저러니 해도 영희엄마는 곧잘 지호의 저녁을 챙겨 먹여 보내고 있다. 미연은 야근으로 녹초가 되어 집에 돌아오고 나서도 짬을 내어 집을 청소하며 토요일을 기다렸다.

정우는 토요일 아침이 되자 '눈치껏 빠져주겠다'라며 노트북을 챙겨 나갔다. 미연이 영희가 올 시간에 맞춰 피자를 주문하고 있을 때쯤 현관의 벨이 울렸다.

"지호야, 친구 왔나 봐. 나가볼래?"

마침 막 결제 정보를 입력하고 있던 미연은 지호에게 대신 마중을 나가 달라고 부탁했다. 그리고 곧 그것을 후회했다.

"어머! 집 너무 좋다!"

커다란 영희엄마의 목소리가 들리는 순간 미연은 자리에서 벌떡 일어났다. 그녀가 믿기지 않는다는 듯한 얼굴로 복도를 쳐다보고 있자 영희엄마가 영희의 손을 잡고 거실로 척척 걸어 들어왔다.

"어머 어머, 텔레비전 큰 것 좀 봐! 영희야, 얼른 틀어보자."

"영희어머니……?"

미연은 간신히 정신을 차린 뒤, 영희의 등을 떠밀다시피 하며 소파에 앉으려는 영희엄마를 불렀다. 제집처럼 소파에 털썩 앉은 그녀가 미연을 돌아보았다.

"지호엄마! 진작 좀 초대해 주지 그랬어. 밥은?"

"여긴…… 어쩐 일이세요? 저는 영희만 오는 줄 알았는데……."

"어차피, 애들은 아무도 안 오는 거 아니야? 그럼 지호엄마랑 나랑 오붓하게 있을까 해서 같이 왔지."

그렇게 말하는 영희엄마의 얼굴은 연신 싱글벙글했다. 그녀는 오늘도 두꺼운 메이크업에 새빨간 티셔츠를 입고 있었다. 몸에서는 진한 나프탈렌 냄새가 났다. 조금 떨어져 있었음에도 불구하고 얼굴 앞에 바짝 다가와 있는 것처럼 코를 찌르는 듯한 냄새였다. 발톱에도 새빨간 매니큐어가 발라져 있었는데, 그녀는 맨발을 소파 위에 올려두고 손가락으로 문지르는 중이었다.

"바쁜 일은 없으신가 봐요……."

"토요일이니까. 지호엄마도 할 일 없어서 집에 있는 거지?"

미연은 말없이 쓴웃음을 지었다. 영희엄마는 같은 말이라도 기분을 상하게 하는 뉘앙스로 표현하는 재주가 있었다.

"안녕하세요, 아줌마."

영희가 미연에게 다가와 고개를 꾸벅 숙였다.

"안녕. 어서 와."

미연은 웃으며 영희의 인사를 받아주었다. 영희는 외모도 말투도 목소리도 평범해서 엄마와는 아주 달랐다. 다만 오늘도 흰 셔츠에 검은색 바지를 입고 있었다. 순간 미연은 영희가 옷이 한 벌밖에 없는 것은 아닐까, 라는 생각을 했다.

"저, 방에서 지호랑 놀아도 되나요?"

"어…… 여기서 놀아도 되는데. 텔레비전 보면서."

미연은 영희에게 거실에서 놀기를 권유했다. 영희와 지호가 방으로 들어가면 거실에 영희엄마와 둘만 남는다는 사실이 싫었기 때문이다.

"어른들 계실 때는 거실에 있으면 안 되는데요."

"응? 지금은 괜찮아."

미연의 말에 영희는 입을 다물더니 시선을 돌렸다. 영희가 영희엄마를 쳐다보고 있다는 것을 눈치챈 미연은 아무 생각 없이 영희엄마를 슬쩍 봤다가 깜짝 놀랐다.

영희엄마가 무시무시한 표정으로 영희를 바라보고 있었다. 눈을 크게 부릅뜨고 이를 악문 채, 마치 깊은 원한이 서린 사람 같은 표정이었다. 도저히 하나뿐인 딸에게 보여줄 수 있는 얼굴은 아니었다. 미연은 봐서는 안 될 것 같은 장면을 본 느낌을 받으며 재빨리 고개를 돌렸다.

"방에서 놀게요……."

한참 뒤 영희가 작은 목소리로 말했다. 그러고는 지호를 뒤 따라 방으로 들어갔다.

"지호야, 과일 줄까?"

"응!"

영희엄마와 대화를 피하기 위해서는 뭐라도 해야 했다. 미연은 지호의 대답을 핑계 삼아 소파로부터 멀어져 주방으로 향했다. 냉장고에서 딸기와 오렌지를 꺼내는데, 등 뒤에서 목소리가 났다.

"지호엄마."

"까악!"

미연은 소스라치게 놀라 들고 있던 과일 접시를 떨어뜨려 버렸다. 바닥에 딸기가 든 플라스틱 팩이 떨어지고 오렌지가 공처럼 굴러다녔다.

"아유, 아까워라."

영희엄마는 아무렇지 않게 쪼그려 앉아 딸기 팩에 쏟아진 딸기를 담고 오렌지를 주워 모아 식탁에 올려놓았다.

"나 참, 정신머리 없기는. 왜 그렇게 놀라?"

"바로 뒤에 서 계셨잖아요."

이번에는 미연도 화가 나서 살짝 짜증스러운 목소리가 나왔다.

"뭐 하시는 건가요?"

"아니, 물어볼 게 좀 있어."

미연은 영희엄마의 이야기를 더 듣지 않고 싱크대로 가서 수도를 틀었다. 시원하게 흐르는 물에 과일을 담아 벅벅 씻었다. 영희엄마의 손이 닿았다고 생각하니 왠지 지호에게 먹이고 싶은 생각이 사라지는 것 같았다.

"지호엄마, 둘째가 배 속에서 죽었다며?"

오렌지 껍질을 박박 문지르던 미연의 손이 허공에서 멈췄다.

"지호가 그러던데? 동생이 태어나기 전에 하늘나라 가서 슬펐다고."

미연은 그 말을 듣고도 한참이나 대답을 하지 못했다. 그러다 수돗물이 계속 틀어져 있다는 사실을 깨닫고 물을 잠갔다. 고요한 주방에서 그녀는 간신히 목소리를 쥐어짜 냈다.

"지호가요……?"

"요즘 뭐, 애 떨어진 건 흉도 아니야."

영희엄마는 그러면서 미연에게 몸을 바싹 붙였다. 불쾌할 정도로 강한 나프탈렌 냄새가 났다. 희미한 악취도 함께 느껴졌다.

"그래도 힘들었지? 술도 많이 마셨다며? 혹시 알코올중독인 건 아니야?"

"……"

"그럴 때는 마음을 다스려야 해. 그건 누구의 잘못도 아니다. 그걸 섭리, 사람들은 팔자라고도 하는데 그것보단 섭리가 맞아. 섭리, 섭리가 무슨 뜻인지 알아? 일어나야 하는 일이 일어난 것뿐이라는 마음가짐이 중요해. 그래야 편해져."

미연은 당혹스러운 나머지 '너무 무례한 것 아니냐'는 정당한 항의도 잊은 채 못 박힌 듯 제자리에 서 있었다. 수도꼭지에서 가끔 떨어지는 물방울 소리 사이로 영희엄마의 목소리가 계속해서 들려왔다.

"아픈 마음을 품고 있으면 그게 병이 되는 거야. 화병이라고 하지? 그걸로 죽을 수도 있는 거, 지호엄마도 알지? 지호엄마도 지호 놔두고 죽기는 싫지? 받아들여. 받아들여야 지호엄마가 살아. 그래야 지호도 살고, 남편도 잘되고. 애도 또 생기지."

영희엄마는 어느새 미연의 팔을 움켜쥐고 있었다. 주름진 손 위에는 군데군데 검버섯이 보였다. 그러나 미연의 팔을 부여잡은 힘은 금방이라도 뼈를 으스러뜨릴 수 있을 만큼 강했다. 차갑고 축축한 감촉에 소름이 돋았다. 영희엄마는 마치 주문을 외우는 듯한 기이한 말투로 빠르게 중얼거렸다.

"이 동네에 실종된 애들 많은 거, 지호엄마도 알지? 여기가 예전부터 좀 험했어. 그 부모들은 지호엄마보다 더하지. 몇 년씩 키운 애를 하루아침에 잃어버렸잖아. 마음이 어떻겠어? 콱 뒈지고 싶었겠지? 그래도 다 이겨냈어. 물론 그게 말처럼 쉽지 않아. 왜, 내 맘이 제일 내 맘대로 안 된다는 말도 있잖아. 마음을 내가 원하는 대로 만들려면 도움이 필요해. 마음을 통제해야 행복이 오는 거야. 내가 아는 사람 중에……."

"그만하세요!"

미연은 있는 힘을 다해 영희엄마의 손을 뿌리치며 외쳤다.

갑작스러운 움직임에 놀랐는지 영희엄마의 손은 맥없이 떨어져 나갔다. 미연은 얼얼한 팔을 문지르며 영희엄마를 노려보았다. 푼수 같은 줄로만 알았던 그녀가 이렇게 술술 이야기를 내뱉는 것은 솔직히 놀라웠으나, 불쾌한 이야기를 더 이상 들어줄 마음은 없었다.

"좀 지나치네요, 영희어머니."

미연은 분노로 떨리는 목소리를 가다듬으며 말했다.

"그런 말씀 하실 거면 돌아가 주시겠어요?"

"에휴, 불쌍하기도 하지."

그러나 영희엄마는 눈 하나 깜짝하지 않았다. 오히려 미연을 동정의 눈빛으로 보며 혀를 쯧쯧 찼다.

"이것 봐, 지호엄마. 아직도 화를 다스리지 못하고 있잖아. 쌓아두면 몸에 좋지 않다니까? 그렇게 살아서 뭐 할 거야? 이미 죽은 아이를 다시 살려낼 수도……."

"그만하시라고요!"

결국 미연은 참지 못하고 목소리를 높였다. 그러고는 영희엄마를 지나쳐 지호의 방으로 가 방문을 벌컥 열었다.

"지호야!"

방안을 보니 지호는 책상에 앉아서 무언가를 쓰는 중이었다. 영희는 놀잇감을 찾는지, 올 때 함께 가져온 작은 크로스백을 뒤적이고 있었다. 책상에 있는 지호로부터 멀리 떨어져 방문 근처에 앉은 채였다. 평소의 미연이었다면 꽤 친하게 지내는 것 같은 두 아이가 왜 방 안에서 따로 놀고 있는지 이상하게 여겼을 것이다. 그러나 지금 그녀는 그럴 겨를이 없었다.

"지호야, 영희엄마 가신대. 영희 배웅해 줘."

"벌써? 왜?"

지호는 무척 아쉽다는 듯, 의아한 표정을 지으며 미연을 바라보았다.

"급한 일이 생기셨대. 영희야, 다음에 또 놀러 와. 응?"

"네."

영희는 고개를 끄덕이고 자리에서 일어섰다. 얌전히 자신의 말을 따르는 영희를 보니 미연은 조금 미안한 마음이 들었다. 그러나 영희엄마와는 한시도 더 같이 있고 싶지 않았다.

영희를 거실로 데려다주려고 하는데, 현관의 벨이 울렸다. 피자가 도착한 모양이었다.

"영희야, 잠깐 여기 앉아있을래? 아줌마가 피자 싸줄게."

"네."

영희는 또 얌전히 고개를 숙였다. 미연은 현관으로 향했다. 영희엄마가 어쨌든 아이는 잘못이 없으니, 점심까지 굶겨 보내는 건 도리가 아닌 것 같았다. 식사를 같이 하기는 너무나 싫었고, 피자나 들려 보내자 싶었다.

현관문을 열자 비닐에 담긴 피자 박스가 바닥에 놓여있었다. 미연은 그것을 들어 집 안으로 가져왔다. 지호가 조금 칭얼대긴 하겠지만, 다시 주문해 주면 된다. 미연은 영희엄마에게 피자 한 판을 통째로 넘겨줄 생각으로 거실로 왔다.

그러나 영희엄마와 영희가 보이지 않았다.

"영희어머니?"

미연은 당황해서 거실을 한 바퀴 둘러보았다. 현관을 지나쳐 올 때 화장실의 불은 꺼져있었다. 서재 문도 열려있었으며 안에는 아무도 없었다. 피자를 들고 집 안을 헤매던 미연은 안방의 문이 반쯤 열려있는 것을 보고 빠르게 그쪽으로 향했다.

"지금 뭐 하시는 거예요!"

미연은 깜짝 놀라 큰 소리로 외쳤다. 영희엄마가 붙박이장을 연 채로 안을 들여다보는 중이었다. 옆에는 영희도 서있었다. 미연은 얼른 붙박이장 쪽으로 달려가 문을 닫았다.

"나가요, 당장!"

그녀는 붙박이장을 등진 채 피자 박스로 영희엄마를 떠밀다 시피 했다.

"아유, 잘 먹을게."

영희엄마는 천연덕스러운 얼굴로 피자를 받아 들었다. 그녀의 표정에서는 잘못된 일을 하다 들킨 당혹감이라든가 민망함, 심지어는 분노조차도 찾아볼 수 없었다. 아무렇지 않은 얼굴로 영희의 손을 잡고 방을 빠져나갈 뿐이었다.

"잘 있어, 지호엄마. 내 얘기 잘 생각해 보고."

그녀는 복도를 걸으면서도 태연하게 그런 말을 했다. 미연은 분노가 머리끝까지 차올랐지만 목소리를 높이지 않으려고 이를 악물었다. 지호의 방까지 고성이 들리게 하고 싶지 않았다.

영희엄마와 영희는 현관에서도 여유있는 동작으로 신발을 발에 밀어 넣고 일어섰다.

"안녕히 계세요, 아줌마."

영희는 고개를 꾸벅 숙이며 그렇게 말하기까지 했다. 미연은 아무 말도 하지 않고 그 둘의 발이 현관을 빠져나가자마자 문을 쾅 닫고 잠금쇠까지 걸어버렸다.

"하……."

현관 밖에서 발소리가 멀어졌다. 미연은 깊은 한숨을 내쉬며 주저앉았다. 혼란과 분노로 손이 부들부들 떨렸다.

"엄마, 배고파."

"어, 지호야."

등 뒤에서 지호의 목소리가 났다. 미연은 주먹을 꽉 쥔 채 고개를 돌렸다.

"피자는? 아직 안 왔어?"

"응, 영희가 가야 한다고 해서 줬어. 엄마가 다시 시켜줄게."

"응."

지호는 고개를 끄덕이고 다시 방으로 들어갔다. 이상한 낌새를 눈치채지는 못한 것 같았다. 맥이 풀려버린 미연은 현관 앞에 한동안 주저앉아 있다가 벌떡 일어나 안방으로 향했다. 영희엄마는 왜 옷장 안을 보고 있었던 걸까. 없어진 물건이 있는 건 아닐까?

붙박이장 문은 여전히 열린 채였다. 안에는 겨울에 덮는 솜 이불이나 패딩 점퍼 같은 지금은 입지 않는 옷가지가 들어있었 다. 이불 너머로 무언가를 본 미연은 묵직한 압축팩을 낑낑대 며 빼냈다.

그러자 구석에 붙어있는 작은 부적이 눈에 들어왔다.

"세상에."

미연의 입에서 앓는 듯한 신음이 흘러나왔다. 그녀는 스마 트폰을 찾아 플래시 기능을 켜고 붙박이장의 벽면을 비추었다. 세로로 길쭉한 노란색 종이 위에 알 수 없는 구불구불한 글자 가 붉은색으로 쓰여있는, 틀림없는 부적의 모양이었다. 그 미 친 여자가 무슨 의도로 이걸 붙여놓은 걸까.

미연은 그것을 당장 떼내려고 하다가 멈칫했다. 떼버리면, 영희엄마가 이걸 붙였다는 증거가 사라진다. 지금 당장 영희 엄마를 찾아가 따져도 그녀는 발뺌할 것이다. 일단 이대로 놔 둔 다음 확실한 책임을 물을 수 있을 때까지 기다리는 것이 나 을 듯했다. 미연은 쭈그리고 앉아 벽면의 부적을 스마트폰으 로 찍었다.

광택이 나는 새 붙박이장에 붙어있는 지저분한 부적은 섬뜩 할 정도로 이질적이었다. 영희엄마가 이걸 주머니에서 꺼내 붙 이는 모습을 상상하는 것만으로도 미칠 지경이었다. 지호가 새 로 사귄 친구가 하필 이런 여자의 딸아이이며, 하필이면 그 여 자가 또 윗집에 살고 있다니 기가 막힐 정도로 운이 나빴다. 그 여자만 아니면, 이곳은 드림힐이라는 이름에 걸맞게 정말로 꿈의 집이 될 수 있었는데…….

그러나 현실은 그렇지 못했다. 불운은 그늘에서 싹을 틔운다. 어둠 속에 몸을 감추고 음험하게 자란다. 가지를 쳐내려고 했을 때는 이미 깊이 뿌리를 내려버린 뒤다. 그녀는 잘 떼어지지 않을 것 같은 부적을 바라보면서 체감했다.

\* \* \*

다음 날인 일요일에 미연은 지호를 데리고 키즈카페로 향했다. 거실에 있자니 어제의 기억이 자꾸 떠올라 술 생각이 간절해졌고, 안방으로 가려니 붙박이장의 부적이 신경 쓰여 마음이 불편했다. 결국 기분 전환 겸 지호와의 외출을 택하게 됐다. 일요일에도 기사 작성을 해야 하는 정우는 서재에 틀어박혀 있었다.

"엄마! 우리 뭐 하고 놀 거야?"

일요일 오후의 키즈카페는 대기 번호표를 뽑아야 할 정도로 붐볐지만, 지호는 어쨌든 엄마와 놀러 왔다는 것만으로도 기쁜 모양이었다. 흥분한 얼굴로 미연의 손을 잡고 마구 흔들었다.

"글쎄, 뭐 할까? 근데 엄마는 아빠처럼 지호 목말 태워주지는 못해."

"괜찮아! 그럼 우리 번지점프 하자."

"번지점프?"

어리둥절해진 미연과 달리 지호는 엄마를 잡아 끌며 망설임 없이 어디론가 향했다. 입구 안쪽으로 깊이 들어가자 천장까지 설치된 구조물 같은 것이 나왔다.

"키즈카페에 이런 것도 있구나."

미연은 감탄한 표정으로 그것을 올려다보았다. 철골 구조물로 만들어진 기둥 네 개가 직사각형 모양으로 배치되어 있었다. 아래쪽에는 그물망과 매트리스가 깔려있고, 2미터 정도 높이에 짚라인에 쓰이는 것 같은 장비를 매고 있는 아이가 팔다리를 쭉 뻗은 채 웃고 있었다.

미연은 기둥 옆에 붙은 설명을 읽어보았다. 이름은 번지점프라고 되어 있지만 아이들을 정말로 위에서 아래로 떨어뜨리는 것은 아니고, 고정 장비로 천천히 상승과 하강을 반복하는 방식인 것 같았다. '안전요원'이라는 글자를 써 붙인 조끼를 입고 있는 직원이 위쪽을 보며 움직여서는 안 된다며 충고하고 있었다.

"하실 거면 미리 대기 걸어주세요."

기둥에 주렁주렁 걸려있던 두꺼운 밧줄을 정리하던 직원이 미연을 보고 말했다. 키오스크 화면을 보니 대기 시간이 60분이나 되었다.

"지호야, 이거 한 시간 기다려야 된대."

"한 시간?"

지호가 깜짝 놀라더니 곧 실망이 역력한 얼굴을 했다. 초등학생에게 한 시간은 한나절만큼이나 길다. 조금 울먹거리는 지호의 얼굴을 보고 미연은 얼른 말을 고쳤다.

"그래도, 다른 거 하면서 놀고 있으면 금방 지나갈 거야. 엄마랑 맛있는 것도 먹고. 그럴래?"

"응."

그제야 지호는 조금 풀어진 얼굴을 했다. 미연은 주변에서 키오스크를 기웃대는 시선을 느끼고 얼른 전화번호를 입력한 뒤 번호표까지 출력해 주머니에 넣었다.

"가자. 뭐부터 할까?"

"나 그럼 핫도그!"

"뭐야, 배고팠니?"

미연은 지호를 놀리듯이 말하며 웃었다. 둘이 친구처럼 손을 잡고 테이블이 있는 곳으로 향할 때였다.

"어! 엄마. 채윤이네 아줌마야."

지호가 미연의 옷을 잡아당기면서 말했다. 키즈카페의 커다란 통유리 벽을 통해 보이는 쇼핑몰의 복도를 채윤엄마가 가로지르고 있었다.

채윤엄마와의 거리는 그다지 멀지 않았다. 미연은 바깥으로 나가 그녀를 부르려다가 그만두었다. 그녀와는 따로 연락할 만한 사이도 아니었기 때문에 학교에서 한번 마주친 뒤로는 대화를 나눈 적이 없었다. 마주치면 서먹할 것 같았다.

서먹할 만한 일은 또 있었다. 지호는 영희와 과학반에 들어가게 됐는데, 채윤이는 떨어졌기 때문이다.

미연은 지호의 과학반 합류 소식을 며칠 전 담임으로부터 들었다. 지호의 코딩에 대한 이해도가 뛰어나다는 것이 교사의 설명이었다. 지호의 말에 따르면 제가 과학반에 들어가고 싶어 하자 영희가 도움을 줬다고 했다. 또, '채윤이는 못 들어가서 엄마한테 혼났대'라고도 전했다. 채윤엄마는 채윤이를 꼭 과학반에 넣고 싶었던 것 같았다.

"그런데 채윤이가 없다."

"정말이네."

종종걸음으로 걷고 있는 채윤엄마에게서 이질감을 느끼고 있던 미연이 고개를 끄덕였다. 일요일 낮에 쇼핑몰을 방문하면서 아이를 데리고 오지 않은 것이 그녀의 눈에도 이상하게 보였다. 채윤이를 집에다 두고 혼자 외출한 걸까? 다급하게 걷는 것은 그 때문일까?

"이지호다!"

생각에 잠겨있던 미연은 옆쪽에서 들려온 큰 목소리에 깜짝 놀랐다. 곧이어 쿵쿵, 소리를 내며 남자아이 하나가 기세 좋게 달려왔다.

"이지호, 놀자! 김준서도 왔어."

미연은 캡틴 아메리카 방패가 그려져 있는 티셔츠를 입고 있는 아이가 시후라는 것을 그때 깨달았다. 한 번밖에 본 적 없기 때문에 기억이 잘 나지 않았던 것이다.

"네가 시후구나."

"안녕하세요!"

시후는 또 씩씩한 목소리로 인사를 하며 고개를 꾸벅 숙였다. 자세히 보니 키가 지호보다 한 뼘은 더 큰 것 같았다.

"시후야! 얘가 정말…… 어머."

미연의 눈에 시후 뒤쪽에서 다급하게 달려오는 여성이 눈에 띄었다. 곧이어 줄 달린 안경을 쓴 아이의 손을 잡은 또 다른 여성이 따라왔다. 미연은 그들이 각각 시후엄마와 준서엄마라는 것을 알 수 있었다.

"시후어머니랑 준서어머니시군요?"

"네……. 혹시 지호어머니?"

"네, 안녕하세요."

"아아……. 네."

반갑게 인사를 건넨 미연과 달리, 시후엄마는 약간 어색한 표정으로 고개를 숙였다. 그녀는 시후와는 딴판으로 얼굴이 희고 몸집이 작은 인상이었다.

반면, 잔머리 한 가닥 없이 단정하게 묶은 머리에 안경을 쓰고 있는 준서엄마는 준서와 닮은 데가 있었다. 그녀는 왠지 준서의 손을 놓고 팔짱을 낀 채 미연을 훑어보는 중이었다.

아이들끼리는 벌써 한 덩이로 뭉쳐 어울리고 있는데, 시후엄마는 난감한 표정을 짓고 준서엄마는 날카로운 눈빛을 할 뿐

둘 모두 말이 없었다. 결국 미연은 어색하게 흐르는 침묵을 견디지 못하고 먼저 입을 열었다.

"애들끼리 놀게 하고, 저희는 커피나 한잔할까요? 제가 살게요."

"……."

"그, 그럼 그렇게 할까요."

미연의 제안에도 준서엄마는 대꾸하지 않았고, 결국 시후엄마가 고개를 끄덕였다. 그녀도 그다지 내켜 하는 표정은 아니었기 때문에 미연은 더욱 찜찜했다.

키즈카페 내부 식당에서는 어떤 음료든 싸구려 종이컵에 똑같이 담아주었다. 미연이 플라스틱 쟁반에 아이스아메리카노와 아이스라떼, 아이스티를 받쳐서 올 때까지 시후엄마와 준서엄마는 말이 없었다.

"드세요."

"잘 마실게요……."

미연이 쟁반을 테이블에 내려놓자, 의외로 준서엄마가 고개를 까닥한 뒤 먼저 입을 열었다. 그녀는 빨대를 빼고는 아이스티를 컵째로 들이켰다.

"……."

시후엄마는 알 수 없는 표정으로 아이스라떼를 홀짝였다. 미연이 관찰한 바로는 그녀는 준서엄마의 눈치를 보고 있는 것 같았다. 더 정확하게는, 미연에게 무언가 할 말이 있는데 이야기를 꺼낼 타이밍을 재고 있으며, 그에 대한 준서엄마의 지시를 기다리는 것처럼 보였다.

미연은 상황이 점점 더 알 수 없어졌다. 영희엄마가 만든 단체 채팅방에 함께 속해있긴 하지만, 시후엄마와 준서엄마를 직접 보는 것은 처음이다. 당연히 조금 어색할 수밖에 없는 것이 사실이다. 그러나 지금은 어색함을 넘어 불편함마저 느껴졌다. 미연이 아니라 저 둘에게서다. 그녀는 그 이유를 알고 싶었다.

"엄마."

그때 지호가 미연에게 쪼르르 달려왔다. 시후와 준서도 함께였다.

"메뉴판 보고 왔어?"

"응. 나 핫도그랑 콜라 먹을래."

"그래. 시후랑 준서도 뭐 사줄까?"

미연은 그렇게 말하면서 시후엄마 쪽으로 시선을 던졌다. 말은 아이들에게 걸었지만, 이런 건 당연히 엄마들의 허락을 받아야 하니 말이다. 그러자 시후엄마가 허둥지둥 말했다.

"아…… 괜찮아요. 시후는 번지점프 예약해 놔서요. 뭐 먹고 나서 그런 거 타면 잘 토하더라고요."

"어머, 우리 지호도 그거 예약했어요. 그 생각을 못 했네요."

지호는 잘 체하는 편은 아니었지만, 시후엄마의 말대로 아이들은 몸에 조금만 자극이 가해져도 토하기 마련이다. 엎드린 채로 공중에서 오르락내리락하는 기구를 탔다가는 그럴 일이 생길 가능성도 충분했다.

"얘들아, 잠깐 볼풀에 갔다 와. 놀고 오면 아줌마가 콜라 사줄게."

망설이던 미연 대신 준서엄마가 입을 열었다. 그러자 아이들은 또 금세 등을 돌려 우르르 달려갔다. 준서엄마가 일부러 아이들에게 자리를 비우게 한 느낌이라, 미연은 용기를 내 말을 걸었다.

"갑작스럽지만, 이렇게 뵈어서 반갑네요."

"네, 뭐."

준서엄마는 미연을 물끄러미 보더니 고개를 끄덕였다. 아까보다는 다소 누그러진 눈빛이었다. 미연은 거기에 조금 자신감이 생겨 말을 덧붙였다.

"어제는 같이 못 놀아서 지호가 아쉬워했어요."

미연의 말에 준서엄마와 시후엄마가 서로 마주 보더니 고개를 갸웃했다.

"어제?"

"어제 약속이 있었나요?"

준서엄마와 시후엄마 모두, 영문을 모르겠다는 표정이었다. 거짓말이 아니라 진심처럼 느껴져서 오히려 미연이 더 당황할 정도였다.

"저…… 우리 지호가 말하지 않던가요? 어제 놀러오라고……. 준서랑 시후는 약속이 있어서 못 오는 줄 알았는데요."

"못 들었어요."

준서엄마가 이상하다는 듯이 말했다.

"어제는 저희 집이 놀이 담당이라, 다 같이……."

준서엄마는 거기까지 말하다가 아차 하는 표정으로 입을 다
물었다.

"놀이 담당이요?"

"……."

궁금해진 미연이 물었지만 그녀는 어색한 표정을 지을 뿐 말
을 잇지 않았다. 그 모습을 물끄러미 보던 시후엄마가 미연을
향해 말했다.

"저희랑 준서, 채윤이네가 좀 친해서요. 아빠들이 한 달에 한
번씩 돌아가면서 애들 다 모아서 놀러 가요. 엄마들도 주말에
자기 시간 갖고, 혼자 바람도 쐬라고요."

"아아……. 네."

미연은 무안한 표정으로 고개를 끄덕였다. 물어보지 말 걸
그랬다. 그러니까 영희와 지호는 그 모임에 끼지 못한 셈이다.
준서엄마가 말을 더 잇지 않은 이유가 있었다. 미연은 그 이유
를 알 것 같았다. 영희엄마는 무리에 끼워주고 싶은 유형의 사
람이 아니다. 미연은 워킹맘이니 전업주부 엄마들의 사이클에
맞추기가 어렵다. 그러나 그 때문에 아이들까지 겉도는 것은
뭐랄까, 부당한 것 같기도 했다.

"……."

셋이 둘러앉은 테이블의 분위기는 더 어색해졌다. 갑자기 불쑥 입을 연 것은 시후엄마였다.

"근데, 듣던 거랑 다르시네요……."

"네?"

"아니……. 저, 나이가 어떻게 되세요?"

미연은 당황했다. 시후엄마가 조심스러운 말투와는 다르게 뜬금없는 질문을 했기 때문이다. 일단은 마음을 추스르고, 정직하게 나이를 밝혔다. 그랬더니 시후엄마는 또 예상치 못한 대답을 했다.

"아…… 생각했던 것보다 젊으시네요."

"아아…… 네……."

어떤 반응을 보여야 할지 몰라 미연이 어색한 얼굴을 하자 시후엄마는 또 얼굴 앞으로 손을 이리저리 휘저으면서 곤란한 듯 웃었다.

"어머, 나이 들어 보이신다는 게 아니구요……. 듣기로는 훨씬 더 많은 줄 알았거든요……."

"듣다니요?"

뭘 누구에게 들었다는 건지, 미연이 여전히 혼란스러워하자 보다 못한 준서엄마가 입을 열었다.

"저, 시후엄마 말은, 지호어머니께서 영희네 어머니와 비슷한 연배인 줄 알았다는 뜻이에요. 오해하지 마세요."

"네?"

준서엄마의 말에 미연은 깜짝 놀라 자세를 바로잡았다.

"왜 그런 생각을 하신 거예요?"

"영희어머니께서 그렇게 말씀하셨어요."

"저랑 그 여자 나이가 비슷하다고요?"

놀란 미연이 큰 소리로 반문하자, 준서엄마가 약간 당황하며 빠르게 설명을 했다.

"그게 아니라, 공통점이 많아서 친하다고 하셨거든요. 서로 닮은 점도 많고, 지호어머니께서는 다른 엄마들하고 어울리는 걸 별로 안 좋아하신다고 영희어머니께서……."

"그게 무슨……."

"죄송해요. 저희가 좀 넘겨짚은 부분인 것 같아요."

미연이 곤혹스러움을 감추지 못하자 준서엄마가 사과를 했다. 미연은 어쩌면, 첫인상과 다르게 시후엄마보다 준서엄마가 더 상식적인 사람일 수도 있겠다고 생각했다.

미연은 시후엄마의 말에도 놀랐지만, 그보다 또 영희엄마가 대화에 갑작스럽게 등장했다는 데 더 놀랐다. 게다가, 미연이 그녀와 공통점이 많아서 친하다고 했다니. 다른 엄마들과 어울리기 싫어한다고? 이건 거짓말, 아니 모함에 가깝지 않은가.

"저…… 영희엄마랑은 어떻게 친해지셨어요?"

상황을 수습하려 한 준서엄마 옆에서 눈을 굴리며 앉아있던 시후엄마가 또 입을 열었다.

"저는 별로 친하지 않아요. 우리 지호가 영희랑 가끔 노는 것뿐이에요.”

미연은 울컥해서 약간 딱딱하게 말했다. 그러자 시후엄마가
고개를 갸웃했다.

“가끔이라기엔, 둘이 제일 친한 것 같아요. 과학반도 같이 가
고…… . 시후도 영희가 게임만 베끼게 해줬다면 과학반에 들어
가서…… .”

“선미…… 아니, 시후엄마. 그런 얘기는…… .”

준서엄마가 시후엄마의 어깨를 잡으며 말을 가로막았다. 둘
은 꽤 막역한 사이인 것으로 보였다. 그보다, 미연이 그냥 지나
칠 수 없는 이야기가 있었다.

“게임을 베끼게 해줬다고요? 그게 무슨 뜻인가요?”

“…… .”

미연의 질문에 시후엄마는 입을 꼭 다물고 고개를 살짝 틀었
다. 준서엄마는 시후엄마를 못마땅한 듯 한번 봤지만, 특별히
시후엄마의 태도를 지적하거나 미연에게 설명을 해주려는 것
같지는 않아 보였다. 그러니 아쉬운 쪽은 미연이었다.

“죄송한데, 무슨 말씀을 하시는지 잘 모르겠어요. 과학반에
들어가는 거랑 게임이 무슨 상관이 있나요? 담임선생님은 지
호가 코딩을 곧잘 한다고만 하셨거든요.”

미연은 설명을 듣고 싶은 마음에 한층 누그러진 태도로 말
했다. 그러자 미연을 외면하고 있던 시후엄마가 고개를 들더니
궁금한 듯 물었다.

"지호어머니께서 영희어머니께 부탁한 게 아니었나요? 선생님께, 영희가 만든 게임을 지호가 만든 것처럼 말해달라고……."

"저는…… 저는 처음 들어요."

미연의 말에 시후엄마와 준서엄마가 서로 마주 보며 시선을 교환했다. 미연의 말을 완전히 믿지는 못하는 것처럼 보였다.

"하지만, 그게 아니라면 왜 영희가 일부러 그런 일을……."

시후엄마가 말끝을 흐리며 미연을 곁눈질했다.

"지호어머니께서는 학교 일에 대해서 잘 모르시나 봐요."

준서엄마가 미연을 보며 입을 열었다. 계속해서 살얼음판을 걷는 긴장된 분위기를 수습하려는 듯했다. 속이 답답해진 미연은 제 앞에 놓인 커피를 단번에 마셨다. 어느새 얼음은 다 녹아 있었다.

"조금 창피하지만 그래요. 제가 직장을 다니다 보니 학교 일을 속속들이 알지는 못해요. 과학반도, 담임선생님께서 지호가 들어가게 됐다고 하니 그런가 보다 싶었던 것뿐이에요."

솔직히 말하면, 지호가 과학반에 들어간다는 연락을 받았을 때 미연은 은근히 기대감을 품었다. 학원을 늘려야 하는지, 수학 선행학습이라도 시켜야 하는지 고민도 했다. 하지만 과학반에 들어가는 데 정확히 어떤 기준이 필요했던 건지는 생각하지 않았다. 자신이 그런 생각도 하지 않았는데 과학반에 덜컥 들어가 준 지호가 자랑스러운 마음에 더 알아보지 않으려 한 것도 있었다.

"과학반에 들어가려면, 로봇이나 게임 만들기 하나를 완성해야 하는 건 아시죠?"

준서엄마가 설명을 시작했다. 만든다고는 하지만, 아직 2학년들이니까 선생님이 잡아준 틀을 충실히 따라하기만 하면 되는 것이다. 영희는 가장 빠르게 게임 만들기를 끝냈는데 선생님에게 제출하지 않았다. 그리고 컴퓨터를 잘 다루지 못해 걸핏하면 울던 지호가 갑자기 게임을 완성했다며 준서와 시후에게 자랑을 했다.

"애들 이야기를 듣고 맞춰보니, 정황상 그런 것 같아서요. 혹시 오해였다면 죄송해요, 지호어머니."

"아니…… 괜찮아요. 저도 잘 몰랐는걸요."

준서엄마의 진지한 표정을 보고 나자 미연은 일단 괜찮다고 말할 수밖에 없었다.

그러나 마음속은 어지러웠다. 지호가 정말 영희가 만든 게임을 선생님께 보여주고 과학반에 들어간 것인지, 왜 그렇게까지 해서 과학반에 들어가고 싶어 한 것인지 도통 알 수 없었기 때문이다. 또, 거짓말을 한 걸까.

착잡한 마음으로 지호를 생각하던 미연은 아까 준서엄마와 시후엄마가 자신을 마주쳤을 때 왜 그렇게 당황했는지 깨달았다. 그들에게 미연은 다른 사람과 어울리기 힘든 영희엄마와 친한 데다 나이도 훨씬 많고, 다른 아이의 숙제까지 빼앗아 지

호를 과학반에 집어넣은 극성 엄마였던 것이다. 오해에 오해가
축적되었고, 때문에 아까 자신을 봤을 때 경계심 많은 태도를
취했던 것이다.

하지만 지금은 분위기가 한층 풀어졌다. 미연은 용기를 내서
살짝 웃으며 준서엄마와 시후엄마를 향해 말했다.

"그런 오해를 하셨다면, 미리 편하게 물어보셔도 좋았을 걸
그랬네요. 저희 단체 채팅방도 있는데."

"……."

그러나 미연의 기대와 달리, 공기는 또다시 싸늘해졌다.

"저희가 채팅방이 있나요……?"

준서엄마가 미심쩍은 얼굴로 물었다.

\* \* \*

결국 미연은 키즈카페에서 한다는 '번지점프'가 정확히 뭔지
보지 못했다. 지호가 직원들의 도움을 받아 기구를 이용하는
동안, 기둥 옆에서 초점 없는 눈을 한 채 멍하게 서있었다.

결론적으로 말하자면 미연이 들어가 있던 단체 채팅방의 '준
서엄마'와 '시후엄마'는 진짜가 아니었다.

미연이 그 채팅방을 보여주자 준서엄마와 시후엄마는 고개
를 저었다. 아이디의 프로필 사진은 준서와 시후가 맞지만, 그
들이 쓰는 메신저의 프로필과는 다르다는 것이다. 미연과 채윤

엄마, 영희엄마가 들어가 있는 채팅방에 초대된 적도 없다고
했다.

그렇다면 아이디는 과연 누구의 것이란 말인가. 미연은 오랫
동안 보지 않았던, 아니 사실 영희엄마에게 초대를 받은 뒤 거
의 확인하지 않았던 채팅방을 들여다봤다.

영희엄마: [사진]

영희엄마: 아이들 먹일 간식이에요~

준서엄마: ^^

시후엄마: 맛있겠어요~

영희엄마: 오늘도 조은 하루 보내새요^^

준서엄마: 네 ^^

시후엄마: ^^

이런 식의 대화가 이삼일에 한 번씩 이어졌다. 사실을 알고
나니 한 명이 다른 두 명을 사칭해 대화를 조작한 것이 명확히
보였다. 물론 그럴만한 사람은 영희엄마뿐이다. 미연은 영희엄
마의 전화번호밖에 없었고, 채팅방을 거의 확인하지 않았기 때
문에 지금까지 몰랐던 것이다.

하지만 준서엄마와 시후엄마는 그런 미연의 설명을 받아들
이지 못했다. 그들의 눈에는 미연 또한 다른 학부모의 가짜 아
이디로 만들어진 채팅방의 일원일 뿐이었다. 영희엄마처럼.

준서엄마와 시후엄마는 이것저것 변명을 대며 자리에서 일어났다. 시후엄마는 심지어 번지점프까지 취소하고 키즈카페를 떠났다. 그러는 내내 아까보다 더 의심스러운 눈초리로 미연을 바라보고 있었다.

미연은 꾸역꾸역 키즈카페에 남아 지호가 노는 것을 지켜보았다. 그러나, 미안한 이야기지만 지호의 모습에는 집중이 되지 않았다.

그녀의 머릿속은 왜, 라는 의문으로 가득했다. 영희엄마가 다른 엄마들을 사칭하면서까지 단체 채팅방을 만들고, 거기에 자신을 초대한 저의를 알 수 없었기 때문이다. 게다가 영희엄마는 다른 엄마들에게 미연과 자신이 무척 친하다는 이야기를 오해하기 좋게 퍼뜨리고 있었다.

그녀의 기행은 미연에게 항상 섬뜩한 의구심을 가져온다. 미연은 다시 어제로 되돌아간 기분이 들었다. 귓가에 대고 불쾌한 말을 속삭이던 영희엄마의 목소리와 기분 나쁜 냄새가 이곳에 퍼져있는 것 같았다. 자신의 팔을 우악스럽게 쥐던 손의 감촉이 떠올랐다. 미연은 스스로를 보호하듯 팔짱을 낀 채 이를 악물었다. 아이들이 악을 써대며 뛰노는 먼지 가득한 놀이터 한가운데서 그녀는 공포에 떨고 있었다. 지호가 다가와 칭얼거릴 때까지 그렇게 서있었다.

"엄마."

"응······?"

"이제 배고파."

지호는 약간 지친 얼굴로 미연을 졸랐다. 시후와 준서가 떠나버려서 놀잇감에 흥미가 떨어진 것처럼 보이기도 했다.

"응……. 우리 뭐 먹을까?"

미연은 지호를 이끌고 다시 매점으로 향했다. 지호는 내내 하던 제 주장대로 핫도그를 골랐고 미연은 감자튀김을 곁들여 주문했다. 목깃이 구깃구깃해진 유니폼을 입고 있는 직원이 종이에 포장된 핫도그와 감자튀김을 전자레인지에 데워주었다.

"잘 먹겠습니다!"

지호는 밝고 큰 목소리로 외쳤다. 그리고 핫도그를 손으로 덥석 집어 크게 베어 물었다. 다른 손으로는 감자튀김을 한 움큼 쥐었다. 핫도그를 삼키고 나서 밀어 넣을 준비를 하는 것 같았다.

"배고팠어? 천천히 먹어."

지호가 걱정된 미연은 아이의 등을 토닥이며 콜라 컵에 빨대를 꽂아주었다. 핫도그를 몇 번 씹지도 않고 꿀꺽꿀꺽 삼킨 지호는 이번에는 손에 쥐고 있던 감자튀김을 한번에 입에 쑤셔 넣었다. 손이 작아 몇 개 들어가지 않았는데, 그게 성에 차지 않는지 또 감자튀김을 다섯 손가락으로 그러쥐었다.

"이지호, 왜 그렇게 먹니? 포크도 있잖아. 너무 빨리 먹으면 체해."

주변에서 지호를 힐끔거리는 시선을 느낀 미연은 지호의 어

깨를 잡고 다독였다. 원래 식탐이 많지 않은 아이인데, 오늘은
음식을 유난히 게걸스럽게 먹고 있었다.

"응-응."

지호는 입에 케첩을 잔뜩 묻히고 고개를 끄덕였다. 미연은
휴지를 뽑아 지호의 입을 닦아주었다. 손은 여전히 기름기로
번들거렸다.

"지호야……."

"응?"

"있잖아, 과학반 들어갈 때 영희가 게임 대신 만들어 줬니?
엄마한테는 솔직하게 말해도 돼."

"아니."

지호가 입을 우물거리면서 고개를 저었다.

"영희가 다 만든 거 줬어. 영희는 아무 때나 과학반 갈 수 있
으니까, 선생님한테 내가 했다고 말해도 된다고 했어."

"그래……."

미연은 깊게 한숨을 쉬었다. 지호는 그게 잘못인 줄도 모르는
모양이었다. 아직 초등학생이니 당연하다면 당연한 일이었다.

"지호야, 그래도 남이 한 걸 내가 했다고 하면 안 되는 거야.
그건 거짓……."

"거짓말 아니야!"

지호가 갑자기 큰 소리로 외쳤다. 옆 테이블에 앉아있던 가
족이 깜짝 놀라 돌아볼 정도로 컸다. 미연은 당황했지만 일부

러 침착하게 목소리를 내려고 했다.

"이지호."

"거짓말 아니라고! 아니야! 아니야! 아니야악!"

지호는 얼굴이 새빨개진 채 다리를 동동 구르면서 악을 썼다. 주먹으로 테이블을 쾅쾅 내리치기까지 했다. 미연은 속으로 매우 놀랐다. 지호가 눈물이 많은 편이긴 해도 이렇게 느닷없이 화를 내는 아이는 아니었는데. 처음 보는 지호의 모습에 당혹스럽기까지 했다.

"이지호, 계속 그렇게 소리 지르면 나갈 거야."

"싫어! 안 가!"

미연의 말에 지호는 고개를 있는 힘껏 털면서 외쳤다. 그러더니 손으로 테이블 위의 남은 음식을 쓸어서 입안에 마구 쑤셔 넣기 시작했다.

"지호야! 얘가 정말 왜 이래!"

미연은 결국 침착함을 잃고 벌떡 일어섰다. 지호의 팔을 붙잡고 제지하려고 하자 아이는 또 몸부림을 쳤다. 미연이 통제하기 버거울 정도였다. 주변의 시선이 모두 지호에게 쏠리는 것이 느껴졌다.

"이지호! 안 되겠다. 나가자!"

미연은 지호의 몸을 팔로 감아 꽉 붙잡은 채 자리에서 일어섰다. 지호가 다리를 마구 버둥거릴 때마다 정강이에 통증이 느껴졌다.

"안 가! 안 간다고!"

악을 쓰는 지호를 보고 사람들이 수군대기 시작했다. 미연은 지호를 질질 끌며 매점을 벗어났다. 테이블을 떠나기 전에는 먹은 것을 분리수거 해야 한다는 규칙이 있었던 것 같지만 어쩔 수 없었다. 지금은 이곳을 벗어나는 것이 먼저였다.

키즈카페 입구까지 다다랐을 때, 버둥거리던 지호가 갑자기 얌전해졌다. 기운이 빠진 듯했다. 미연은 지호를 압박하고 있던 팔에 힘을 조금 풀고 지호와 눈을 맞추려고 했다.

"지호야……."

미연이 지호를 마주 보고 허리를 내린 순간이었다.

"웩!"

헛구역질을 몇 번 하던 지호가 배 속의 내용물을 게워내기 시작했다. 묵직한 토사물이 미연의 옷과 바닥으로 쏟아졌다.

"꺄악!"

"엄마, 쟤 토한다!"

어떤 아이가 큰 소리로 외치는 것이 들렸다. 키즈카페 입구에서 대기하던 사람들이 하나둘씩 일어나 미연과 지호를 쳐다보기 시작했다. 번호표를 확인하던 직원의 얼굴이 당혹으로 물들었다.

"죄송합니다. 죄송합니다!"

미연은 경황이 없는 가운데서도 주변에 허리를 숙이며 사과했다. 당연한 말이지만 그 사과를 받아주는 사람은 없었다.

방금 전까지 나고 드는 사람들과 매장 안을 뛰어다니는 아이들로 발 디딜 틈 하나 없는 것처럼 보였는데, 어느새 사람들은 미연을 중심으로 둥근 원을 만들고 있었다. 그들은 미연을 나무라지 않았다. 또 반대로 지호를 동정하고 있지도 않았다. 밟혀 죽은 쥐의 시체를 보듯, 혐오와 비난과 호기심과 약간의 연민 등이 뒤섞인 시선으로 바라보고 있을 뿐이었다. 숨 막힐 듯한 그 시선은 직원 한 명이 헐레벌떡 걸레를 가져올 때까지 계속 이어졌다.

\* \* \*

미연은 지호의 손을 잡고 아파트 단지를 터덜터덜 걸었다. 다른 손에는 젖은 옷을 넣은 쇼핑백이 들어있었다.

그녀는 괜찮다고 연이어 말하는 직원과 함께 토사물을 꼼꼼하게 치우고 걸레까지 빨았다. 직원은 미연이 더러워진 옷을 어느 정도 닦아낼 수 있게 직원용 화장실을 빌려줬다. 이런 일이 종종 있는 모양이었다. 미연은 키즈카페를 나와 마트에 들어가서 후줄근한 홈드레스를 산 뒤 옷을 갈아입었다. 이후 택시를 탄 뒤 아파트까지 돌아왔다.

그러는 동안 완전히 지쳐버린 미연은 어떤 말도 꺼내지 않았다. 지호도 마찬가지였다. 차를 타고 오는 동안에도 내내 고개를 숙이고 있었다. 놀이터를 지나 재활용품 분리수거장을 지날 때쯤 돼서야 지호의 작은 목소리가 들려왔다.

"엄마……."

미연은 걸음을 멈추고 지호를 내려다봤다. 지호의 눈에는 눈물이 그렁그렁 맺혀있었다.

"잘못했어요."

"……."

"이제 소리 안 지를게요."

미연은 작게 한숨을 내쉬고 지호를 근처 벤치로 이끌었다. 둘은 나란히 앉았다.

"지호야."

"응."

"아까는 왜 그랬어? 왜 갑자기 화를 낸 거야?"

훌쩍거리고 있던 지호는 미연이 질문하자 소매로 눈가를 쓱쓱 문지른 뒤 말했다.

"엄마가, 내가 거짓말했다고 해서. 화가 났어."

"엄마가…… 지호 혼내는 것 같았어? 속상했어?"

"속상했어."

지호가 고개를 끄덕였다. 미연은 지호의 손을 붙잡고 말했다.

"지호야, 엄마는 혼낸 게 아니었어. 물어본 거야. 그런데 지호가 엄마 말을 듣기도 전에 화를 내서 당황하고, 마음이 아팠어. 이해했니?"

"응……."

"다음부터는 속상해도 소리 지르지 않고 말하기야. 엄마가 이유를 말할 때는 들어주기. 그렇게 해줄 수 있니?"

"응."

"그래, 약속하자."

미연은 지호의 어깨를 안고 토닥였다. 지호는 아까 저항했던 태도와는 딴판으로 완전히 얌전해진 상태였다. 미연은 아까 순간적으로 지호를 '내 아들 같지가 않아'라고 생각해 버렸던 자신을 탓했다. 아이의 좋은 모습만 확대해서 기억하다 보니, 울고 짜증 낼 수도 있다는 것을 잊었었나 보다.

"그리고, 음식도 너무 빨리 먹지 않기. 아까 엄마가 천천히 먹으라고 했는데 지호가 계속 빨리 먹었지? 그래서 토했잖아."

"응."

"그래. 이제는 그러지 마."

지호는 눈물을 닦고 씩 웃으면서 고개를 끄덕였다. 그 얼굴을 보니 미연은 차마 지호가 게임 만들기에 대해 거짓말한 사실까지 끄집어낼 수는 없었다. 지호는 오후 내내 뛰어놀았고 배 속까지 텅 빈 상태였다. 내일 학교에 가려면 밥을 먹여서 재워야 했다. 그러지 않으면 또 밤에 열경기를 일으킬지도 모른다. 타이르는 건 좀 더 천천히 해도 된다.

"이제 가자, 지호야."

미연은 지호의 손을 잡고 벤치에서 몸을 일으켰다. 112동 입구 쪽으로 몸을 틀었을 때 지호가 손가락으로 어딘가를 가리켰다.

"어, 엄마. 저거."

"응?"

미연은 지호가 가리키는 대로 고개를 돌렸다. 지호는 분리수 거 하는 곳을 보고 있었다. 재활용품은 매주 목요일에 버리기 때문에 일요일인 오늘은 깨끗한 상태였다. 이미 커다란 자루에 페트병이나 우유 팩 같은 것이 구분돼 담겨있었다.

의류수거함 근처에는 스티커를 붙여야만 수거해 가는 잡동 사니가 흩어져 있었다. 귀퉁이가 썩은 책꽂이라든가 보풀이 잔 뜩 일어난 소파의 매트리스 같은 것이 차곡차곡 쌓여있었다. 한쪽 구석에는 전기밥솥이 보였다.

"저거, 영희네 거야. 영희네 아줌마가 쓰던 건데."

"어느 거? 저거?"

미연은, 쓰레기장 쪽으로 한 발짝 다가섰다. 다른 손으로는 전기밥솥을 가리켰다.

"응."

지호가 고개를 끄덕였다.

미연은 좀 더 가까이 다가가 밥솥을 살펴봤다. 만약 그것이 어느 집에나 있는 것처럼 평범한 전기밥솥이었다면 그렇구나, 하고 지나쳤을 것이다. 하지만 그것은 결코 평범하지 않았다.

우선 크기가 일반적으로 가정에서 쓰는 제품과는 완전히 달 랐다. 백반집 같은 데서나 볼 수 있는 거대한 밥솥이었다. 검은색 코팅은 무수히 많은 흠집에 긁혀 거의 벗겨졌고, 광택이 사라진 스테인리스의 몸체가 흉측한 모습을 드러내고 있었다. '취사'나 '보온'이라는 글자가 쓰여있는 버튼도 계기판이 보일 정도로 닳았으며 녹이 잔뜩 슬어있는 상태였다. 한마디로, 도저히 사용이 불가능할 정도로 낡아 있었다.

"되게…… 오래된 것처럼 보이네."

미연은 지호를 보며 말했다. 지호는 아무렇지 않은 표정으로 고개를 저었다.

"아니야. 얼마 안 됐는데 고장 났다고, 아줌마가 그랬어."

"그러니……?"

하지만 미연의 눈에는 얼마 안 된 것처럼 보이지 않았다. 쓰고 또 써서 결국 밥솥의 생명이 끊어진 것처럼 보였다. 뒤쪽으로 삐져나온 전선은 피복이 반쯤 벗겨진 상태였다. 미연은 그것을 들여다보았다. 전선과 밥솥의 몸체를 연결하는 틈새에서 바퀴벌레의 더듬이가 움찔거리고 있었다.

"꺄악!"

그녀는 소스라치게 놀라 뒤로 물러섰다. 순간 등줄기에 쫙 소름이 돋는 것이 느껴졌다.

"가자, 지호야."

미연은 얼른 지호의 손을 잡아 아파트 현관으로 이끌었다.

"아줌마가, 저걸로 밥하고 그러진 않았지?"

그녀는 황급히 카드키를 출입 패널에 터치하며 말했다. 꼭,

바퀴벌레가 뒤쫓아 올 것만 같아서 서두르게 되었다. 유리로 된 자동문이 부드럽게 열렸다.

"저번에 해줬어."

지호는 열린 문 안으로 들어가며 태연히 말했다.

\* \* \*

미연은 결국 다음 날인 월요일에 급하게 월차를 냈다.

전체 회의가 있는 월요일에 휴가를, 그것도 일요일 저녁에 보고하니 팀장의 목소리가 달갑지 않았다. 다른 직원들은 야근까지 해가며 일에 매달리는 요즘이다. 팀장은 '애들 있는 집은 그럴 수 있다'라고 말해줬지만 미연의 마음도 무거웠다.

하지만 지금 상황에서 도저히 지호를 놔두고 출근할 수가 없었다. 미연은 지호에게, 오늘은 엄마가 집에 있을 테니 학교가 끝나면 바로 돌아오라고 말했다.

"그럼 영희네 못 가?"

뛸 듯이 기뻐할 줄 알았던 지호는, 고개를 끄덕이더니 그렇게 물었다. 미연은 엄마가 집에 있으니까 안 가도 된다고 재차 이야기했다. 그래도 지호는 그냥 알겠다고만 할 뿐 별 반응이 없었다.

월요일에 지호는 오후 5시까지 방과후 돌봄교실에 머문다. 그다음 영어 학원과 수학 학원에 갔다가 집에 돌아온다. 그러나 영희와 어울리는 시간이 많아진 뒤로는 돌봄교실 대신 영희네 집에서 간식을 먹으며 숙제를 할 때도 있었다.

영희네 집에서, 녹과 때가 뒤범벅된 밥솥이 있던 그 집에 지호가 머물고 있었다. 몇 번이나 간식을 먹고 저녁밥도 먹었다. 생각만 해도 소름이 끼쳤다. 혹시 그 집의 모든 가구가 그렇게 돼있는 건 아닐까? 낡을 대로 낡아서 쓰레기장에 가 있어야 할 가구들을 잔뜩 끌어안은 채 살고 있는 건 아닐까…….

미연은 소파에 쭈그려 앉아 깊은 한숨을 쉬며 두 손으로 머리를 감쌌다. 아침을 차려주고 지호를 등교시킨 뒤 정우의 출근을 배웅할 때까지, 미연은 정우에게 영희엄마에 대해 말하지 못했다.

그는 미연이 오늘 출근하지 않는 것을 지호보다 더 반기는 눈치였다. 그러면서도 왜 연차를 썼는지에 대해 캐물었다. 분명 이번 주부터 회사가 더 바빠질 것 같다고 했으면서 월요일부터 쉬는 이유가 궁금했던 것이다.

미연은 몸이 안 좋아서 오늘 푹 쉬고 내일부터 일에 집중하는 게 나을 것 같다고 둘러댔다. 지금까지 지호를 이상한 여자에게 맡기고 있었던 것 같다는 말은 차마 하지 못했다. 좋은 남편보다 좋은 아빠에 더 가까운 정우는 분명 길길이 날뛸 테다. 정우는 미연이 제 조언대로 직장을 그만두지 않았기 때문에 지호를 제대로 챙기지 못했다며 비난할 것이다. '결국 내 말이 맞았다'라는 듯 의기양양한 표정을 짓는 정우를 상상하니, 차라리 지금은 그가 영희엄마를 '좀 이상한 할머니' 정도로 생각하는 것이 낫겠다 싶었다.

스트레스가 컸는지 오늘은 유난히 두통과 손 떨림이 심했다. 미연은 진통제 두 알을 삼키고 지호의 간식을 준비했다. 채소를 잘게 다진 다음 참치와 섞어 동그랑땡처럼 부쳐내기 위해 반죽으로 만들었다.

그녀가 프라이팬에 기름을 막 두를 때쯤 도어락의 터치패드가 눌리는 소리가 났다.

"다녀왔습니다!"

지호가 힘차게 외치는 소리가 들렸다.

"지호 왔니?"

"헤헤."

현관으로 다가가자 가방을 벗은 지호가 혀를 내민 채 웃고 있었다.

"엄마가 있으니까 이상해."

"그래도 좋지?"

"응."

"손 씻어. 엄마 간식 만들고 있어서…… 잠시만."

미연은 지호가 고개를 끄덕이며 화장실로 가는 것을 보고 가방을 챙겨 방에다 가져다 두고 황급히 주방으로 돌아왔다. 충분히 달궈진 프라이팬에 반죽을 올려두니 곧 기분 좋은 냄새를 풍기며 익기 시작했다.

"와! 엄마, 뭐야?"

어느새 쪼르르 달려온 지호가 아일랜드 식탁 위에 올려둔 접시를 보고 감탄사를 내뱉었다. 지호가 먹기 좋은 형태로 작고 납작하게 구워진 동그랑땡은 알록달록한 채소가 들어가 미연이 보기에도 귀여웠다.

"맛있겠지? 좀 식으면 먹어."

"잘 먹겠습니다!"

"지호야, 식으면······."

미연은 뒤집개를 든 채 등을 돌렸다. 지호는 벌써 접시에 손을 뻗어 동그랑땡을 덥석 쥐고 있었다. 그러나 여린 손은 막 프라이팬에서 나온 동그랑땡의 온도를 견디지 못했다.

"악! 뜨거워!"

"그것 봐. 식으면 먹으렴."

미연은 가볍게 말하고 다시 돌아섰다. 뜨거움을 충분히 느꼈으니 다시 같은 행동을 반복할 것 같지는 않았다. 나머지 반죽을 익혀서 접시에 옮겨 담았다.

"자, 이제 먹······."

그러나 접시를 식탁에 내려놓기 위해 돌아선 순간 미연은 잠시 굳었다. 식탁에 있던 그릇 위가 깨끗했기 때문이다.

"엄마, 맛있어. 더 줘."

입과 손에 기름을 잔뜩 묻힌 지호가 말했다. 손바닥은 빨갛게 달아올라 있었다.

"지호야, 동그랑땡 다 먹은 거야?"

"응. 더 먹을래."

미연은 그녀가 들고 있던 접시에 손을 뻗는 지호를 제지했다.

"지호야, 잠깐. 손 뜨거운 거 아니니? 손부터 닦자."

그녀는 접시를 내려놓고 물티슈를 뽑아서 지호의 손을 닦아 주려 했다. 그러나 물티슈에 손이 닿으니 지호가 얼굴을 찡그리며 소리를 질렀다.

"아아! 아파아!"

"거봐. 어휴, 데었나 보다."

"엄마. 아파아."

지호가 울먹거리기 시작했다. 미연은 아이의 손바닥을 자세히 들여다보았다. 큰 상처는 없었지만, 뜨거운 것을 계속 만진 탓에 살갗이 부어올라 있었다. 미연은 얼음을 가져와 손수건으로 싼 뒤 지호의 손 위에 올려놓았다.

"얼음으로 식히면 괜찮아질 거야."

"그래도 아파."

"그러니까 왜 그걸 맨손으로 먹었어? 엄마가 뜨겁다고 했잖아."

미연은 훌쩍거리는 지호를 꾸짖듯 말했다. 손을 다친 것은 안쓰러웠지만, 잘못은 잘못이다. 게다가 요즘 이렇게 갑자기 손으로 음식을 먹는 일이 늘어난 것 같았다.

"이렇게 먹어야 복을 부른댔어."

"뭐?"

"이렇게 먹어야 복을 부른대."

지호는 같은 말을 한 번 더 반복했다. 미연은 제 귀를 의심했다. 그러나 두 번이나 들은 말은 틀림이 없었다. 이런 아이답지 않은 말은, 어디서 배워 온 것일까.

"너 그게 무슨 뜻인지 알아?"

미연이 묻자 지호가 고개를 끄덕였다.

"좋은 거. 돈도 많이 벌고 잘사는 거."

"누가…… 그래?"

"영희가 그랬어."

지호가 맑은 목소리로 말했다.

"밥을 잘 먹어야 복을 부른다고 영희네 아줌마가 가르쳐 줬어. 복을 부르는 게 뭐냐고 했더니 영희가 설명해 줬어."

"지호야, 밥을 잘 먹는 건 꼭 손으로 허겁지겁 먹는 걸 의미하진 않아. 반찬을 골고루 꼭꼭 씹어서 먹는 것도 잘 먹는 거야."

"아니야! 영희네 집에선 다들 이렇게 먹어."

지호가 의아한 표정으로 고개를 갸웃했다.

"……."

미연은 창백한 표정으로 입을 다물었다. 그러나 곧 마음을 다잡고, 지호를 똑바로 마주 보며 말했다.

"이지호."

"응?"

"이제 영희네는 가면 안 되겠다."

"왜?"

"지호가…… 안 좋은 걸 배우는 것 같아."

미연은 신중하게 말을 골랐다. 그녀의 생각대로 이야기를 했다가는, 지호가 영희에게 '우리 엄마가 너네 엄마 이상하대'라고 말할 수도 있다. 그렇게 되면 영희엄마 같은 여자는 무슨 짓을 할지 모른다. 뭐가 이상한 건지도 잘 모르는 지호에게 솔직하게 말하기보다, 앞으로 영희엄마와 최대한 얽히지 않는 쪽으로 결론을 내고 싶었다.

"안 좋은 거가 뭔데?"

"어제도, 봐. 급하게 먹었다가 토했잖아. 그렇지?"

"응…….."

"그리고 과학반도."

"그거는!"

지호가 앉은 자리에서 펄쩍 뛰며 큰 소리를 냈다.

"그건! 거짓말 아니야."

"영희가 만들어 준 게임을 지호가 했다고 해서 선생님께 낸 것 아니니?"

"아니야."

지호는 완강한 태도로 고개를 저었다.

"난 내기만 했어. 선생님이 누구 거냐고 안 물어봤어. 그러니까 선생님이 마음대로 생각한 거야."

"……."

"나는, 내 거라고 안 했어! 그러니까 거짓말 한 거 아니야."

미연은 착잡해진 마음을 다잡으려고 애썼다. 눈에 뻔히 보이는 거짓말을 하면서도 속아줄 것이라고 생각하는 지호가 안타까웠다. 아직 어린 지호에게 궤변을 늘어놓을 뻔뻔함이 있다는 것을 인정하기란 생각보다 쉽지 않았다.

"지호가 말 안 했더라도, 선생님은 지호가 냈으니까 지호가 한 건 줄 아셔. 그러면 선생님을 속인 게 되는 거야. 맞지?"

"……."

지호는 고집스럽게 입을 다물었다. 끝까지 거짓말을 하지 않았다는 주장을 관철할 셈인 것 같았다. 미연은 그 이유를 알고 있었다. 지호는 거짓말을 했다는 사실을 인정하고 그것으로 인해 꾸지람을 듣는 것을 특히 싫어했다. 허언증으로 인해 상담센터에 다녔을 때부터 지나치게 예민하게 반응했다. 아무도 알지 못한다고 생각한 것을 들켰을 때의 수치심에 매우 민감한 것 같았다. 그래서 미연도 거짓말에 대해서는 조심스럽게 접근하고는 했다.

"그건, 괜찮아. 다음부터 안 그러면 돼. 과학반은 지호가 가고 싶으면 가고, 안 가고 싶으면 가지 말자. 당분간 다른 학원도 다녀볼래? 축구교실이나……."

"싫어!"

지호는 큰 소리로 외친 다음, 스툴에서 내려와 미연으로부터 한 발짝 멀어졌다.

"엄마는, 왜 맨날 내가 하기 싫은 것만 하라고 해? 나빴어!"

"엄마가 언제?"

미연은 황망한 얼굴로 자리에서 일어섰다. 지호의 표정에는 적대감이 드러나 있었다.

"과학반도 가지 말라고 하고. 축구교실 가라고 하고! 나 축구 싫어!"

"왜? 이사 오기 전에는 잘 다녔잖니."

"엄마가 억지로 보낸 거잖아! 나는 싫었어!"

지호가 악을 쓰면서 말했다.

"엄마가 나랑 놀기 싫어서 회사 간 거야. 나랑 놀기 싫어서 축구교실 보낸 거지! 아빠가 그랬어!"

"아빠가……?"

"지금도 영희네 집에 못 가게 하려고 축구 보내는 거야! 나 축구 하기 싫어! 안 갈 거야!"

지호는 그러더니 제 분을 이기지 못하고 엉엉 울기 시작했다. 퍽 분하고 억울한 일이 있는 사람처럼 바닥에 엎드려 흐느껴 울었다. 평소라면 지호에게 달라붙어 눈물을 닦아주곤 했던 미연은, 방금 들은 말의 충격으로 멍하니 서있기만 했다.

정우가, 정말로 그랬을까? 이사 오기 전에는 지호가 더 어렸으니, 아이의 말을 곧이곧대로 믿기는 어렵다. 그러나, 정우가 정말로 그랬다면 어쩌면 좋을까. 제 아들에게 너희 엄마가 너를 귀찮아하기 때문에 학원에 보내는 거라고 이간질을 한 거라면. 그때 미연이 어떻게 버티고 있었는지 뻔히 알면서도…….

그때, 들릴 리 없는 소리가 들렸다. 현관의 도어락이 열리며 인기척이 난 것이다.

"지호야, 집에 있냐? 할머니 왔다."

현관 쪽에서 시어머니의 목소리가 들렸다. 미연은 황급히 등을 돌렸다. 복도에서 시어머니가 걸어오고 있었다. 조금 뒤에는 정우가 따라오는 중이었다.

"니가 오늘 쉰다기에 지호 좀 봐주려고……. 에구머니나!"

손에 비닐봉지를 잔뜩 들고 있던 시어머니는 바닥에 엎드려울고 있는 지호를 보더니 황급히 봉지를 내던졌다. 안에서 오렌지 몇 개가 굴러 뒤쪽에 서있는 정우의 발에 부딪쳤다. 미연은 그것을 넋이 나간 듯이 바라보았다.

"어이구, 내 새끼! 왜 우냐, 응?"

"할머니."

"그래, 그래. 할미 왔다. 우리 강아지 왜 울어?"

지호는 시어머니의 품에 꼭 안겨 서럽게 한참을 더 울었다. 그동안 정우는 말없이 시어머니가 내던진 비닐봉지를 정리했다. 실컷 울었는지, 울음이 잦아든 지호가 고개를 들고 말했다.

"할머니, 엄마가 나 축구교실 가래. 할머니가 가지 말라고 해줘."

그러자 시어머니가 고개를 팩 돌려 미연을 올려다봤다.

"너는!"

"……."

"도대체 얼마나 애를 몰아세웠길래 이 조그만 애가 숨도 못 쉬고 우냐, 응? 어이구. 독하다, 독해!"

"……."

"회사에서 뭐, 얼마나 중요한 일을 한다고 맨날 애를 쥐 잡듯 잡아? 우리 장손 간수 하나 못 하면서 무슨 염치로 그렇게 서있어? 입이 있으면 말을 해봐!"

가만히 서있던 미연은 모기만 한 목소리로 간신히 한마디를 꺼냈다.

"죄송해요……."

그러고는 도망치듯 안방으로 향했다. 뒤에서는 시어머니의 혀를 차는 소리가 들렸다.

* * *

미연은 앞치마도 벗지 않은 채 침대에 앉아 손으로 얼굴을 감쌌다. 뒤쪽에서 정우가 방문을 열고 들어오는 소리가 났지만 쳐다보지 않았다.

"내가 모시고 왔어."

"……."

"통화하다가 어쩌다 보니 너 오늘 쉰다는 얘기가 나와서. 엄마가 지호 봐줄 테니까 데이트라도 하라고 갑자기 그러잖아. 지호가 보고 싶었는지."

정우는 평소답지 않게 횡설수설 말을 이었지만 미연은 대꾸하지 않은 채 가만히 있었다.

"엄마 혼자 오면 너 놀랄까 봐 내가 잠깐 같이 온 거야. 전화도 안 받더라. 지호 혼냈어?"

"……."

"미연아."

미연 옆에 앉은 정우가 팔을 뻗어 어깨를 감싸려고 했다. 미연은 몸을 비틀어 정우의 품을 벗어나 침대에서 일어났다.

"지호한테……."

"……."

"지호한테, 내가 애 보기 귀찮아서 학원 보낸다고 얘기했어?"

미연은 제 목소리가 분노로 떨리는 것을 느꼈다. 정우는 알 수 없는 표정으로 미연을 빤히 보다가 되물었다.

"언제?"

"작년에 축구교실 보낼 때 그랬다면서. 지호가 말했어."

정우는 무언가를 생각하는 듯 입을 다물었다가 잠시 뒤에 말했다.

"지호가 그걸 기억해?"

"말했구나."

미연은 충격을 받은 채 말했다. 정우가 미연을 따라 일어섰다.

"설마 내가 진심으로 그랬겠냐? 지호가 축구교실 가기 싫다고, 엄마랑 놀고 싶다고 떼쓰길래 데려다주다가 장난으로……."

"애가 그걸 어떻게 알아? 그리고 장난이면 그런 말 해도 돼?"

"그것 때문에 지호한테 화냈어?"

정우의 질문에 미연은 허탈하게 웃었다.

"내가 그런 것 때문에 애한테 화를 내겠어? 내가 화내야 할 사람은 오빠 아닐까?"

"미연아."

"내가 그때 어떻게 버텼는데!"

미연이 이를 뿌드득 갈면서 말했다. 생각 같아서는 소리도 지르고, 정우의 뺨도 올려붙이고 싶었다. 그러나 이 와중에도 밖에 있는 시어머니의 눈치가 보였다.

"일하면서 애 학원 스케줄 맞추느라 하루 종일 동동거리고, 오빠는 나 도와주지도 않고! 그 와중에 아버님 제사까지 챙겼어. 그랬는데 너는 어떻게 했니?"

"……."

"일 계속하면 애 보는 것도 안 도와준다고. 둘 다 잘할 자신 있으면 알아서 해보라고. 나한테는 그래 놓고, 오빠는 바람이나 피우고! 그랬으면서, 지호한테 그런 장난을 칠 자격이 있니? 네가 사람이야?"

어느새 미연은 울고 있었다. 간신히 아문 상처를 다시 건드린 탓에 나온 눈물이다.

미연이 지호를 낳고 몸을 추스른 뒤 직장에 복귀하자마자 정우는 둘째를 재촉했다. 그는 지호에게 다정한 아빠였으나 육아에 있어 곤란한 부분은 미연에게 떠넘겼다. 맞벌이를 하는 대신 지호를 돌보는 데 부족함 없이 하겠다고 정우와 약속 아닌 약속을 해버린 미연은 스트레스에 시달렸다.

그러다 미연은 정말로 둘째를 임신했다. 전혀 예상하지 못한 일이었다. 정우는 매우 기뻐했으나 일에 있어 막 궤도에 오르기 시작한 미연에게는 부담이었다. 무리한 출퇴근을 해가며 꿋꿋이 직장을 다녔다. 정우는 아기를 걱정한다는 명목으로 미연에게 비난을 쏟아부었으나 다행히 '꼬물이'는 잘 버텨주었다.

'꼬물이'가 미연의 곁을 떠난 것은 일로 인한 과로나 출퇴근의 부담 때문도, 시댁의 눈치 주기 때문도 아니었다. 정우가 바람을 피운 것을 발견한 충격이 제일 큰 영향을 미쳤다. 미연은 정우가 임신 사실을 알고 그렇게 좋아했으면서도 동시에 직장 동료와 잠자리를 갖고 있었다는 사실을 도저히 받아들일 수 없었다. 우연히 스마트폰의 메시지와 동영상 따위를 발견한 뒤 미연은 출근길에 기절을 했고 깨어나 보니 정우가 자신의 환자복을 붙잡고 울고 있었다.

미연은 그다음부터 술에 의존하지 않으면 제대로 잠들 수 없었다. 괴로운 생활을 이어가다 결국 더 버티지 못하고 이혼을 요구했다. 정우는 지호를 무기로 미연을 설득했다. 그 과정이 순탄치는 않았다. 대화가 싸움과 눈물로 끝나는 경우가 대부분이었다. 지호의 정서도 불안해져 갔다. 소변 실수를 하기도 했다. 허언증 증상을 보인 것도 그때쯤이었다. '엄마가 나를 버리려고 한다'는 지호의 한마디에 시댁은 정우의 잘못을 알면서도 미연도 똑같이 죄인이라는 식의 이야기를 하고는 했다.

하지만, 지호에게 이혼가정을 만들어 줄 수는 없다는 정우의 설득이 미연의 마음을 흔들었다. 이혼을 하고 돌아가면 뒤집어쓰게 될 친정엄마의 욕설과 비난도 무섭고 싫었다.

그렇게 지켜낸 가정인데. 피를 토하며 버틴 자신의 시간을 하나뿐인 아들이 오해하고 있었다. 그렇게 만든 정우가 원망스러웠다. 미연은 자꾸 흐르는 눈물을 닦기 위해 화장대로 향했다.

"미안해."

침대에 걸터앉은 정우가 거울을 통해 미연을 바라보며 말했다. 미연은 정우가 건네는 물티슈를 무시하고 화장솜으로 눈가를 찍어냈다.

"난 지호가 아직도 그걸 기억하고 있는 줄 몰랐어. 진심이었다면 나도 금방 기억이 났겠지. 정말 지나가는 말로 한 거야."

"······."

"당신 힘든 거, 나도 알아. 이 생활이 만성이 되었나 봐. 그러면 안 되는데····· 참."

정우가 가까이 다가와 미연의 어깨를 토닥였다. 미연은 그가 천천히 자신의 등을 쓸어내리는 것을 느꼈다.

"살도 좀 빠진 것 같은데."

"……."

"내가 어떻게 하면 될까? 지호는 왜 그렇게 운 거야?"

미연은 고개를 들어 거울을 쳐다보았다. 그녀의 눈동자는 붉어져 있었고, 밀가루가 묻은 앞치마를 여전히 하고 있어서 약간 우스꽝스러운 모습이었다. 정우는 웃지도 않고 진지한 표정으로 미연을 보는 중이었다.

미연은 잠시 고민했다. 정우에게 영희엄마에 대한 자신의 생각을 그대로 전해도 좋을까. 그가 자신을 비난하는 것은 아닐까. 하지만 곧, 그의 눈치를 보는 것처럼 행동하고 있는 스스로를 깨닫고 가감 없이 말하기로 했다.

"영희엄마 말이야……."

"누구?"

"우리 윗집에."

"아, 그 이상한 할머니?"

장난스러운 정우의 말에 미연은 피식 웃고 말았다. 덕분에 영희엄마에 대한 이야기가 쉽게 나왔다. 두서없이 이어지는 미연의 말을 정우는 참을성 있게 앉아서 끝까지 들어주었다.

"지호가 그 집에 드나들면서 안 좋은 영향을 받는 것 같다는 말이지?"

"내 생각에는 그래."

"그럴 수도 있지. 집안마다 분위기가 다르니까. 그리고 영희엄마라는 사람이 애들을 관대하게 키울 수도 있고."

미연이 보기에는 관대하게 키우는 것만의 문제는 아니었으나, 정우는 아직도 영희엄마에 대해 대수롭지 않게 생각하는 듯했다. 다만 밥솥에 대해서만은 석연찮은 감정을 드러냈다.

"그런데, 밥솥 이야기는 좀 걸리긴 한다."

"그렇지? 난 지호가 그 밥솥에 한 밥을 먹었다는 걸 생각만 해도 소름이 끼쳐."

미연이 어깨를 부르르 떨자 정우가 말했다.

"비위가 약한 애니까, 밥이 좀 이상했으면 안 먹었을 거야. 겉에만 그럴 수도 있는 거고……."

"단체 채팅방은 왜 만든 걸까? 다른 아기 엄마들 사칭은 왜 한 거야?"

"친구가 없는데, 있는 척하고 싶었겠지."

정우의 말에 미연은 잠시 망설였다. 아무래도, 보여줄 때가 된 것 같았다.

"오빠, 사실은 더 나중에 얘기하려고 했는데……."

"뭘?"

"그 여자, 우리 집에 부적을 붙였어."

"뭐?"

정우는 이번에야말로 크게 놀란 듯 목소리를 높였다. 미연은 그가 지나치게 화를 낼까 봐 지금까지 그 사실을 말하지 않았었다.

"저번에 영희를 데리고 우리 집에 놀러 왔더라고. 그런데 나

유산한 얘기를, 지호한테 들었는지 갑자기 꺼내질 않나. 안방에 들어가서 붙박이장 문을 열어 놓은 거야. 내쫓고 나서 보니까 거기에 부적이 붙어있는 거 있지."

"어디에?"

정우는 황당하다는 듯한 얼굴로 물었다. 미연은 붙박이장 문을 열었다. 정우는 쪼그려 앉아 이불을 치우더니 허, 하고 맥없는 소리를 냈다. 부적은 예전에 미연이 보았던 그 자리에 그대로 붙어있었다.

"떼고 싶긴 했는데, 그 여자 왠지 발뺌할 거 같아서. 오빠, 어떻게 할까?"

"잘했어. 내 생각에도 안 떼는 게 좋을 것 같아."

부적을 한참 바라보던 정우가 말했다. 생각지 못한 반응에 미연은 조금 놀랐다.

"난 오빠가 엄청 화내면서 떼버릴 줄 알았어."

"마음은 그러고 싶어. 근데, 네 말대로 이걸 떼면 그 여자가 우리 집을 침입한 게 없던 사실이 되잖아."

"침입까지야…… 내가 오라고 하긴 했는걸."

미연은 무릎을 모으고 앉아 한숨을 내쉬었다.

일이 어쩌다 이렇게 되어버린 건지 모르겠다. 지호를 영희엄마에게 맡기지 말았어야 했다. 아니, 애초에 영희엄마가 다른 사람의 아이디까지 조작해 만든 기괴한 단체 채팅방부터 나왔어야 했다. 아니면, 처음부터, 드림힐아파트로 이사를 오지 말

앉아야 했던 걸까.

미연의 복잡한 심경이 얼굴에 드러났는지, 정우가 가까이 다가앉으며 말했다.

"내가 그 집에 가볼까?"

"오빠가?"

그것은, 미연이 생각지도 못한 제안이었다.

"네가 거기 가서 난리 치면, 그 할머니 성격상 가만 안 있을 것 같다며. 차라리 내가 가서 집 상태가 어떤지 확인해 볼게."

"뭐라고 하게?"

"지호가 집에다 학습지 같은 거 두고 왔다고 하면 되지."

왜 지금까지 그 생각을 못 했을까. 미연의 막연한 공포 때문일지도 몰랐다. 직접 찾아갔다가는 무슨 일을 당할 것만 같은 불쾌한 두려움이 영희엄마에게 존재했다.

"마침 오늘 한가하니까, 이따 갔다 올게. 엄마는 일찍 보내고, 우리끼리 저녁 먹자."

그러면서 정우는 미연을 달랬다. 방금 전까지 울며 소리치던 미연의 감정도 신기하게 차분해졌다.

"고마워, 오빠."

"너무 걱정하지 마. 지호도 이제 초등학생이니까, 이런 일도 생기는 거지."

똑같은 부적 있으면 훔쳐 올게. 정우가 던진 농담에 미연은 풋 하고 웃음을 터트렸다. 정우는 그런 미연의 머리를 끌어안고 어깨를 쓰다듬었다. 미연은 남편의 위로를 받으며, 혼자 끙끙 앓기보다 털어놓기를 잘했다고 생각했다. 객관적인 조언 없이 문제를 바라보면 확대해석하는 일도 일어나기 마련이다. 정우와 함께 상의하면, 그동안 일어난 일을 좀 더 차분하게 받아들일 수 있을 것 같다는 희망이 생겼다.

* * *

미연과 안방을 나온 정우는 정말로 시어머니를 일찌감치 보냈다. 미연이 다른 학원 대신 축구교실에 가지 않겠느냐고 제안한 것을 지호가 오해했으니 너무 걱정하지 않아도 된다는 거짓말도 덧붙였다.

시어머니는 미연이 못마땅해 죽겠으며 지호가 계속 신경 쓰이는 듯했으나, 자신이 남아있어도 환영받지 못하는 분위기임을 눈치채고 갈 준비를 했다. 지호도 울다 지쳐 자고 일어나자 모든 것을 까맣게 잊은 것처럼 들뜬 표정으로 텔레비전을 보고 있었다. 오늘 학원에 안 가게 돼서 기분이 더 좋은 것처럼 보이기도 했다.

미연은 시어머니가 사 온 돼지갈비를 양념에 재웠다. 갈비는 정우와 지호 모두 좋아하는 요리다. 냄새에 민감한 미연에게는 고기를 손질하는 것 자체가 고역이었으나, 오늘은 오랜만에 셋이 함께 먹는 저녁이니 크게 신경 쓰이지 않았다.

"엄마, 아빠는 언제 와?"

소파에 앉아 텔레비전을 보던 지호가 물었다.

"금방 오실 거야. 배고프니?"

"응."

"조금만 기다려. 거의 다 됐어."

지호는 정우가 영희 집에 간다는 사실을 모른다. 지호를 앞세워서 가는 게 더 쉬울 수도 있지만, 그랬다간 잃어버린 걸 찾으러 왔다는 거짓말이 들통나게 된다. 정우가 어떤 상황극을 해가며 영희의 집을 둘러볼지 생각하니 조금 우스운 일이었다.

미연이 갈비찜 간을 보고 있는데, 묵직한 현관문이 열리는 듯한 소리가 희미하게 났다. 얼마 지나지 않아 정우가 들어왔다.

"오, 좋은 냄새 나는데?"

주방으로 다가온 정우가 활기차게 말했다.

"오빠, 밑반찬 좀 꺼내줘."

"그래."

미연이 갈비찜을 뜨면서 거실을 힐끔 보니 지호는 여전히 텔레비전에 정신이 팔려있었다. 정우도 그것을 눈치챘는지 미연을 향해 낮게 말했다.

"별거 없더라."

"그래?"

정우는 고개를 끄덕이며 접시에 반찬들을 덜었다.

"들어갔는데, 그냥 평범해. 집 구조도 우리랑 똑같고. 아, 밥솥도 진짜 새로 샀더라고."

"뭐라고 하고 들어갔어?"

"지호가 스마트폰 잃어버린 것 같은데 찾아봐도 되냐고. 너랑 지호는 놀이터에서 찾고 있다고 했지."

"순간적으로 그렇게 거짓말이 나와? 대단하네."

"전화하는 척하면서 사진도 찍어 왔어."

정우는 그러면서 제 스마트폰을 꺼내 보여주었다. 아무리 그래도 남의 집을 몰래 찍는 거니까 각도도 이상하고 초점도 안 맞은 상태였지만, 지극히 평범하고 밋밋한 거실과 방의 모습이라는 것쯤은 알아볼 수 있었다.

"오빠는, 누가 기자 아니랄까 봐……. 뭘 이런 것까지 찍어 왔어."

사진을 보고 나서 미연은 머쓱하게 웃었다. 그러나 솔직히 말하면 정우가 보여준 사진은 미연을 한층 더 안심시켰다.

방금 전까지만 해도 미연의 머릿속에는 온갖 상상이 자리 잡고 있었다. 미연의 상상에서 영희네 집은 낡은 나무 벽에 부적이 가득한 귀신의 집 같은 곳이었다. 사람이 살 수 없는 집. 온갖 가재도구는 잔뜩 낡았고, 여기저기서 이상한 냄새가 난다. 영희엄마는 정신 나간 사람처럼 알 수 없는 말을 끊임없이 중얼거린다. 거기에 정우가 들어갔다가 혹시 위험한 일을 당하는 것은 아닐까. 미연은 그런 생각까지 해가며 마음을 졸이고 있었다.

그게 과장된 망상이었음을 깨닫자 마음이 한결 가벼워졌다. 영희엄마는 좀 희한한 데가 있긴 하지만, 영희를 키우는 애 엄마기도 하다. 위생 관념이 다르고 생활 방식이 독특할 수는 있어도, 위험할 정도로 엇나가 있었다면 정우도 눈치를 챘을 것이다.

"당분간은 지켜보자."

식탁에 앉으면서 정우가 말했다.

"오빠, 괜찮을까? 영희랑 논 다음부터 자꾸 이상한 말을 하니까…….  영희엄마도 너무 이상한 사람 같아."

"갑자기 놀지 말라고 하면 더 힘들지. 오늘처럼 꼭 가겠다고 떼쓰면 어쩔래? 천천히 다른 친구 사귀라고 해봐."

정우는 그렇게 말하고 등을 돌려 지호를 불렀다.

"지호야, 밥 먹어."

"응!"

지호는 소파에서 내려오면서도 텔레비전에서 눈을 떼지 못했다. 둘의 이야기를 듣지 못한 것은 분명하다.

"아, 맞다."

정우는 숟가락을 들다 말고 미연을 보았다.

"영희엄마가 보고 있길래, 진짜 지호 폰에 전화 걸었었거든. 기록 지워야 되나?"

"오빠는 밥 먹어. 내가 지우고 올게."

미연은 갈비찜을 담은 그릇을 내려놓고 지호의 방으로 향했다. 나중에 지호가 정우의 부재중 전화 기록을 보고 미심쩍게 생각할 수도 있었다. 이제 겨우 초등학교 2학년이, 라는 생각으로 무시하면 안 된다. 정우 자신조차 기억하지 못하는 거짓말을 지호는 여태껏 마음에 담아두고 있지 않나.

미연은 지호의 방에 들어와 조심스럽게 문을 닫았다. 엄마마다 다르겠지만, 그래도 아이의 스마트폰을 몰래 볼 생각을 하니 미안한 마음이 들었다.

미연은 지호의 스마트폰 비밀번호를 알고 있었다. 딱히 감시하려는 것은 아니었고, 지호가 비밀번호를 설정하고 나서 자꾸 잊어버렸기 때문에 관리해 주는 것뿐이었다. 미연은 통화 기록에서 '아빠'를 찾아 지웠다. 그리고 잠시 망설이다가 스크롤을 내렸다.

통화 내역에는 별다른 점이 발견되지 않았다. 영희나 시후 등 미연이 아는 친구 이름도 있고, 모르는 이름도 있었다. 메시지도 마찬가지였다. 오히려, 미연은 지호가 영희와 거의 메시지를 주고받지 않는다는 데 놀랐다. 굉장히 친한 줄 알았는데, 학교나 집에서 나누는 이야기로 충분한 것일까.

어느새 미연은 지호가 쓰는 모든 어플을 들여다보았다. 그래봤자 유튜브나 메신저를 제외하면 게임 몇 개가 전부였다. 특별한 것은 없었다. 미연의 손가락은 마지막으로 갤러리 앱을 클릭했다. 초점이 맞지 않는 친구들의 사진, 교실 사진 등 평범한 사진 가운데 어떤 이미지가 미연의 눈길을 끌었다.

"……."

그것은 반듯한 모양의 평범한 메모지를 찍은 사진이었다. 메모지 위에는 글씨 한 줄이 적혀있었다.

'팔천상제홍일신'

연필로 쓰인 글자는 크고 삐뚤빼뚤했다. 미연은 그것이 지호의 글씨체임을 알아보았다. 또한, 미연은 이 문구를 알고 있었다. 언젠가 한번 지호가 방에서 혼자 외치던 말이었다. 용기를 주는 주문이라고 했던가. 분명 〈괴담도시〉 따위의 이상한 유튜브에서 본 것일 테다.

미연은 가볍게 한숨을 쉬며 지호의 방을 둘러보았다. 메모지의 뒷배경은 지호의 책상이었다. 방에서 숙제하는 줄 알았더니, 이런 메모나 적고 있을 줄이야. 찾아내서 없애야 할 것 같았다. 정서적으로 안정이 필요한 시기에 자꾸 괴담 이야기나 보고 있으니까 지호가 이상한 행동을 하는 것일지도 모른다.

하지만 메모지는 아무리 찾아봐도 없었다. 책꽂이나 서랍, 휴지통에도 보이지 않았다. 미연은 혹시나 해서 책가방을 열어보았다. 구겨진 학습지나 지우개 가루 같은 게 나올 뿐이었다. 노트를 펄럭여 봐도 나오지 않았다.

"……."

손으로 노트를 흔들던 미연은 문득 안쪽 페이지에서 이상한 것을 보았다. 그녀는 노트를 펼쳤다.


팔천상제홍일신

팔천상제홍일신

팔천상제홍일신

팔천상제홍일신

팔천상제홍일신

팔천상제홍일신

팔천상제홍일신

팔천상제홍일신


노트의 모든 페이지가 그 글자로 빽빽이 채워져 있었다.


＊＊＊


'팔천상제홍일신' 검색 결과

만세교의 원리: 상제님은 태어날 때부터 깨달음을 얻으시고 다른 자
들의 구원을 위해 이 세상에 머물고 계셨다. 죽음에서 자유로워지고
부활을 얻으려는 자는 상제님을 따라 구도의 길을 밟아 나가야만 한
다. 이를 위해 매일을 충실히 보내고 상제님의 뜻을 깊이 통찰하는
삶을 살아가는 것이 필요하다. 팔천의 상제님이 큰 신임을 인정하는
문구를 마음에 새기고 매일 외치며 기도하는 것이 중요하다. 실천은
복을 부르고 행복을 가져온다는 쉽고도 어려운 원리를 믿음으로써
구원이 찾아온다.

미연은 식사도 거른 채 사무실에 앉아 스마트폰 화면을 한참이나 들여다봤다. 옆자리인 수민은 팀원들과 밥을 먹으러 갔다. 미연처럼 점심시간을 반납한 직원들이 꽤 있는지, 파티션 너머 멀찍이서 이따금 타닥타닥 하고 키보드의 자판이 눌리는 소리가 들렸다.

어젯밤 미연은 저녁을 먹는 둥 마는 둥 하고 다시 정우를 붙들었다. 그리고 노트를 빽빽이 채운 지호의 글자를 보여주었다. 그러나 정우는 별 반응이 없었다. 상담을 받아봐야 하는 것 아니냐는 미연의 우려에도 피식 웃을 뿐이었다.

— 너도 지금 신경과민인 거 아냐?

애들이 원래 가끔 이상한 거 좋아하잖아. 정우는 그렇게 말했다. 귀신이니 주문이니 하는 거, 무서워하면서도 좋아할 나이 아니냐고. 지호가 좀 예민한 아이라 걱정되는 건 알겠지만 일일이 신경 쓰다가는 버티지 못할 거라고도 했다.

정우는 지호 일이라면 미연보다 더 유난을 떤다. 그래서 미연은 정우의 판단을 어느 정도 신뢰할 수 있었다. 하지만 아무리 생각을 고쳐먹으려고 해도 그 기이한 문구를 볼 때 드는 감정을 떨쳐내기는 힘들었다. 결국 어제부터 쭉 '팔천상제홍일신'이라는 단어를 검색하고 있었다.

어떤 포털사이트에 검색어를 넣어 봐도 결과가 몇 개 나오지 않았다. 유튜브나 SNS에서도 마찬가지였다. '팔천반점'이라는 중국집 리뷰나, '홍일신'이라는 이름을 가진 사람의 개인 계정 같은 것 말고는 이렇다 할 정보가 없었다.

미연이 혹시나 해서 '팔천상', '팔천상제'처럼 단어를 끊어 입력해 검색을 해봤더니, 비로소 연관이 있어 보이는 웹페이지 하나가 발견되었다. 대형 포털사이트에서 흔히 기본으로 제공하는 블로그나 커뮤니티 페이지가 아닌, 인터넷 초창기 시절 개인이 직접 만든 티가 확 나는 조악한 홈페이지였다.

홈페이지는 '팔천상제홍일신'이 만세교에서 외우는 주문 중 하나라고 소개하고 있었다. 홈페이지의 이름은 '수술하지 않고 암을 이기다', '자연치유', '민간요법', '마음치료' 등의 카테고리가 보였으며 '만세교'는 마음치료 카테고리 안에 포함된 게시물이었다.

주문의 해석 이외에 특별한 정보를 찾을 수는 없었다. 만세교에 대해 체계적으로 정리했다기보다는 주문에 관심이 있어서 스크랩 비슷한 것을 해둔 것 같았다. 그러나 그것만으로 미연에게는 충분히 도움이 되었다.

"만세교……."

들어본 적 있는 이름이다. 동명시 실종사건을 다룬 유튜브의 저질 영상 중 하나에서 만세교의 저주를 운운했었다. 〈괴담도시〉 유튜브에서도 비슷한 이야기가 있었던 것 같다. 미연은 그녀가 맘카페에 실종사건에 대해 묻는 글을 올렸던 것을 기억해냈다.

맘카페에서 '만세교'를 검색하자 이번에는 결과가 나왔다.

'만세교의 저주라는 건 또 뭔지…….'

미연이 썼던 글의 일부가 보였다. '댓글1'이라는 글자도 보였다. 미연은 서둘러 글을 클릭했지만 가입한 회원만 본문을 볼 수 있다는 메시지가 떴다. 탈퇴 처리된 미연의 아이디는 다시 회복되지 못한 상황이다. 재가입 신청도 되지 않았다. 관리자에게 메일을 보냈지만 언제 확인될지 알 수 없었다. 그녀가 확인할 수 없는 하나의 댓글은 무슨 이야기를 하고 있는 걸까. 그녀는 초조해지기 시작했다.

미연은 그녀가 정우에게 만세교와 관련한 것을 알아봐 달라고 부탁했던 것을 떠올렸다.

손이 신경질적으로 스마트폰을 찾았다. 신호음이 몇 번이나 울리고 나서야 정우와 연결됐다.

— 어. 왜?

"오빠, 저번에 내가 물어본 건 알아봤어?"

— 어떤 거?

"그, 만세교 말야. 우리 동네 실종사건이랑 관련 있냐고.

정우는 한참 뜸을 들이더니 아, 하고 말을 시작했다.

— 성욱이한테 물어봤는데, 내가 별로 안 좋아하는 내용이더라고.

정우가 말하는 성욱이라면 미연도 알고 있었다. 그녀의 대학 후배이기도 한 성욱은 지금 정우와 같은 언론사 사회부에 소속돼 있다고 한다.

"별로 안 좋아하는 내용? 그게 무슨 말이야?"

— 팩트가 없어, 팩트가. 출처 없는 얘기만 잔뜩이고.

정우는 심드렁하게 말을 이었다. '철거촌에서 죽은 아동'이라는 사건 자체가 당시 취재 거리 없는 기자들 사이에서 매우 화제였고, 때문에 동네 사람들이 기자와 한마디씩 할 때마다 기사화가 됐었다고 한다. 어설픈 판단과 추측도 모두 사실처럼 알려졌다는 의미다. 정우는 만세교가 민간신앙 비슷한 것이라고 설명했다.

— 동명시에 진짜 그게 남아있긴 하대. 철거촌에도 신자들이 있었고. 그러니까 더 기사가 쏟아졌지. 실제로는 상관도 없었다고 하더라고. 유괴도 아니고 결국 사고사인데 뒤늦게 발견된 거잖아. 그다음에 나온 실종사건들도, 같은 범인이 저질렀다는 증거도 없는데 그냥 엮은 거래.

"응……."

— 근데 그건 갑자기 왜 물어?

정우의 담백한 질문에 미연은 쉽게 입을 열지 못했다. 괜히 '수술하지 않고 암을 이기다' 홈페이지의 이곳저곳을 클릭해보고, 스크롤을 의미 없이 움직이다 어렵사리 말을 꺼냈다.

"내가 어제 보여줬던 거 있잖아? 지호가 썼다는 주문 같은 거."

— 응.

"그게 만세교에서 한다는 거래."

— 나 참. 미연아, 방금 내가 말했잖아.

정우가 전화 너머에서 어이가 없다는 듯 웃었다.

— 아무 상관이 없었다니까? 그런 추측도 10년 전 기자들이나 하던 거야. 너, 그 주문이 만세교에서 기도할 때 쓴다고 하는 것도 인터넷에서 본 거지?

"응. 그렇긴 한데 지호가 어떻게……."

— 지호도 인터넷에서 봤겠지. 요즘 애들이 얼마나 검색을 잘하는데.

"근데 왜 굳이 주문을 따라 하는 걸까?"

— 옛날에 우리도 홍콩 할매 쫓는 주문 외우고 막 그랬잖아.

정우의 말을 듣고 보니, 그렇기도 했다. 하지만 진짜 그뿐일까. 왜 하필 실종사건과 관련 있다는 이야기가 나오는 종교의 주문을 외우는 건지. 뭔가 석연찮은 느낌이 들었지만, 말로 정우를 이기기 힘든 미연은 일단 그의 주장을 받아들였다.

"검색할수록 계속 이상한 게 나오니까 찜찜하잖아. 우리 아파트에 꼭 뭐 있는 것 같기도 하고. 오빠가 성욱이한테 한번 더 물어봐 주면 안 돼?"

— 가뜩이나 바쁜데 왜? 너 그런 것만 찾아보니까 생각이 자꾸 이상해지는 거야. 영희엄마라는 할머니랑 너도 놀지 마.

"안 놀았거든? 앞으로 그럴 일도 없어. 말만 들어도 기분 나빠."

— 나도 그래. 끊는다.

미연이 톡 쏘아붙이자 정우는 그런 그녀가 귀엽다는 듯 웃으며 전화를 끊었다.

"……."

미연은 스마트폰의 어두워진 액정을 잠시 들여다보았다. 평소 같았으면 정우의 태도에 위로를 받았을 것이다. 복잡하고 쓸데없는 생각을 계속하기엔 할 일이 너무 많으니 넘어가자고 마음을 먹었을 것이다.

그러나 아무리 생각해도 지호의 노트에 빽빽하게 쓰여있던 그 글자들을 그냥 넘길 수는 없었다. 열 살도 되지 않은 아이가 알 수 없는 문구를 그렇게까지 강박적으로 적을 이유가 무엇이란 말인가. 그게 뭐든 간에, 지호를 강력하게 사로잡고 있음은 틀림없었다.

이상한 점은 또 있었다. 정우의 설명이었다. 아동 실종사건과 만세교는, 따로 떼어 놓고 보면 정우의 말대로 전혀 관련이 없는 이야기다. 하지만 당시에는 둘을 연결 짓는 추측이 무성했다. 그건 왜였을까. 만약 만세교와 실종사건이 관련 없다고 하면, 어떻게 해서 관련 없다는 사실이 밝혀진 걸까. 미연이 궁금한 점은 그것이었다. 정우가 그런 이유를 말해줄 것으로 기대했다. 그런데 정우는 계속해서 '관련이 없다'는 이야기만 반복했다. 결국 미연이 새로 알아낸 것은 아무것도 없는 셈이다.

'그럴 리가 없어.'

미연의 시선이 '수술하지 않고 암을 이기다'의 메인 화면에 떠있는 작은 아이콘으로 향했다. 손가락 두 마디만 한 크기의 작은 아이콘은 직사각형의 노란 바탕에 붉은 글씨가 구불구불하게 그려져 있는 부적 모양이었다.

그녀는 다시 한번 스마트폰의 갤러리를 확인했다. 틀림없었다. 미연의 집 안방 붙박이장에 영희엄마가 붙여놓고 가버린 부적. 그 부적의 모양과 아이콘의 생김새가 일치했다. 미연은 정우와 통화하는 내내 이것을 보고 있었다.

미연은 아이콘을 클릭해 보았다. 이미지에 링크가 걸려있었는지, 새로운 창이 떠워졌다.


'믿음과 실천'
구원은 스스로 얻는 것이다. 상제님은 길을 인도하실 뿐, 결국 답은 우리 안에 있다. 자연과 나의 몸이 조화를 이루어 하나가 될 때, 원하는 바를 이룰 수 있다. 이것을 마음 깊이 받아들이는 것이 '믿음'이다. 믿음을 행동으로 옮기는 것이 '실천'이다. '실천'이 있어야만 '행복'이 있다. 행복이 곧 우리 한 사람 한 사람의 구원이다. '팔천상제홍일신'의 부적은 믿음을 실천하는 하나의 방식이다.


"……"
마우스를 붙잡은 미연의 손가락이 가볍게 떨렸다. 영희엄마는 역시 미연의 추측대로 만세교의 신자였다. 그녀가 지호에게 저 이상한 문구를 주입시킨 걸까? 그녀도 실종사건과 관계가 있는 것일까?

— 이 동네에 실종된 애들 많은 거, 지호엄마도 알지? 그 부모들은, 몇 년씩 키운 애를 하루아침에 잃어버렸잖아. 마음이 어떻겠어? 그래도 다 이겨냈어.

미연은 영희엄마가 남기고 간 말들을 떠올렸다. 마음을 내가 원하는 대로 만들려면 도움이 필요하다는 말. 과거를 극복해야 행복이 온다는 말. 그리고, 아이를 잃은 부모들이 '극복해냈다'는 말. 영희엄마는 그것을 마치 직접 본 것처럼 말했다.

화면을 뚫어지게 바라보던 미연은 어떤 추측을 했다. 그게 맞는지 아닌지 확인하려면, 증거가 필요했다. 그러나 키보드를 두들기고 포털사이트의 뉴스를 읽어갈수록 한계를 느꼈다. '동명시 실종사건'을 다룬 기사는 많은데, 만세교를 언급한 기사는 거의 찾을 수가 없었기 때문이다.

미연은 정우에게 다시 연락을 할까 생각하다가 이내 그만두었다. 정우의 관심은 이제 여기에서 완전히 떠나 있었다. 조금 전 통화에서 그녀는 그것을 여실히 느꼈다. 또 같은 것을 물고 늘어지면 그는 불같이 화를 내거나 미연의 무지함을 신랄하게 비난할 것이다. 둘 모두 겪고 싶지 않은 경험이다.

미연은 혹시나 하는 마음에 다시 메일함을 기웃거렸지만 맘카페 운영자로부터 답장은 없었다. 수신 확인 시간은 미연이 메일을 보낸 직후였음에도 그랬다. 반복되는 클레임을 아예 무시하기로 한 것 같았다.

아래쪽에는 미연이 〈괴담도시〉 PD에게 보낸 메일도 있었다. 며칠 전까지만 해도 '읽지않음'이었던 메일이 어제 읽은 것으로 바뀌었다. 미연에게 남은 마지막 지푸라기였다. 반가운 마음에 받은메일함을 들여다봤지만 PD로부터 온 답장은 없었다. 새로고침을 아무리 반복해 봐도, 혹시나 해서 스팸편지함까지 들여다봐도 그녀를 위한 대답은 없었다.

괴담도시 PD님께.

미연은 어느새 손가락을 움직이고 있었다.

안녕하세요.

지난번에도 메일을 보냈었는데 아직 답장을 받지 못해서요.

동명시 사건을 다룬 영상에 만세교라는 말이 있는데

혹시 거기에 대해 잘 알고 계신가요?

만세교에 대한 정확한 정보가 없어서요.

어디서 찾아볼 수 있는지만이라도 알려주시면 감사하겠습니다.

그게 어떤 종교인가요? 이상한 거 맞죠?

제발 알려주세요.

사실은

사실은 제 주변에 만세교 신자가 있는 것 같아요. 그렇게 쓰려던 미연의 손이 멈추었다.

사실은 제 주변에 만세교 신자가 있는 것 같아요. 그 신자가 제 아들을 봐주었는데 저는 지금까지 우리 아이가 그런 사람과 어울리고 있는 줄 몰랐어요. 제가 맞벌이를 하다 보니 정신이 없어서 그랬어요. 그럼 그게 제 잘못이 되는 걸까요? 그 여자가 이상한 걸 알고 있었어도요? 얼마 전에는 우리 집에 부적도 붙였어요. 혹시 우리 아이도 이상한 영향을 받게 되면 어떡하죠? 우리 아이가 만세교 신자가 된 건가요? 남편은 걱정하지 말라고 하는데, 제가 이상한 걸까요?

확실히 이상했다. 얼굴 한번 본 적, 아니 메일에 답장조차 받지 못한 사람을 상대로 개인적인 이야기를 걷잡을 수 없이 늘어놓으려고 했던 그녀의 머릿속은 정상이 아니었다. 몇 주 전에는 온갖 비난으로 점철된 메일을 보냈다가 비굴할 정도로 절박하게 매달리는 것도 웃기는 일이었다.

새로운 메일은 여전히 오지 않았다. 그녀는 쓰다 만 메일을 완성하는 대신 자신이 미쳐가고 있는 것은 아닌지 생각하기 시작했다.

* * *

다경은 외로울 때마다 교구장의 집을 찾았다. 그곳에는 항상 그녀를 위로해 주는 사람들이 있었다. 요즘은 몇 달 전 기도회 때 옆에 앉았던 것을 계기로 가까워진 남자와 자주 이야기를 했다.

교구장은 기도회가 끝나면 사람 두세 명은 거뜬히 들어갈 만한 커다란 양동이에 밥을 가득 해서 거실로 내왔다. 갓 지은 밥을 펼친 뒤 그 위에 여러 가지 반찬을 얹어 식사로 제공하는 것이다. 기도회가 끝나고 행복이 충만해진 신도들은 각자 자유로운 모습으로 음식을 즐긴다. 자연과 하나 되어 복을 누릴 수 있도록, 수저와 같은 인위적인 도구를 쓰지 않고 손이나 발 등 자신의 신체로 직접 섭취해야 하는 것이 불문율이다.

다경은 어느 순간 그 남자가 자신이 기도회에 오는 시간에 늘 교구장의 집에 머무른다는 것을 눈치챘다. 남자는 항상 다경의 옆에 앉았다. 어느 날, 기도회 후 다경은 처음으로 용기를 내서 남자에게 말을 걸었다.

"왜 늘 제 옆에 앉으세요?"

남자는 말없이 씩 웃고는 다경의 손을 잡고 침대가 있는 방으로 데려갔다. 그날부터 둘은 거기에서 많은 이야기를 나누었다.

다경은 그와 있을 때면 온전한 만족감을 느꼈다. 밥을 먹지 않아도 배가 부른 것 같았다. 그에게 마음을 점점 열게 된 다경은 혜미의 이야기를 꺼내며 눈물을 흘리기도 했다.

"혜미는 불쌍해요."

혜미는 다경의 오랜 친구였다. 혜미의 제사를 위해 다경이 제물을 준비해 준 적도 있었다. 혜미의 남편도 그랬다. 그러나 혜미의 기도는 이루어지지 않았다. 몇 번이나 제사를 드렸는데도……. 혜미는 미쳐버렸고, 그의 남편도 도저히 알아볼 수 없을 만큼 늙었다. 남자는 고개를 끄덕이며 다경을 안아주었다. 그도 울고 있었다.

"나도 비슷해요."

그가 말했다. 그 또한 아이를 잃었다고 했다. 다경은 너무나 놀랐다. 그는 그것이 자신의 책임이라고 생각하고 있었다. 다경은 그를 있는 힘껏 위로해 주었다. 그는 제사를 드리고 싶다고 했다. 다경은 반대했다. 지금까지 상제님이 받아주신 제사가 없었기 때문이다.

"상제님이 좋아하실 만한 제물은 어떨까요."

남자는 더 가치 있는 제물을 통해 제사를 실천하면 행복이 올 수 있을 거라고 이야기했다. 상제님의 말씀을 따르고, 믿음을 가지고 실천하는 제물 말이다. 다경은 감탄했다. 지금까지 그런 생각은 해본 적이 없었기 때문이다.

"나를 도와줘요."

남자가 간곡히 말했다. 다경은 기쁘게 고개를 끄덕였다. 그때 방문이 벌컥 열렸다.

"아줌마!"

밝은 표정으로 들어온 지호가 말했다. 입가에는 음식물이 잔뜩 묻어 있었다.

"배 안 고파요? 같이 밥 먹어요."

"아줌마는 괜찮아. 가서 많이 먹어."

다경이 웃으며 말하자 지호도 그녀를 따라 맑게 웃었다. 순수한 행복으로 가득 찬 웃음을 보자 다경은 마음이 아팠다. 지호는 밖에서 자신을 보면 교구장의 집에서 일어났던 일을 잘 기억하지 못했다. 아마 영희가 주스를 주기 때문일 것이다. 이렇게 좋아하는데, 행복한 기억을 가지고 돌아가면 좋을 텐데.

3장

도둑

영희엄마: 요즘자주안보이내요

영희엄마: 가끔만나요^^

영희엄마: 차한잔헤요


기가 막혔다. 스마트폰에 뜬 알림 메시지를 본 미연은 가볍
게 한숨을 쉰 뒤 스마트폰의 화면이 책상으로 향하도록 뒤집어
놓고 다시 일에 몰두했다.

미연은 지호를 더 이상 영희엄마에게 보내지 않았다. 대신
정우가 며칠 동안 퇴근 후 지호를 돌보는 데 전념했다. 지호는
아빠와 같이 있게 된 것이 기뻤는지 낮에 전화를 걸어 영희 집
에 가도 되냐고 묻는 일이 없어졌다. 덕분에 미연은 팀원들과
함께 행사 준비에 온전히 집중할 수 있었다. 그러나 경영기획

팀 직원 전체의 노력에도 불구하고 행사는 여러모로 찜찜한 상태로 마무리됐다.

산자부에서는 갑자기 동선을 바꾸어 직원들을 혼란에 빠뜨렸고, 미연과 수민이 준비한 프레젠테이션 파일에는 문제가 없었지만 연구원이 스크립트를 심하게 더듬는 바람에 분위기가 가라앉았다. 정책 제안 간담회에서는 대표가 지나치게 흥분해 정부 지원의 부족을 신랄하게 비난한 탓에 산자부에서 온 사무관과 말다툼이 일어날 뻔했다. '규모가 작은 회사이니 그럴 수도 있다'는 관료들의 동정 어린 눈빛을 느낀 것은 미연뿐만이 아니었을 것이다.

불행 중 다행은 그나마 대표가 제안한 정책들이 신선하다는 평가를 받았는지, 중소기업 지원을 위한 여러 부처의 합동 회의에 회사도 참여하게 된 것이다. 당연히, 회의 때마다 필요한 발표 자료를 만드는 것은 경영기획팀의 몫이었다. 팀장을 비롯한 모든 팀원들은 성과를 냈다고 하기에 애매한 상황에서 일만 두세 배로 늘어나 버린 결과에 처하고 말았다. 장기간 누적되고 있는 피로에 미연도 죽을 맛이었다.

그나마 좋은 점 중 하나는 영희엄마를 마주치지 않아도 된다는 사실이었다. 그것은 지호도 마찬가지였다. 학교에서 영희랑 노는 건 어쩔 수 없다지만, 학원이 끝나면 정우가 꼭 데리러 갔기 때문에 더 이상 영희네 집에 갈 필요가 없었다. 지호의 말을 들으면 정우가 가끔 학원을 빼먹고 놀게 해주는 것 같기도 했다. '아빠가 비밀이랬어'라고 하며 미연에게 아주 심각한 목소리로 고백을 하는 지호의 표정은 무척 사랑스러웠다.

영희엄마가 가끔 전화를 걸고 메시지를 보낸다는 게 다소 귀찮기는 했다. 미연은 대부분의 메시지를 무시했고, 가끔 단답만을 보냈다. 전화는 받지 않았다. 한번 실수로 전화를 받았다가, 영희엄마가 밑도 끝도 없이 마트에 장을 보러 가자는 말부터 시작해 두서없는 수다를 미친 듯이 쏟아내는 바람에 하지도 않는 회의에 들어가야 한다며 끊어버린 적도 있었다.

솔직히 말해 미연은 영희엄마에게 묻고 싶은 것이 한두 가지가 아니었다. 다른 사람들에게 왜 그렇게 나와 친하다고 떠들고 다녔는지, 다른 엄마를 사칭해 단체 채팅방을 만든 이유는 무엇인지, 지호에게 이상한 말이나 습관을 가르친 건 아닌지, 남의 집 옷장에 부적은 왜 붙였는지, 만세교라는 건 도대체 뭔지……. 영희네 집에 가지 않게 되고 나서, 지호는 미연에게 목이 찢어지는 소리로 반항한 적도 없고 더 이상 음식을 손으로 집어먹지도 않았다.

하지만 이유를 물어봤자 영희엄마에게 제대로 된 답을 들을수 있을까. 그 정신 나간 여자는 분명 말도 안 되는 궤변을 늘어놓을 것이 분명했다. 이번 기회에 영희엄마와의 관계를 완전히 끊자는 것이 미연의 생각이었다. 그녀가 피로의 무게로 잘올라가지 않는 눈꺼풀 주위를 손으로 꾹꾹 누르고 있을 때 또스마트폰에서 진동이 울렸다.

남편: 나 오늘은 늦을 듯. 지호 픽업 부탁.

이번에는 정우의 메시지였다. 오늘도 야근하는 팀원들 사이에서 미연 홀로 정시 퇴근을 해야만 할 것 같다. 그나마 다행인 것은 미연이 맡은 업무가 제일 빨리 마무리되고 있다는 점이었다. 미연은 간단하게 'ㅇㅇ'이라고 보낸 뒤 더 확인하지 않고 모니터를 들여다보았다.

* * *

해는 벌써 지고 하늘은 어둑해졌지만 학원이 모여있는 상가 건물들에서 뿜어져 나오는 불빛 때문에 거리는 대낮처럼 밝았다.

"엄마!"

엘리베이터가 열리자 태권도복을 입은 지호가 손을 흔들면서 활기차게 달려왔다.

"지호야, 미안. 올라가려고 했는데 못 탔어."

"괜찮아. 내가 내려오면 되니까."

지호는 미연의 손을 잡고 씩씩하게 말했다. 땀이 날 정도로 열심히 했는지 머리카락이 조금 젖어있었다.

"오늘은 뭐 했어?"

"대련. 한 번 이기고, 한 번 졌어."

"잘했네. 어떻게 이겼어?"

"모르겠어. 아빠가 가르쳐 준 대로 했을 때는 졌는데, 원래대로 하니까 이겼어."

"어머, 그랬구나."

미연이 까르르 웃자 지호도 따라 웃었다. 기분이 좋은지 미연 옆에서 폴짝폴짝 뛰면서 걷는 중이었다. 조금만 더 걸으면 아파트 상가로 접어든다.

"요즘 아빠랑 있으니까 좋았어?"

"응! 자주 같이 있어서 좋아."

지호는 힘차게 고개를 끄덕였다.

"아빠가 저번에 떡볶이도 해줬다."

"우와, 진짜? 엄마도 아직 아빠가 만든 떡볶이 못 먹어 봤는데."

"그럼 내가 해줄까?"

지호가 미연을 올려다보며 물었다.

"나도 만드는 거 도와줬거든."

"정말? 어떻게 하는데?"

"밀키트에 다 써있어. 그거 읽고 하면 돼."

미연은 지호의 말을 듣고 거리에 사람들이 지나가는 것도 잊은 채 큰 소리로 웃음을 터트렸다.

"뭐야. 아빠도 밀키트 보고 했구나."

"응. 엄청 맛있어."

"좋아. 그럼 오늘은 엄마랑 떡볶이 만들까?"

"만들자!"

지호가 팔을 번쩍 들면서 큰소리로 외쳤다. 미연은 아파트 입구로 막 들어서려던 발걸음을 돌려 상가 지하의 소형 마트로 향했다.

"엄마, 여기에도 밀키트 있어?"

"있을걸. 아빠가 만든 거랑 똑같지 않아도, 다른 게 있을 거야."

늦은 저녁이었음에도 불구하고 마트는 입구부터 혼잡했다. 서울에서 동명시까지 오려면 최소 한 시간 이상이 소요되기 때문에, 퇴근 후 장을 보는 시간도 늦어지기 마련이다. 마트도 그 것을 염두에 두었는지 자정까지는 영업을 하는 것 같았다.

"여깄다!"

냉장 진열대를 뚫어지게 바라보던 지호가 신이 나서 플라스틱 트레이 하나를 집었다. 정우와 함께 만든 것과 똑같은 제품을 찾았나 보다.

"이게 맛있어?"

"응, 엄마. 근데 조심해야 돼."

"왜?"

"이거 먹고 나면 엄청 졸립거든? 저번에 엄마 오는 것도 못 보고 잤잖아."

"그게 그때구나."

미연은 진지하게 말하는 지호를 보고 웃으며 말했다.

"떡볶이 같은 건, 탄수화물이 많이 들어있어서 잠이 금방 와."

"응, 그래서 다 먹기도 전에 잤나 봐. 배고팠어."

"그때 지호가 많이 피곤했나?"

미연은 그렇게 말하고 계산대 쪽으로 방향을 틀려고 했다. 그런데 지호가 갑자기 미연을 붙잡았다.

"엄마, 엄마."

"응?"

지호는 냉장 진열대 옆 냉동고를 손가락으로 가리키고 있었다.

"우리 순대도 사자."

"순대?"

미연은 지호의 시선에 맞춰 허리를 숙여 냉동고를 들여다봤다. 유리문에 낀 성에 때문에 뭐가 뭔지 잘 보이지 않았지만, 둘둘 말려 비닐처럼 압축돼 있는 순대 같은 것은 보이지 않았다.

"지호야, 여긴 순대 없는 거 같은데?"

미연의 말에도 지호는 고개를 저으며 냉동고를 가리켰다.

"이거 말이야, 이거!"

"어떤 거?"

미연이 묻자 지호는 답답해하며 직접 냉동고의 문을 열었다.

"이거. 이게 순대잖아."

지호는 그러면서 커다란 비닐봉지를 톡 건드렸다. 그것을 본 미연의 얼굴이 찌푸려졌다.

"지호야, 저건 순대가 아니야. 음…… 이게 뭐였더라. 천엽? 암튼 그런 거야. 이건, 곱창."

동물 내장 음식에 익숙하지 않은 미연은 그 정도의 부위만 구분할 줄 알았다. 투명한 비닐봉투에 포장된 천엽은 돌기 하나하나가 살아있어 금방이라도 구불거리며 튀어나올 것만 같았다. 잘리지 않고 둘둘 말려있는 곱창은 중량이 2킬로그램이나 되었다. 손질되지 않은 내장은 거의 처음 본다. 계속 바라보고 있는 것만으로도 고역이었다.

"응? 아닌데. 영희네 아줌마가 이거 순대라고 했는데."

지호가 고개를 갸웃하며 말했다. 미연은 지호가 순대볶음 이야기를 했던 것을 떠올렸다.

"지호야……."

"응?"

"혹시, 아줌마가 이걸로 순대볶음 해줬니?"

"응!"

창백한 얼굴로 묻는 미연과 달리 지호는 밝은 목소리로 고개를 끄덕이며 대답했다.

"이거 볶아서 다 같이 먹었어. 맛있었어!"

"응…… 그래."

"엄마도 먹을래?"

"엄마는, 이런 거 못 먹어서…… 어떻게 요리하는지도 몰라."

미연은 고개를 저으며 지호의 손을 잡았다.

"가자, 지호야. 오늘은 떡볶이만 해줄게. 그래도 괜찮지?"

"응."

지호는 순순히 미연을 따라왔다. 그녀는 속이 메슥거려 금방이라도 토할 것 같은 기분을 억누르고 물건을 계산한 다음 마트를 나왔다. 크게 심호흡을 하니까 비로소 살 것 같은 기분이 들었다.

"하……."

"엄마, 왜 그래?"

지호가 걱정스러운 얼굴로 미연을 올려다보며 물었다. 미연은 애써 웃으면서 고개를 저었다.

"아니야. 갈까?"

미연은 지호를 이끌며 조금 빨리 걸었다. 머릿속에서 생각을 지우고 싶었다. 온갖 징그러운 동물의 내장을 잔뜩 요리해제 아이에게 먹였을 영희엄마를 상상하니 욕지기가 치밀어 올랐다. 이미 지나간 일이니 어쩔 수 없는 노릇이다. 미연은 다른 이야기를 하기로 했다.

"지호야. 아빠랑 또 뭐 하고 놀았어?"

"로봇 배틀했어."

초등학교 입학 전 공룡에 열렬한 관심을 드러내던 지호는, 이제 로봇에 관심을 갖기 시작했다. 집에 있는 장난감의 절반

이상이 다양한 차량을 조작하고 합체해 로봇을 만드는 것들이
었다.

"그랬구나. 재밌었어?"

"응!"

지호는 힘차게 고개를 끄덕였다.

"아빠랑 같이 있으니까 좋았어. 아빠 예전에는 늦게 왔잖아."

"아빠가 회식이 많아서 그래."

"회식은, 회사 다니면 꼭 해야 하는 거지?"

"응······. 그렇지."

"그럼 내가 기도해야겠다."

아이는 발걸음만큼이나 경쾌한 목소리로 말했다.

"아빠 회식 없게 해달라고."

미연은 길 한가운데서 걸음을 우뚝 멈췄다. 그 덕분에 손을
잡고 따라오던 지호의 몸이 미연에게 부딪혔다.

"엄마! 뭐 해."

지호는 미연을 올려다보며 타박하듯 말했다. 미연의 얼어붙
은 얼굴이 지호에게로 향했다. 지호의 얼굴은 여전히 순진무구
했고 눈동자는 반짝반짝 빛났다. 미연은 애써 웃으며 고개를
저었다.

"미안해. 가자."

미연은 지호의 손을 잡고 다시 걷기 시작했다.

"그런데 지호야, 누구에게 기도를 하는 거야?"

미연은 아무렇지 않은 목소리를 내려고 노력하면서 말했다. 조금이라도 이상한 태도를 보였다가는, 지호가 혼나는 줄 알고 아무 말도 하지 않으려 들 수 있었다.

"으응, 상제님한테."

지호의 말에 미연의 머릿속에 그 주문이 스쳐 지나갔다. 지호가 노트를 빽빽이 채워가며 외웠던, 만세교의 신자들이 구도를 위해 외우는 주문. 미연은 조심스럽게 입을 열었다.

"만세교 상제, 말이니?"

그러자 아파트 단지로 들어서던 지호가 미연을 돌아봤다. 지호는 얼굴을 찡그리고 있었다. 작은 손가락 하나가 입술 위에 얹어졌다.

"엄마, 쉿! 상제님 얘기를 밖에서 하면 안 돼."

지호의 표정은 더없이 심각했다. 진지한 얼굴로 주변을 두리번거리기까지 했다.

미연은 울음을 터트리고 싶었다. 지호를 붙잡고 너 정말 왜 이러느냐고 흔들면서 외치고 싶은 충동을 격렬하게 느꼈다. 만세교 같은 건 쓸데없는 망상이며 걱정할 필요 없다는 정우의 말은 더 이상 믿을 수 없어졌다.

"지호야, 왜 안 돼?"

미연은 떨리는 목소리로 물었다. 지호는 말없이 고개를 흔들 뿐, 다시 앞을 보고 척척 걸어나갔다. 미연은 두려움을 누르고 침착하게 말했다.

"있지, 어……엄마는…… 잘 몰라서 그래."

그 말에 지호는 잠시 무언가 생각하는 듯하더니 미연을 돌아보았다.

"그러면, 집에 가서 얘기해 줄게."

미연은 고개를 끄덕였다. 그때 그다지 멀지 않은 곳에서 갑자기 자동차의 경적이 날카롭게 울렸다. 도로 한가운데서 멈춘 세단의 창문이 신경질적으로 내려갔다.

"야 이 미친년아!"

고개를 내민 것은 중년의 여성이었다. 그녀는 새파랗게 질린 얼굴로 차 앞을 향해 욕설을 내뱉었다. 보닛 위에 웬 여자가 엎어져 있었다.

"뒤지고 싶어서 환장했어!"

"하하하! 하하하!"

찢어지는 듯한 웃음소리를 들으니 미연의 가슴이 철렁했다. 그 여자다! 이사 온 첫날, 미연을 혼비백산하게 만들었던 여자. 지호는 실금을 하고 경기까지 했었다. 차 위에 엎드린 채 소름 끼치게 웃는 목소리를 들으니 그날의 기억이 순식간에 코앞으로 다가왔다.

"지호야, 우리 다른 길로 갈까?"

미연은 얼른 몸을 돌려 지호에게 물었다. 저번에는 차 안이었지만, 이번에는 바깥이다. 이런 상태에서 저 여자를 마주쳤다가는 지호에게 무슨 일이 일어날지 모른다.

그러나 지호의 표정은 태연했다.

"왜? 여기만 지나가면 집인데."

"저 아줌마, 무섭지 않아? 저번에 지호가 많이 놀랐었잖아."

미연이 몸을 낮춰 지호의 귀에 대고 속삭이듯 말했다. 여자와의 거리는 생각보다 멀지 않아서, 큰 목소리로 말했다가는 들릴지도 모를 일이었다.

미연의 어깨 너머를 흘긋 본 지호가 말했다.

"혜미 아줌마? 처음에는 무서웠는데, 이제 괜찮아."

지호는 아무렇지 않은 얼굴로 어깨를 으쓱했다.

"상제님한테 같이 기도도 드렸는걸."

미연은 자신도 모르게 지호의 손을 놓고 뒤로 한 발짝 물러섰다. 지호는 의아한 표정으로 고개를 갸웃했다.

"엄마? 왜 그래?"

미연의 눈이 지호를 샅샅이 훑었다.

분명, 지호가 맞는데. 톡 튀어나온 이마와 동그란 눈동자, 미연을 닮은 코와 입매도 변함이 없다. 그런데 지금 저 아이가 완전히 다른 존재처럼 느껴졌다. 지호는 언제 이렇게 변해버린 것일까. 왜 알 수 없었을까? 눈앞이 어두워지는 것 같았다. 미연은 두통이 오기 시작하는 머리를 손으로 지그시 눌렀다.

"엄마······."

그런 미연의 마음을 알 리 없는 지호는, 되려 제가 겁을 먹은 듯한 표정이 되어가기 시작했다. 미연은 정신을 차리기 위해

이를 악물었다. 지금은 두려워할 때가 아니다. 아무도 믿을 수 없다. 지호를 지킬 수 있는 것은 오로지 나뿐이다.

"아무것도 아니야."

미연은 침착하게 입을 열었다.

"엄마가 잘 모르는 얘기라서. 집에 가서 들려줄래?"

"응."

지호는 씩 웃으며 순순히 고개를 끄덕였다. 그 얼굴은 여전히 아기 때처럼 천진했다. 그것이 미연의 가슴을 더욱 서늘하게 했다.

\* \* \*

집에 돌아온 미연은 아무 말 없이 떡볶이를 잔뜩 만들어 지호에게 실컷 먹였다. 기분이 좋아진 지호는 소파에 앉아 텔레비전을 보기 시작했다. 미연은 그 옆에 앉아 아무렇지 않은 척 입을 열었다.

"근데, 지호야."

"응⋯⋯."

지호는 저녁을 먹고 약간 나른해진 상태였다. 눈은 텔레비전에 고정한 채 건성으로 고개를 끄덕였다.

"아까, 왜 상제님 이야기를 하지 말라고 한 거야?"

"무서우니까."

"뭐가 무서운데?"

"상제님이."

"상제님이 왜 무서워?"

지호는 다리를 흔들거리면서 입을 열었다.

"상제님이, 화가 나면 아이들을 잡아다가 죽여버린대. 목도 부러뜨리고, 배도 짼대. 하늘로 던졌다가 떨어뜨릴 수도 있대. 옛날에, 어떤 애도 그래서 죽었대."

"……."

"그래서 기도해야 돼. 그리고 어른들 말도 잘 듣고, 공부도 열심히 하고. 그러면 상제님이 화가 안 난대."

"영희네 아줌마가 그래?"

지호는 고개를 끄덕였다. 미연은 화가 치밀었다. 그녀의 생각대로, 지호가 이상해진 원인은 영희엄마였다. 가뜩이나 겁 많은 아이에게 진짜 있었던 일에다 거짓말을 교묘히 섞어서 믿게 만들고, 쓸데없이 잔인한 이야기를 들려주고 세뇌를 시켰다.

이유는 어렵지 않게 추측할 수 있었다. 그 만세교라는 사이비 종교 때문에 정신이 나간 것이다. 영희엄마가 집에 왔을 때 미연에게 사산 이야기까지 언급하며 마음을 다스린다는 둥 이상한 이야기를 꺼낸 것도 포교 활동의 일환일지 모른다. 각자의 트라우마가 될만한 이야기를 꺼내 심리를 불안정하게 만들고, 사이비 종교에 의지하게 만드는 것이다. 뻔한 수법이다.

하지만 거기에 아이까지 이용하다니. 선을 넘었다는 생각이

들었다. 차라리 영희엄마가 대놓고 말을 했다면 이렇게까지 화가 나지 않았을지도 모른다. 만세교니 상제님이니 하는 하찮은 사이비 종교라니, 오히려 그녀에게 잘 어울렸다. 앞에서 이야기했다면 웃으면서 못 들은 척 넘어가고 말 일이었다. 그런데 그걸 위해 지호에게 기괴한 이야기를 들려주고 기도까지 따라하게 한 것은 도가 지나쳤다.

당장 영희네 집으로 달려가 따지고 싶은 마음은 굴뚝같았으나, 미연은 침착함을 되찾기 위해 애썼다. 아무런 증거 없이 화를 내면, 영희엄마 같은 사람은 외려 미연을 이상한 사람 취급할 것이다. 영희엄마에게 합법적인 피해를 주기 위해서는 경찰이나 법원의 힘을 빌려야 할 것이다. 아동학대로 신고할 수도 있다. 그러나, 그렇게 하려면 객관적인 증거가 필요했다. 지금 경찰에 호소해 봤자 아이를 방치한 엄마의 히스테리쯤으로 여길지도 모른다.

"지호야, 아까 그 이상한 여자. 혜미 아줌마라고 했니? 언제부터 알았어?"

"상제님한테 기도하면 낫는다고, 아줌마가 집에 데려왔어. 그래서 영희랑, 영희네 아저씨랑, 나랑 같이 기도해 줬어."

"영희네 아저씨……? 영희 아빠 말이니?"

지호는 고개를 끄덕였다. 미연은 영희엄마가 평소에 남편에 대한 이야기를 거의 하지 않았다는 것을 떠올렸다. 무의식적으로, 영희엄마가 영희를 혼자 키우는 것처럼 생각하고 있었나

보다.

곧이어 지호는 불쑥 말했다.

"영희네 아저씨는 낮에도 집에 있다. 우리 아빠는 늦게 오는데."

"낮에? 일을 하지 않나 보네. 아빠는 일하잖아."

미연의 말에 지호는 고개를 저었다.

"아니야, 엄마. 영희네 아빠도 일하는걸. 경비 아저씨야."

"아, 그래⋯⋯."

미연은 떨떠름한 얼굴로 고개를 끄덕였다. 드림힐에서 마주치는 섬뜩한 외모의 경비가 떠오른 탓이다.

"엄마, 왜 표정이 이상해?"

미연이 입을 다물고 가만히 있자 지호가 고개를 갸웃했다.

"으응, 아냐. 엄마는 몰랐거든."

그러자 지호가 의외라는 듯 눈을 크게 떴다.

"진짜? 영희네 아빠, 우리 아파트 경비 아저씨인데. 112동."

그때 현관의 도어락 잠금이 풀리는 전자음이 들렸다.

"아빠다!"

지호는 어느새 눈을 초롱초롱 빛내면서 소파에서 폴짝 뛰어내렸다.

"아빠!"

지호는 신이 나서 현관을 향해 달려갔다. 미연은 소파에서 몸을 일으켰다. 지호를 안아 든 정우가 복도를 걸어오는 것이 보였다.

"왔어?"

"응."

지호를 끌어안은 정우는 웃는 얼굴이었지만, 미연은 도저히 따라 웃을 수가 없는 상태였다.

"떡볶이 먹었나 보네? 아빠도 기다려 주지."

정우는 짐짓 아쉬운 듯한 표정을 지으며 지호를 바라보았다.

"아빠 것도 남겼어."

"우와. 기대되는데?"

"오빠."

미연은 심각한 얼굴로 정우를 불렀다. 지호를 내려놓은 정우는 여전히 반쯤 웃는 얼굴이었다.

"왜?"

"오빠 그때, 영희네 집 갔을 때 말이야."

미연은 지호의 눈치를 보며 정우에게 작게 말했다. 아직, 정우가 영희네 집에 갔다는 것은 지호에게 비밀이었기 때문이다. 정우는 그런 것을 신경 쓰지 않는 듯한 얼굴로 고개를 끄덕였다.

"그게 왜?"

"그때, 정말 뭐 이상한 거 없었어?"

"없었어. 야, 그게 언제 적 일인데 아직도 기억을 하겠냐."

정우는 살짝 짜증을 내며 식탁에 앉아 셔츠 맨 윗부분의 단추를 풀었다.

"지호가 자꾸 이상한 말을 하잖아."

"이번에는 또 왜?"

"무슨, 상제한테 기도를 한다느니 하면서. 오빠, 그 여자 사이비 종교 믿나 봐. 애들한테도 이상한 거 가르치는 거 같아. 어떡해?"

미연의 말에 정우는 피곤하다는 듯한 표정으로 한숨을 쉬었다.

"어차피 이제 지호 거기 안 보내기로 한 거 아니야? 그 여자가 만세교를 믿든 말든 무슨 상관이야. 다시 볼 것도 아닌데."

"그렇긴 하지만. 그래도……."

"그럴 시간 있으면 지호랑 놀아줘. 네가 불안해서 자꾸 그런 말 하는 것밖에 더 되냐?"

"오빠는 걱정도 안 돼?"

미연은 지호가 곁에 있는 것도 잊고 울컥해서 목소리를 높였다. 정우가 자신을 바보 취급 하는 것 같아서 화가 났다.

"오빠야말로 거기 가서 한 게 뭐야? 그렇게 정신 나간 여자 집이 멀쩡할 리가 없잖아. 진짜 이상한 거 없었어? 그 집 남편, 여기 112동 경비라며. 기분 나쁘게 생긴 할아버지 말이야. 그것도 몰랐어?"

"그게 무슨 상관이야."

미연이 심각한 얼굴로 지적해도 정우는 여전히 짜증스러운 표정으로 대꾸했다.

"내가 갔을 때는 영희엄마밖에 없었어. 그리고 그 집 남편이 경비인 게 뭐가 중요해? 이상한 거 없었다니까! 아니면 너, 내 말 못 믿는 거야?"

정우는 흥분한 듯 언성이 높아졌다. 그러나 그 모습을 보는 미연의 마음은 신기하게도 차분했다. 해야 할 일이 생각나서 그런 것일지도 몰랐다.

"안 되겠어. 영희네 집에 가봐야지."

"지금?"

"오빠 말대로, 지호한테 제대로 집중하려면 그 여자가 뭔 짓을 했는지 알아내야 속이 시원할 것 같아. 지호한테 상제가 목을 부러뜨려 죽인다느니 어쩐다느니 하면서 겁을 잔뜩 준 모양이야. 따지기라도 할 거야."

미연은 그렇게 말하고 복도를 쿵쿵 걸었다. 급한 마음에 현관에 널브러진 신발 중 아무것에나 발을 끼워 넣고 문을 막 열었을 때였다.

"꺄악!"

"어머나!"

문을 열자마자 코앞에 사람의 형체가 보였다. 기절할 만큼 놀란 미연은 순간적으로 큰 소리를 질렀다. 마주친 것은 영희엄마였다. 그녀도 놀랐는지 눈을 크게 뜨고 있었다. 인터폰을 막 누르려던 참이었는지, 손을 반쯤 든 상태였다.

"여, 여긴 어쩐 일로······."

"마침 잘됐네."

먼저 정신을 차린 영희엄마는 미연이 당황하는 사이 몸을 벌써 현관문 안으로 밀어 넣었다.

"지호야! 얘, 이지호!"

그녀는 거친 목소리로 지호의 이름을 부르며 집 안으로 들어왔다.

"저기, 잠깐만요!"

미연은 영희엄마가 집으로 들어가려는 것을 막으려고 했다. 그러나 그녀는 미연을 뿌리쳐 가며 복도를 가로질러 거실로 향했다.

"너!"

영희엄마는 소파에 앉아있던 지호의 어깨를 잡으려고 했다.

"뭐 하시는 거예요!"

미연이 날카롭게 외치며 영희엄마의 팔을 밀쳐냈다. 그러나 그녀는 되려 미연을 뿌리쳐 가며 화를 냈다.

"도둑 연놈들 주제에 뭘 잘했다고 바락바락 대들어!"

"뭐라고요? 오빠, 어떻게 좀 해봐!"

미연은 정우를 돌아보았다. 그는 겁먹은 채 얼어붙어 있는 지호를 감싸고 있다가 고개를 들었다.

"저, 진정 좀 하시죠. 미연이 너도."

"오빠, 진정하라니! 저 여자가 뭐라고 했는지 못 들었어?"

미연은 기가 막혀서 목소리를 높였다. 정우가 지호를 더 놀라게 하고 싶지 않은 것은 알겠으나, 저런 말을 듣고도 침착한 태도를 보이자 곤혹스럽기까지 했다.

"망할 연놈들!"

그러는 사이 영희엄마는 거친 욕설을 내뱉으며 갑자기 거실을 빙빙 돌기 시작했다. 그러더니 텔레비전이 놓인 거실장 아래의 서랍을 마구 열어젖혔다.

"그만 좀 해요!"

미연은 그녀를 저지하려 했다. 그러나 힘으로는 역부족이었다. 늙은 몸 어디에서 그렇게 힘이 나오는지 영희엄마는 꿈쩍도 하지 않았다.

"어디야! 어디에 있어!"

그녀는 알 수 없는 소리를 계속해서 외쳤다. 거실 서랍뿐만 아니라 주방으로 달려가 그릇장을 열어보더니 이번에는 지호의 방으로 향했다.

"이봐요!"

미연과 정우는 황급히 그녀를 뒤쫓아 갔다. 그러나 영희엄마는 빠르게도 지호의 방 안으로 들어가 있었다. 손에는 지호의 가방이 들려있었는데, 그녀는 그것을 쓰레기통 비우듯 뒤집어서 탈탈 털었다. 교과서와 잡동사니 등이 마구 쏟아졌다. 바닥은 금방 난장판이 되었다.

"적당히 좀 하시죠!"

정우가 크게 외쳤다. 그러자 영희엄마는 가방을 바닥에 내팽 개쳤다. 잔뜩 화가 났다는 듯, 씩씩대면서 미연과 정우를 번갈 아 가며 노려보았다.

"갑자기 왜 이러는 건데요?"

"어디에 있어!"

미연의 질문에 영희엄마는 비명을 지르듯이 외쳤다.

"뭐가요?"

"시치미 떼지 말고 당장 내놔!"

영희엄마가 뭔가를 찾고 있다는 것을 미연은 간신히 이해했 다. 들어왔을 때 맨 처음 지호를 윽박지른 것으로 봐서, 지호가 영희의 물건을 가져가기라도 했다고 생각하는 것 같았다.

"뭔지 말해줘야 주든지 말든지 하죠. 다짜고짜 남의 집에서 이러는 거, 신고감인 거 알죠?"

미연이 따져 묻자 영희엄마는 입을 꾹 다물었다. 하지만 쏘 아보는 듯한 눈초리는 여전히 사나웠다.

"아니면 덮어놓고 우리 지호를 의심하는 거예요? 뭐가 없어 졌는지도 모르면서?"

영희엄마는 여전히 말이 없었다. 미연은 기가 막혔다. 무단 으로 남의 집을 침입해 온갖 곳을 다 뒤지려고 해놓고는, 이유 가 뭔지 말해주지도 않는 그녀의 태도에 어처구니가 없었다.

"설령 뭐가 없어졌다고 해도, 우리 지호는 아니에요. 최근에 애 아빠가 봐서 그 집에 간 적도 없잖아요."

미연의 말에 영희엄마가 흥, 하고 코웃음을 쳤다. 그녀가 숨을 쉴 때마다 알 수 없는 불쾌한 냄새가 뿜어져 나오고 있었다.

"용건 끝났으면 이만 돌아가시죠."

정우가 한 발 앞으로 나서며 말했다.

"......"

영희엄마는 살기 어린 눈빛으로 미연과 정우를 얼마쯤 보다가, 자신이 지금 별다른 것을 할 수 없음을 깨달았는지 지호의 방을 빠져나왔다. 미연은 영희엄마의 뒤를 따라가며 말했다.

"다신 이런 일 없었으면 좋겠네요. 다음부터는 경찰 부를 거예요!"

영희엄마는 말없이 문을 열고 집 밖으로 나갔다. 미연은 현관으로 달려가 자물쇠를 마구 채웠다.

"별 미친 여자를 다 보겠네."

미연은 등을 홱 돌렸다. 아까 정우가 좀 더 강경하게 나갔더라면 더 일찍 영희엄마를 내보낼 수 있었을 거라는 생각이 들자 화가 치밀었다.

"오빠는 왜 그랬어?"

"내가 뭘?"

"저 여자, 왜 더 빨리 안 쫓아냈냐고!"

미연의 말에 정우는 어깨를 으쓱했다.

"나갔으니까 됐잖아. 나까지 난리를 치면 지호가 너무 놀랄 것 같았어."

둘은 거실로 돌아왔다. 아까는 경황이 없어서 몰랐는데, 영희엄마는 서랍을 열었을 뿐만 아니라 안에 들어있는 물건까지 죄다 빼낸 상태였다.

"내가 치울게."

정우가 거실에 쭈그려 앉으면서 말했다. 미연은 지호의 방으로 갔다. 지호의 방바닥도 거실과 마찬가지로 온갖 잡화가 흩어져 엉망이었다.

"지호 괜찮니?"

무릎을 세우고 침대 가장자리에 앉아있던 지호는 말없이 고개를 끄덕였다. 미연은 한숨을 쉬면서 지호의 가방을 주워 모양을 잡아준 뒤 정리를 시작했다.

"미안. 엄마가 아줌마 빨리 가라고 할걸. 괜히 지호 놀라게 했네."

미연은 물건을 주섬주섬 주워 치우며 말했다. 조용히 앉아있던 지호가 입을 열었다.

"영희네 아줌마는 왜 온 거야?"

"뭐 찾는 게 있었나 봐."

미연은 침대 근처 바닥에 앉아 지호를 올려다보면서 말했다. 지호의 팔을 쥐어 보니 차갑게 식어있었다. 울거나 흥분하지 않은 것은 다행이지만, 많이 놀랐던 것 같다. 이대로 두면 밤에 또 열이 나거나 경기를 할지도 모른다.

"그래서 엄마가, 우리는 아니라고 했어. 지호 요즘 영희네 가지도 않았잖아."

미연의 말에 지호가 고개를 갸웃했다.

"아닌데. 갔어."

"응?"

"영희랑 놀려고 갔었어. 어제도 갔는걸."

가방에 교과서를 집어넣고 지퍼를 닫던 미연이 멈칫했다. 어제는 분명, 정우가 일찍 퇴근해서 지호를 봐준다고 했던 날이었다. 지호랑 같이 햄버거를 먹었다고, 사진까지 보냈었는데.

"어제, 아빠랑 햄버거 먹지 않았어?"

"응. 10시에."

"10시?"

지호가 고개를 끄덕였다. 10시라면, 미연이 집에 돌아오기 불과 한 시간 전이다.

"그전까지 영희랑 놀았어."

미연은 가방을 책상 옆에 두고 몸을 일으켰다. 정우에게 가서 따져봐야겠다고 마음을 먹었다. 그러나 문고리를 막 잡았을 때 그녀는 멈칫했다. 무언가 심상치 않은 느낌이 들었기 때문이다.

"그랬구나……."

미연은 지호에게 다가가 다정하게 웃으며 머리를 쓰다듬었다.

"재밌었겠네, 우리 지호."

"응."

지호도 미연을 따라 생글생글 웃었다. 그러다가 조금 시무룩
한 태도로 중얼거렸다.

"아빠가 좀 더 빨리 오면 좋은데."

"그러게⋯⋯."

미연은 건성으로 맞장구를 쳤다.

"이제 잘 준비하자, 지호야."

그녀는 지호를 화장실로 데려가 씻겼다. 잠옷을 갈아입히고
침대에 눕혀 잠들기를 기다리는 동안 방 밖에서 정우가 부스럭
대며 집을 치우는 소리를 들었다. 미연은 그러는 동안 내내 다
른 생각에 사로잡혀 있었다. 발이 공중에 붕 떠있는 것처럼 어
지러웠다. 잠들기 전 무어라 종알대는 지호의 말에 성의 없이
대꾸하고 있다는 죄책감 같은 것도 느껴지지 않았다. 어서 지
호를 재우고 정우의 스마트폰을 확인해 봐야겠다는 생각밖에
들지 않았다.

* * *

지호는 지쳤는지 곧 잠들었다. 난장판이 됐던 집을 모두 정
리한 정우도 피곤했는지, 미연이 샤워를 하고 나온 뒤에는 이
미 잠에 빠져있었다.

새벽 1시가 넘었지만 미연의 정신은 말짱했다. 정확히 말하

면 몸은 말할 수 없이 피곤했으나 각성 상태에 가까워진 뇌 때문에 흥분으로 움직이고 있는 상태였다.

미연은 침대에 대자로 누운 채 코를 골고 있는 정우를 응시했다. 머리맡 협탁에는 스마트폰이 놓여있었다. 그녀는 그것을 건드리지 않고 그대로 안방을 빠져나왔다.

바람을 피웠던 사실이 들통난 뒤, 정우는 스마트폰의 비밀번호를 미연에게 공유하겠다고 선언하듯 말했었다. 때문에 정우가 다른 여자를 만나고 있는 거라면 스마트폰을 확인하는 것은 아무 의미가 없었다.

미연은 그가 또 바람을 피우기 시작했다는 것을 확신하는 중이었다. 지호의 말에 따르면, 정우는 그가 저녁에 지호를 돌봐줘야 할 때면 늘 늦게 들어왔다. 그때마다 지호는 영희네 집에 있었다. 그러니까 정우는 미연에게 언급도 없이 지호를 영희엄마에게 맡기곤 했던 것이다.

속이 메슥거리면서 현기증이 밀려오는 기분에 미연은 소파에 앉아 눈을 질끈 감고 고개를 뒤로 젖혔다. 아까 정우가 영희엄마를 강하게 내쫓지 않았던 것은 무언가 켕기는 것이 있기 때문이다. 미연이 그 사실을 지금에서야 눈치챈 이유는, 설마 정우가 제 알리바이를 위해 영희엄마까지 이용할 줄은 몰랐기 때문이다.

미연은 어지러움을 참아가며 소리 없이 자리에서 일어섰다. 간접등 두어 개만 켜져있는 어둑한 거실은 아까와는 딴판으로 고요하고 적막했다. 그녀는 푸른 어둠이 짙게 깔린 복도를 가로질러 서재로 향했다.

아직 새것인 문의 경첩 덕에 미연은 조용하게 서재로 들어갈 수 있었다. 방을 둘러보자 예상대로 책상 위에서 정우의 노트북 파우치를 발견할 수 있었다.

"……."

문밖을 살펴본 그녀는 파우치의 지퍼를 조심스럽게 열고 노트북을 젖혔다. 키보드의 아무 키나 누르자 비밀번호 입력 창이 떴다. 미연은 재빠르게 몇 개의 번호를 입력했다. 정우는 비밀번호를 만들어야 할 때 예전에 사용했던 암호를 돌려쓰는 버릇이 있었다. 처음 살던 집의 현관 비밀번호, 은행 공인인증서에 늘 사용하는 암호, 차량 번호와 지호의 생일을 조합한 숫자 등. 모두 정답이 아니었다. 미연이 혹시나 싶어서 정우의 신용카드 비밀번호를 입력하자 그제야 노트북의 바탕화면이 떠워졌다.

그녀는 잘 먹히지 않는 터치패드를 간신히 움직여 메신저 프로그램을 열었다. 정우가 미연에게 들키고 싶지 않은 사람과 대화를 했다면 미연이 언제든지 볼 수 있는 스마트폰에서는 이미 지워졌을 가능성이 높다. 하지만 노트북에서 한 대화까지 삭제하는 것은 잊었을지도 모른다. 미연은 대화창 목록의 스크롤을 움직여 그녀가 처음 보는 이름이 없는지 살펴보았다.

♥ ♥ ♥

그러나 이름보다 미연의 눈에 먼저 들어온 것은 이모티콘이 잔뜩 들어간 메시지였다. 일반적으로 보이는 상대방의 이름이 아닌, '제목없음'이라는 이름이 붙여진 채팅방이었다.

오늘도 너무 좋았어
나도
사랑해

오늘의 대화는 그것으로 끝이었다. 앞선 날짜는 하나도 남아 있지 않았다. 매일매일 대화를 지우는데 오늘은 영희엄마 일로 정신이 없었던 탓에 잊은 듯했다. 영희엄마에게 고맙다고 해야 하나? 미연은 그런 자조적인 생각을 하며 어느새 자신도 모르게 달랑 세 줄의 대화만 있는 채팅창을 스마트폰으로 찍고 있었다. 더 구체적인 증거가 필요한데, 라는 생각도 했다.

그녀는 노트북을 덮은 채 홀린 듯이 밖으로 나갔다. 머리는 멍한데 다리가 마음대로 움직이는 듯한 느낌이 들었다. 현관 근처에서 차키를 챙겨 엘리베이터를 타고 지하주차장으로 내려갈 때까지 쭉 그 상태였다.

정우는 취재를 이유로 거의 매일 차를 사용했다. 미연은 지하철을 타고 출퇴근을 했기 때문에 평일에는 차를 살필 일이 없었다. 그러니 블랙박스를 확인해 보면 무언가 나올지도 모른다. 스스로 놀랄 정도로, 미연의 머릿속에서 체계적인 사고가 냉정하게 전개되고 있었다.

정우가 주차를 어디에 했는지는 알 수 없었다. 다행히도, 지하 1층 주차장에서 미연이 키에 붙은 버튼을 한 번 누르자 멀리에서 희미하게 삑삑 소리가 났다. 미연은 차키를 부적처럼 들고 어두컴컴한 주차장을 홀로 헤맸다. 조금 더 안쪽으로 나아가니 소리가 커졌고, 차를 헤치고 어느 정도 나아가자 오렌지색 불빛이 깜빡이는 것까지 보였다.

마침내 차를 찾아낸 미연은 운전석에 올라 룸미러 아래에 붙은 블랙박스를 조작해 보았다. 아파트 주차장에 들어오기 전까지의 기록으로 거슬러 올라가는 것은 어렵지 않았다.

오전 10시쯤 어떤 건물에 주차된 차는 오후 5시경 다시 움직였다. 정우가 근무하는 언론사의 주차장일 테다. 건물을 빠져나온 차는 곧장 동명시로 이어지는 외곽도로를 탔다. 미연은 코딱지만한 LCD 화면으로 지호가 자주 가는 키즈카페가 있는 대형 쇼핑몰이 스쳐 지나가는 것을 보았다.

드림힐로 접어드는 사거리에서 차는 유턴을 하더니 반대 방향으로 나아가기 시작했다. 이름 모를 아파트 단지에 진입한 뒤 서서히 속도를 줄였다. 외부 차량을 막는 차단기는 정우를 환영하듯 소리 없이 올라갔다. 차 또한 나무처럼 빽빽이 들어차 있는 아파트 건물 사이를 익숙하게 헤치고 나아가 또다시

지하주차장으로 접어들었다.

미연은 숨을 죽이고 그것을 계속 지켜보았다. 차는 대형 차량이 세워져 있는 구석에 간신히 주차를 했다. 얼마 지나지 않아 창문 밖에서 원피스를 입은 채윤엄마가 손을 흔들며 다가오는 것이 보였다.

곧이어 시동이 꺼졌다.

─ 빨리 왔네?

─ 보고 싶어서.

─ 거짓말. 집에 일찍 들어가야 해서 그렇지?

─ 너도 그렇잖아.

미연의 귀에 응석을 부리는 듯한 채윤엄마의 목소리와 다정하게 말하며 웃는 정우의 목소리가 들렸다. 둘의 대화는 길게 이어지지 않았다. 곧 다급하게 부스럭대는 소리와 헐떡이는 신음이 들리기 시작했다. 그것이 정사의 소음임을 아는 것은 어렵지 않았다.

미연은 운전석에 가만히 앉아 모든 것을 듣고 보았다. 정우와 채윤엄마의 대화를 들었고 헤어질 때 아쉬운 듯한 얼굴을 하며 배웅해 주는 채윤엄마의 손짓을 보았다. 차가 드림힐아파트에 들어와 주차된 후 다시 적막에 잠길 때까지 잠자코 앉아 있었다. 그리고 한참 뒤 차를 나와 엘리베이터를 타고 집 안으로 들어왔다. 그러는 동안 내내 열 손가락이 사시나무처럼 떨렸다.

아무리 발소리를 죽인다고 해도 현관문을 드나들 때 나는 도어락의 소음을 막을 수 있는 방법은 없었다. 미연의 귀에 그것은 천둥처럼 크게 들렸다. 그러나 집 안은 여전히 평화롭게 느껴질 정도로 고요했다. 너무나 조용해서 이명이 들릴 정도였다.

그녀는 아무 생각도 할 수 없었다. 시체처럼 서있다가 어둠 속에서 홀로 냉장고를 향해 걸어갔다. 제일 안쪽에 있던 소주병을 꺼냈다. 안에는 요리할 때 쓰고 남은 술이 반쯤 채워져 있었다. 그녀는 병을 입에 대고 기울였다. 목구멍에서 꿀꺽거리는 소리가 났다. 냉장고 냄새가 가득 밴 차갑고 역한 액체가 배 속에 차오르는 익숙한 느낌이 들었다. 몇 년 만에 느껴보는 취기였다. 미연은 그것에 의지해 다시 침대로 기어들어 가 잠을 청했다.

\* \* \*

다음 날 미연은 아무렇지 않게 출근했다. 여느 때처럼 정우와 지호를 위해 간단한 아침을 준비한 뒤 칫솔을 입에 물고 잠이 덜 깬 눈으로 손을 흔드는 지호의 배웅을 받으며 집을 나섰다. 지하철 안에서는 등에 멘 커다란 백팩으로 얼굴을 눌러대는 앞사람을 묵묵히 견뎠다. 그러는 동안 오랜만에 과거의 일들을 회상했다.

미연과 정우 사이를 격렬하게 반대한 친정으로부터 도망치듯 결혼한 게 화근이었을까. 아이를 맡길 데 없는 미연의 사정을 이용하듯이 둘째 임신을 밀어붙이고, 일을 그만두라고 이야기한 정우의 의견을 꺾지 못했던 게 잘못일까. 바람을 피우고 나서도 지금 이혼하면 친정에 뭐라고 말할 거냐며 뻔뻔하게 나왔던 시댁에 아무 말 하지 못했던 게 실수였나.

미연은 드림힐아파트 청약 당첨이 봉합해야 할 길을 찾지 못했던 가족을 다시 하나로 만들어 줄 수 있을 거라고 믿었다. 잘 정비된 도로와 페인트 냄새가 물씬 풍기는 아파트를 보면서 새로운 생활을 꿈꾸었다. 신도시로 이사 온 자신들은 수많은 사람의 삶이 질척한 때처럼 들러붙어 있는 서울을 버리고 상쾌한 새 출발을 했다고 믿었다.

하지만 얼룩과 상처가 남은 과거는 미연을 따라왔다. 파괴된 철거촌은 어딘가로 사라져 버린 게 아닌 드림힐아파트의 토대처럼 머무르고 있었다. 거기에 살던 영희엄마가 여전히 미연의 윗집에 버티고 있지 않은가. 정우와 채윤엄마는 도대체 언제부터 만나고 있었을까.

정신을 차렸을 때 미연은 편의점 안에 들어가 맥주를 고르고 있었다. 그녀는 500밀리리터 맥주 한 캔과 손바닥만 한 양주를 샀다. 아침 8시부터 정장을 입고 술을 사는 여자를 이상하게 여길 법도 한데 직원은 무표정하게 계산을 끝마쳤다.

가방에 맥주를 넣은 미연은 편의점을 도망치듯 벗어나 급하게 회사 건물로 달려갔다. 1층에 있는 공용 화장실로 들어가 맥주캔을 따고 마시기 시작했다.

"하……."

나른한 기분이 몰려오자 미연은 화장실 벽에 기대 안도의 한숨을 내쉬었다. 양주병의 뚜껑을 열고 캔 안에 내용물을 흘려 넣어 섞은 뒤 다시 입으로 가져갔다. 캔이 가벼워지고 배 속이 묵직해질수록 잡생각이 사라지고 머리가 몽롱해졌다. 이러면 안 된다는 생각도, 출근해서 해야 할 일들도 지워졌다. 논리적인 사고를 제대로 할 수 없을 때의 쾌감. 아무것도 생각하지 않아도 될 것 같은 자유로운 느낌. 미연은 거기에 기대 눈을 감고 화장실 바닥에 쭈그려 앉아 쪽잠을 청했다.

\* \* \*

출근한 미연은 양치질과 손 소독제, 탈취제 등 술 냄새를 없애는 방법을 총동원한 뒤 근무를 시작했다. 다행히 옆자리에 앉은 수민조차 별말이 없었다. 팀장에게 보고를 하러 갈 때도 무사히 넘어갔다.

그러나 괴로운 것은 미연이었다. 술이 깨기 시작하자 두통과 함께 어제 겪었던 일들이 조금씩 되살아났다. 영희엄마가 집에 와서 살림살이를 모두 뒤져본 것과 블랙박스에서 목격한 정우의 불륜, 상제님께 기도를 드려야 한다고 했던 지호의 순진무구한 얼굴이 어지러이 겹쳐졌다.

미연은 결국 점심때도 혼자 낡은 국밥집에 가서 반주 삼아 소주를 마셨다. 건더기를 떠먹을 새도 없이 국물과 함께 허겁지겁 두 병을 비웠다. 아침에 한번 술을 마시고 나니 취할 때까지 더 많은 양을 마셔야 했다. 취하기 전까지는 숟가락을 드는 손이 덜덜 떨렸다. 앞치마를 맨 직원이 깍두기가 든 단지를 가져가다 말고 그녀를 흘끔거리는 것이 느껴졌지만 신경 쓰지 않고 계속해서 소주를 들이켰다.

걷기 힘들 정도로 취하고 나서야 다시 편안한 기분이 들었다. 미연은 자리에서 일어나 음식값을 지불하고 가게를 나와 비틀비틀 걸음을 옮겼다. 점심시간이 끝날 때까지는 아직 10여 분이 남았다. 화장실에 가서 세수를 한번 하고 아침에 그랬듯이 잠깐 졸다 나오면 아무에게도 들키지 않고 근무를 마칠 수 있을 것이라고 생각했다.

그러나 그런 생각을 했을 때 미연은 이미 취한 상태였다. 그녀는 변기 뚜껑 위에 앉은 자세로 잠이 들어버렸다. 몸의 중심을 잃은 채 넘어질 뻔하고 나서야 정신이 퍼뜩 들었다. 시간을 확인하니 이미 오후 3시가 넘은 상태였다.

미연은 세면대에서 대충 입을 헹군 뒤 허겁지겁 사무실로 향했다. 문을 벌컥 열자 근처 직원 몇 명의 시선이 그녀에게로 쏠렸다.

"언니."

걱정스러운 얼굴로 다가온 건 수민이었다.

"괜찮아? 전화를 몇 통을 했는데……. 어디 가 있었어?"

"아…… 미안."

"얼굴은 왜 그래? 화장이 다 번졌어."

미연은 황급히 자신의 자리로 가서 거울을 들여다보았다. 잠이 덜 깨서 얼굴을 마구 문지른 탓인지 메이크업이 군데군데 번져있었다. 물티슈로 대충 눈가를 닦아내고 있는데 옆자리로 돌아온 수민이 낮은 목소리로 말했다.

"팀장님이 엄청 찾았어. 아무리 찾아도 없었으니, 지금 무지 화났을 거야."

"알겠어, 고마워."

미연은 대충 메이크업을 고치고 팀장의 자리로 향했다.

"팀장님."

"미연 씨, 도대체 어디 있었어? 근무 시간에 이렇게 오래 자리를 비워도 되는 거야?"

"죄송합니다."

팀장은 책상에 앉아 못마땅한 얼굴을 한 채 미연을 아래위로 훑었다.

"나 참……. 지금 팀 분위기 안 좋은 거 몰라? 뭐가 문제야?"

"죄송합니다."

"정말 이런 말은 하고 싶지 않은데 말이지, 미연 씨."

그는 안경을 고쳐 쓰며 한숨을 쉬었다.

"저번에도 얘기했잖아, 미연 씨. 애 엄마라고 따돌리지 않을 거고, 대신 특혜도 없다고. 그거 혹시 기분 나빴어?"

"아닙니다."

"그런데 왜 그래? 아침에도 9시에 간신히 맞춰 오지를 않나. 보고서에는 오류가 잔뜩이고. 미연 씨도 이제 신입 아니잖아. 우리가 직급이 없어서 그렇지 사실 미연 씨 정도면 대리급이 야. 근태로 지적 나오지는 않게 해야지."

"네."

"보고서 다시 고쳐 와."

팀장은 노트북을 손가락으로 가리키며 말했다. 미연은 고개를 숙이고 자리로 향했다. 다시 깨질 것 같은 두통이 시작됐다.

"언니, 진짜 괜찮은 거 맞지?"

"응."

미연은 억지로 웃으며 고개를 끄덕였다. 메일함을 열어 팀장이 보낸 보고서 피드백 파일을 다운받았다. 수민은 파티션 밖으로 얼굴을 내민 채 미연을 걱정하기 시작했다.

"어디 가 있었어? 팀장 말은 너무 신경 쓰지 마. 아침에 대표한테 깨져서 그런 걸 거야."

"응."

"점심은 제대로 먹은 거야? 얼굴이 너무 안 좋아 보여."

"수민아."

미연은 짜증스러운 얼굴로 고개를 돌렸다. 귀 옆에서 왕왕 울리는 수민의 목소리를 견딜 수가 없었다.

"좀 조용히 해줄래? 나 일해야 하거든."

수민은 순간 상처받은 표정이 되었다. 미연은 곧 죄책감을 느끼고 사과하기 위해 다시 입을 열려고 했다.

"수민아, 저기……."

"응. 미안."

그러나 수민은 미연이 말을 꺼내기도 전에 어색하게 웃더니 파티션 안으로 고개를 집어넣었다. 미연은 그녀를 다시 한번 부르려고 했으나, 옆얼굴에서 돌아보지 않겠다는 의지 같은 게 느껴져 결국 단념했다.

— 아빠는 맨날 늦게 와.

— 도둑 연놈들 주제에!

— 상제님이 목을 꺾어서 죽여버린대.

— 나도 너무 좋았어.

— 도둑년!

— 보고 싶어서 그렇지.

머릿속에서 희미하게 울리던 환청이 메아리의 근원지를 찾는 것처럼 조금씩 커져갔다. 미연은 그것을 떨쳐내기 위해 모니터를 뚫어져라 쳐다봤지만 환청은 점점 더 우렁차게 머릿속을 울렸다.

"……."

모니터 위에서 알 수 없는 알림창 수십 개가 열렸다가 닫혔다. 마우스 위에 얹은 오른손이 덜덜 떨려 악성 링크 같은 것을 잘못 누른 듯했다. 미연은 왼손을 오른손 위에 포개어 지그시 눌렀다. 그러나 손의 떨림은 멈추지 않고 점점 더 강해졌다. 칼로 머릿속을 난자하는 듯한 두통과 함께 오는 이명과 환청으로 눈알이 금방이라도 쏟아질 것만 같았다.

미연은 결국 야근을 빌미로 또 술을 마시고 말았다.

* * *

"웩!"

전봇대 옆의 하수구 위로 토사물이 시원하게 쏟아졌다. 뒤쪽으로 지나가는 누군가가 혀를 차는 소리가 들렸지만 미연은 무시하고 걸음을 옮겼다.

'내일 못 나갈 것 같습니다.'

문자메시지 앱을 켠 미연은 팀장에게 보낼 문장을 입력한 뒤 오타는 없는지 살폈다. 지금이 밤 10시가 넘은 시각이라는 것과 오늘 오후에 팀장이 열심히 일하자고 당부한 사실은 이미 잊은 지 오래였다.

팀장에게 메시지를 보낸 미연은 스마트폰을 가방에 넣고 비틀비틀 걸음을 옮겼다. 취기로 인해 머리가 어지러웠다. 눈꺼풀이 무거운 가운데서도 내일 아침이 걱정됐다. 또다시 말짱한 정신이 되면, 어깨에 내려앉은 버거운 현실을 인정해야 한다. 그리고 그것을 어떻게 이겨낼지 고민해야 한다. 미연은 그것이 두려웠다.

그녀는 피로한 눈꺼풀을 비비면서 집으로 향했다. 드림힐아파트로 향하는 인도의 연석이 차의 불빛을 받아 멋지게 빛났다. 차선을 구분한 흰색 페인트도 아직 새것이었다. 검은 대리석으로 꾸며진 아파트 입구는 드라마에 나올 것만 같았다. 그곳을 소리 없이 지나가는 수입차의 매끈한 도색이 오렌지빛 가로등을 반사하며 광택을 냈다.

이 풍경에서 미연만이 어울리지 않는 그림이었다. 회사에서는 술을 마시고, 아들이 사이비 종교 추종자에게 영향을 받았다는 것도 알지 못하고, 남편이 바람을 피우고 있다는 것도 뒤늦게 깨달았다. 그것도 두 번이나. 거기에 현명하게 대처하기는커녕, 현실을 받아들이고 싶지 않아서 또다시 술에 의존하고 있다.

쓰레기. 나는 쓰레기. 혼자 중얼거리던 미연은 엘리베이터에 몸을 싣고 버튼을 눌렀다. 바닥이 빙글빙글 도는 느낌이 든다. 벽에 기대 거울을 보았다. 피곤에 절은 얼굴이 여과 없이 드러났다. 미연은 문득 이제 마흔을 바라보는 자신보다, 채윤엄마가 훨씬 어리다는 사실을 기억해 냈다.

그녀는 현관문을 열면서 오늘 누가 지호를 집에 데려오기로 했었는지 생각했다. 그러나 잘 기억이 나지 않았다. 집 안은 모든 전등이 켜져있어서 꽤 밝았다. 구두를 벗으면서 보니 지호의 운동화는 있었지만 정우가 자주 신는 구두는 없었다.

"엄마!"

지호가 밝은 목소리로 미연을 부르며 뛰어나왔다. 평소라면 지호를 끌어안거나 머리를 쓰다듬어 줬겠지만 오늘은 도저히 그럴 기분이 아니었다.

"혼자 있었니?"

"응! 아빠가 영희네 집에 데려다줬는데, 아무도 없어서 집에 있었어."

"언제부터……?"

숄더백을 내려놓고 재킷을 벗던 미연은 깜짝 놀랐다. 다시 보니 식탁 위에는 두유팩이나 과자봉지 같은 것이 널브러져 있었다.

"학원 끝나고, 7시."

"그러면 엄마한테 전화를 해야지."

"나 혼자 있을 수 있어! 잘했지?"

"잘하긴 뭘 잘해!"

미연은 기가 막혀서 목소리를 높였다.

"이지호, 넌 아직 혼자 집 보기 어려. 위험한 일 생기면 어쩌려고! 엄마한테 전화를 해야지!"

미연이 화를 내자 지호는 흠칫하고 뒤로 물러섰다. 눈동자에는 금방 눈물이 고였다. 안쓰러운 마음이 들게 하는 모양새였으나 미연은 생각을 바꾸었다. 잘못한 것이 있으면 확실히 고쳐줘야 한다.

"혼자 뭐 했어? 왜 엄마한테 전화 안 했니?"

"하지만……."

지호는 옷소매로 눈물을 쓱쓱 닦으며 더듬더듬 말했다.

"어른들이 하는 일은 애들도 할 줄 알아야 한다고……. 그래야 상제님이 좋아하신다고 했어."

"뭐?"

"그래야 복을 받을 수 있대, 엄마."

순간 미연의 머리에 열이 확 솟구쳤다. 또 만세교 이야기라니! 지호는 순진하게도 영희엄마의 이야기를 정언명령인 것처럼 믿고 있었다.

"지호야, 엄마 아줌마한테 좀 갔다 올게."

"지금? 왜에? 나도 갈래."

"넌 안 돼. 여기에 있어."

미연은 단호하게 말하고 돌아섰다.

"엄마…… 같이 가."

그러나 지호는 비척거리면서 걷는 미연이 미덥지 않았는지 찡찡거리면서도 뒤를 따라왔다. 미연은 제 옷자락을 잡은 지호를 이끌고 비상계단을 올라 한 층 위인 14층으로 올라왔다.

"여기니?"

"응……."

훌쩍훌쩍 울던 지호가 고개를 끄덕였다. 당연한 말이지만 14층의 구조는 13층과 똑같았다. 1401호와 1402호는 완벽하게 분리돼 있었다. 엘리베이터를 나와 각 집의 현관문까지 가는 길도 잘 가려져 있어 한눈에 언뜻 보이지는 않는다.

그러나 미연은 영희네 집인 1402호를 단번에 찾아낼 수 있었다. 1402호는 입구부터 여느 집과 달랐다. 미연의 상상대로 사이비 종교를 암시하는 섬뜩한 문구가 적혀있거나 부적이 뒤범벅돼 있지는 않았지만, 냄새가 달랐다. 영희엄마에게서 나는 불쾌한 체취와 그것을 가리려는 듯한 싸구려 나프탈렌 냄새가 공기 전체에 희미하게 떠다녔다.

공용 공간에는 각종 생활용품이 굴러다녔다. 김장할 때 쓰는 커다란 고무 대야부터 시작해 자전거, 플라스틱 의자, 빨래건조대 등 각종 가재도구가 두서없이 놓여있었다. 건조대에는 가짜 비즈나 레이스를 잔뜩 붙인 옷 수십 벌이 널려있었는데 죄다 빨간색이었다.

미연에게는 난장판을 둘러보며 무서워할 여유가 없었다. 그녀는 엘리베이터와 복도를 나누는 중문을 벌컥 열어젖히고 곧장 '1402'라는 숫자가 붙어있는 현관으로 다가갔다.

"이봐요! 영희엄마! 문 좀 열어봐요!"

미연은 체면이고 뭐고 무시하고 현관문을 마구 두드렸다. 그러나 안에서는 아무 반응이 없었다.

"엄마! 그러면 안 돼!"

어쩐지, 지호가 기겁하며 미연을 말렸다. 미연은 신경 쓰지 않고 벨을 누른 후 문의 손잡이를 잡아 덜컥덜컥 흔들었다. 그녀는 집 안에 아무도 없었다는 지호의 말을 믿지 않았다. 정확히 말하면, 집 안에 분명 영희와 영희엄마가 있을 거라고 확신했다. 하다못해 지호의 말에 따르면 영희아빠도 늘 집에 있다고 하지 않았던가. 영희엄마가 지호를 들여보내 주지 않고 있는 것뿐이다. 어제 집을 찾아와 지호를 윽박지른 것을 보면 알수 있다.

"영희엄마! 야! 문 열라고! 당장 열어!"

그들은 지금 미연의 소란을 모른 척하고 무시하는 중일 테다. 혹은 집 안에서 숨을 죽이고 미연이 포기하기를 기다리고 있을지도 모른다. 그 증거로, 아무도 없다던 집 안에서는 불빛이 새어 나오고 있었다. 세 식구가 조용히 현관을 응시하는 모습을 떠올리니 미연은 화가 치밀었다. 그녀는 술기운을 빌려 더 세게 현관문을 두드렸다.

"문 열어! 이 미친 새끼들아, 열라고! 그동안 우리 애한테 무슨 짓 했어! 열어! 열어!"

미연은 고래고래 악을 썼다. 그녀야말로 미친 사람처럼 손과 발로 현관문을 마구 찼다. 굳건한 진회색 철문은 꿈쩍도 하지 않았다.

"열어! 열라고! 문 열어! 다 죽여버리게! 죽어!"

"엄마아! 하지 마아!"

안절부절못하며 옆에 서있던 지호가 대성통곡을 했다. 문이 부서져라 두드리는 미연의 다리를 끌어안고 서럽게 울기 시작했다.

"그러면 안 돼! 상제님이 화내! 우리 죽는단 말이야! 엄마!
엄마!"

손목에 통증이 올 때까지 문을 두드리던 미연이 제풀에 지쳐
동작을 멈춘 순간 지호가 크게 울음을 터트리면서 말했다.

"엄마! 엄마아! 아악!"

지호는 미연을 바라보며 악을 썼다. 귀를 찢는 듯한 통곡에
미연은 또다시 두통을 느꼈다. 머리가 반으로 쪼개지는 것만
같아 머리칼을 양손으로 부여잡고 신음을 흘렸다. 한참 울던
지호는 그런 미연에게서 이상함을 느꼈는지 울음을 멈췄다.

"엄마……."

"……."

"엄마…… 왜 그래?"

"이지호……."

미연은 낮게 말했다.

"넌, 아직도 그 소리니?"

"엄마……."

"이리 와."

미연은 지호의 팔을 잡아끌고 1402호에서 멀어져 갔다. 비
상계단을 내려오는 순간 위쪽에서 문이 철컥하고 열리는 소리
가 들린 것도 같았지만 무시하고 집으로 돌아왔다.

"엄마, 아파."

지호는 훌쩍이며 미연에게 애원했다. 미연은 집으로 들어와 지호를 질질 끌다시피 하면서 거실로 향했다.

"이지호."

미연의 부름에도 지호는 훌쩍이며 대답하지 않았다. 달라진 그녀의 태도에 무서움을 느꼈는지, 식탁을 사이에 두고 가까이 오려 하지 않았다.

"너, 상제님이라는 거 믿어?"

미연의 질문에 눈을 비비던 지호는 고개를 끄덕였다. 그녀는 허탈하게 웃었다.

"엄마가, 그거 다 쓸데없는 소리라고 해도? 거짓말이라고 해도?"

"……."

"그래도 믿을 거니?"

지호는 미연의 눈치를 보며 대답하지 않았다. 미연은 고개를 끄덕였다.

"그래, 좋아."

그러고는 식탁 위에 놓인 가방 안에서 아침에 사고 남은 양주를 꺼냈다. 선반에서 컵을 꺼내 술을 콸콸 따랐다.

"엄마 지금 머리가 너무 아프거든."

미연은 유리컵에 담긴 호박색 액체를 반쯤 마셨다. 싸구려 술에서는 불에 탄 나무를 씹는 것 같은 냄새가 났다. 미연을 보고 있던 지호가 불안한 얼굴을 했다.

"엄마, 그거 술이야?"

"응. 지호는 엄마 술 마시는 거 싫어하지?"

지호가 고개를 끄덕였다. 미연은 지호가 보란 듯이 컵에 남은 액체를 모두 비웠다.

"엄마······."

그것을 본 지호가 또 울먹이기 시작했다. 미연은 차갑게 말했다.

"상제님한테 한번 기도해 봐. 엄마 머리 안 아프게 해달라고."

"······."

"기도가 이뤄지면, 엄마 안 아플 거야. 그러면 술 안 마셔도 돼."

미연은 그렇게 말한 뒤 남은 술을 컵에 모두 따랐다. 그것을 벌컥벌컥 마시는 미연을 물끄러미 지켜보던 지호는 제 방으로 들어갔다. 아마 이상한 주문을 외우기 시작했을 것이다. 초점이 풀린 눈을 한 채 술을 물처럼 들이켠 미연은 식탁 위에서 그대로 잠이 들었다.

\* \* \*

눈을 떠보니 그녀는 안방 침대 위에 누워있었다. 숙취로 머리가 깨질 것 같았다. 두통약이라도 먹기 위해 몸을 일으킨 미연은 욕지기가 밀려오는 것을 느끼고 그대로 화장실로 향했다.

"욱!"

먹은 것 없는 위장에서는 진득한 갈색 액체가 나왔을 뿐이다. 그래도 구역질은 멈추지 않았다. 숙취를 잊기 위해서는 다시 술을 마실 수밖에 없었지만 어제 온종일 굶은 미연의 몸은 술을 사러 나갈 기운조차 없었다.

그녀는 옷을 입은 채 샤워기를 틀어놓고 욕실 바닥에 누워 한참을 있었다. 미지근한 물을 맞으며 잠깐 존 것 같기도 했다. 어지러움은 전혀 나아지지 않았지만 저린 손발을 애써 움직이며 샤워를 했다. 수건으로 몸을 닦으며 거울로 본 자신의 얼굴은 흉측하기 이를 데 없었다. 수분이 다 빠져나간 피부는 퍼석퍼석했고 눈가는 해골처럼 퀭했다. 젖은 머리칼이 달라붙어 한층 형편없는 외모를 완성했다.

미연은 머리에 수건을 얹은 채 비척비척 방 밖으로 나왔다. 집은 아무도 없이 고요했다. 지호의 방을 들여다보니 책가방이 없어진 채였다. 현관에는 정우와 지호의 신발이 보이지 않았다. 정우가 지호를 데리고 출근한 건지, 지호가 혼자 학교에 간 건지 알 수 없었다. 미연은 스마트폰을 확인했다. 정우에게서는 메시지도, 전화도 와있지 않았다.

소파에 앉은 미연은 단편적인 기억을 떠올렸다. 한밤중에 안방 침대로 가 누운 것은 기억이 나는데 옆에 정우가 있었는지 없었는지는 기억이 잘 나지 않았다. 지호 아침은 챙겨 먹인 걸

까. 미연의 시선이 식탁으로 향했다. 랩이 덮여있는 그릇 하나
가 보였다.

랩은 그릇 위에 어설프게 덮여있었다. 밑부분도 제대로 붙지
않고 뜬 상태였다. 그릇 안에는 우유에 잔뜩 불어있는 시리얼
이 떠다녔다. 바닥에는 공책 반쪽이 찢긴 채로 끼워져 있었다.
연필로 꾹꾹 눌러 쓴 지호의 글씨가 보였다.


엄마 밥 먹어.


미연은 숟가락을 들고 식탁에 앉았다. 랩을 벗겨낸 뒤에 우
유를 떠서 입에 가져갔다. 우유는 미지근해져 비린내가 났고,
시리얼은 퉁퉁 불어 죽처럼 흐물흐물했다. 미연은 그것을 천천
히 다 먹었다. 눈에서 눈물이 흘렀고 목에서 흐느낌이 터져 나
와 삼키기 어려웠지만 꾸역꾸역 입에 집어넣었다.

그녀는 스스로를 한없이 자책했다. 지호가 저 먹으라고 시리
얼을 부어두고 학교에 갔을 생각을 하니 마음이 찢어지는 것
같았다. 술에 취해 지호에게 못 할 짓을 했던 자신의 모습이 한
없이 부끄러웠다. 애초에 술을 끊었던 것도 지호에게 부끄럽지
않은 엄마가 되기 위해서였는데. 지금 자신이 만세교에 빠진
영희엄마를 비난할 입장이 되는 걸까. 제 자식에게 술주정을
하고 등교도 챙기지 못했다. 뉴스에서 종종 보이는, 아이를 방
임하고 학대하는 엄마들과 다른 점이 무엇이란 말인가.

미연은 식탁에 엎드려 눈물 콧물을 흘려가며 우스꽝스러운 반성의 시간을 가졌다. 문제의 원인은 정우에게 있는데 왜 지호에게 모질게 한 건지 후회가 됐다. 눈이 뻑뻑해질 때까지 눈물을 쏟았다. 스마트폰에서 진동이 계속 울리고 있음을 깨달은 것은 한참이나 지나서였다.

"여보세요?"

그녀는 소매로 황급히 얼굴을 닦은 다음, 수신인도 확인하지 않고 무의식적으로 전화를 받았다.

— 선배? 나 성욱인데.

망설이는 듯한 목소리가 익숙했다. 정우와 같은 매체에서 일하고 있는 성욱이었다. 마침 정우를 생각하고 있던 미연의 가슴이 불안으로 일렁였다. 그녀는 그것을 애써 억누르고 아무렇지 않은 척하기 위해 목소리를 가다듬었다.

"어, 오랜만이다."

— 별일 없지? 지호랑 다 잘 있어?

"응. 잘 있어……."

말끝을 흐리던 미연은 의아한 생각이 들었다. 성욱은 미연의 대학 후배이기도 했지만 그녀 쪽에서 먼저 연락을 하는 일은 없었다. 정우와 마주칠 일이 잦을 테니까 그에게서 소식을 들으면 그만이었기 때문이다. 성욱도 그렇게 생각했는지 지금까지 특별히 안부 전화 같은 것을 하는 일은 없었기에 오늘의 연락은 생뚱맞았다.

"어쩐 일이야? 니가 전화를 다 하고."

— 어어. 뭐…… 이사는 잘했어? 동명시로 간다고 했었지? 나 거기 담당했었는데.

"그래……?"

성욱의 말을 건성으로 흘려듣던 미연은 앉은 자세를 고쳤다.

"언제?"

— 몇 년 됐지. 지금은 서울 쪽만 취재해.

미연은 잠시 망설였다. 그러나 그 망설임은 오래 가지 않았다. 동명시에 대해, 정확히는 만세교에 대해 조금이라도 아는 사람이 나타나 준 것이 처음이었다.

"나…… 물어볼 거 있어."

미연은 급한 마음에 다짜고짜 만세교 이야기를 꺼냈다. 만세교라는 사이비 종교가 아이들을 현혹시키고 있다, 서하동에서 일어난 실종사건도 관련이 있는 건 아닌지 모르겠다, 유튜브에도 그런 내용이 많더라는 이야기를 앞뒤 없이 풀어냈다. 차마 지호에 대한 이야기를 할 수가 없어서 빼다 보니 스스로의 귀에도 근거 없는 음모론을 늘어놓는 정신 나간 사람의 독백처럼 들렸지만, 그녀는 그만큼 간절했다.

— 아, 그거. 신입 때부터 취재했던 거라 기억나.

그녀의 일방적인 이야기를 듣고도 성욱은 별로 당황하는 기색 없이 말했다. 어쩌면 기자다 보니 주변 사람들로부터 이런 식으로 질문을 많이 받는 것일지도 몰랐다.

— 정보가 전혀 없어서 나도 처음에는 그냥 소문인 줄 알았어. 그런데 용의자 중 한 명이 그 종교와 관련이 있더라고.

첫 번째로 실종된 아이는 마지막으로 목격됐을 때 만세교 신자와 함께 있었다고 했다. 그 뒤 죽은 채로 발견됐으니 당연히 만세교가 의심을 받을만했다. 성욱이 취재한 바로는 두 번째로 실종된 아이의 부모도 만세교와 관련이 있었으며, 작년에 사라진 아이도 만세교 신자들이 모여 사는 곳에서 목격한 사람이 있다고 한다.

— 근데 사실, 실종이잖아? 이렇게 말하면 좀 그렇지만 차라리 시신이 발견되면 용의자도 명확하고 경찰도 적극적으로 수사하겠지만 사라진 애를 무슨 수로 찾겠어. 경찰들도 자꾸 만세교 얘기가 나오는 걸 오히려 안 좋아하더라고. 그, 교주라고 하나? 뭐 그런 사람들 클레임이 부담스럽다는 거지.

성욱은 그러면서 더 알고 싶은 게 있으면 당시에 취재했던 내용과, 만세교 쪽의 항의로 삭제됐던 기사를 좀 보내주겠다고 덧붙였다.

성욱의 차분한 태도를 마주하자 미연은 다소 진정되는 기분이 들었다. 후배에게 어지간히 절박하게 매달렸구나 싶어 무안하기도 했다. 그녀는 성욱이 먼저 자신에게 전화를 걸었으며 용건에 대해 아직까지 물어보지 못했다는 것을 간신히 떠올렸다.

"미안…… 너무 다짜고짜 얘기했나."

— 아니야. 근처 살면 불안할 수 있지.

성욱은 아무렇지 않게 덧붙였다.

— 정우 형 그만두고 나서 더 싱숭생숭한가 보네.

"……."

— 형은 어떻게 지내? 사실, 퇴사한 사람한테 연락하는 거
아닌데……. 형이랑 연락이 통 안 돼서 말야. 물어보고…….

"……."

— 여보세요? 선배?

미연이 입을 뗄 수 있게 된 것은 한참이나 지나서였다.

"그만뒀다고?"

전화 건너편도 조용해졌다. 이내 작은 한숨 소리가 들렸다.

— 형이 말 안 했구나…….

"……."

— 몇 달 됐어.

\* \* \*

통화가 끝나고, 성욱은 정말로 그동안 자신이 취재했던 자료
를 메일로 보내줬다. 미연은 소파에 파묻히듯 앉아 스마트폰으
로 그것을 살펴보았다. 그러나 제대로 머릿속에 들어오지 않았
다. 사망한 채 발견된 아이의 가방이나 인형 같은 소지품을 찍
은 사진이 그나마 눈길을 끌었을 뿐, 여전히 눈의 초점은 풀린
상태였다.

정우는 도대체 어디서부터 자신을 속인 걸까. 그리고 왜? 모든 것이 의심스러워지기 시작했다. 생각해 보면 모든 게 이상했다. 평소 지호 일이라면 민감하게 반응하고, 다혈질인 정우가 요즘에는 유난히 침착했다. 영희엄마와의 일도 대수롭지 않게 생각했다. 바람을 피우는 데 정신이 팔려서 그랬던 것일까. 갑자기 직장을 그만둔 이유는 뭘까. 예전과 달리 미연에게 일을 그만두라고 강하게 요구하지 않은 것도 수입이 줄었기 때문일까.

미연은 벌떡 일어나 서재로 향했다. 기역 자 모양으로 이어진 두 개의 책상 중 하나는 정우의 것이다. 노트북은 정우가 가져가고 없었으나, 집에서 쓰는 PC는 그대로였다. 미연은 컴퓨터를 켜고 폴더 몇 개를 뒤져보았다. 그녀 스스로도 뭘 찾을 수 있을지 잘 몰랐지만 어쨌든 그렇게 했다.

그러나 컴퓨터 안에는 아무것도 없었다. 지나칠 정도로 깨끗했다. 지호가 온라인 수업을 들을 때 받았던 프로그램이나 미연을 졸라서 산 온라인 게임의 파일 같은 것도 남아있지 않았다. 마치 새것 같은 상태였다. 비밀번호도 걸려 있지 않다. 미연의 의심은 확신으로 변해갔다. 정우는 뭔가를 숨기고 싶었기 때문에 컴퓨터를 포맷한 것이다. 이사 오기 전부터 이런 상태였을지도 모른다.

어쨌든, 서재에서 찾을만한 단서는 남아있지 않았다. 미연은 서재를 나와 안방으로 갔다. 침대 밑과 화장대, 붙박이장, 화장실의 거울 뒤편 서랍까지 뒤져봤다. 며칠 전 갑자기 쳐들어와 온갖 곳을 이 잡듯 뒤진 영희엄마가 생각나 텔레비전을 받치고 있는 거실장의 서랍까지 살펴봤다. 그러나 모든 물건이 제자리를 지키고 있었다.

그녀는 마지막으로 지호의 방에 갔다. 책상 위 학습지 몇 장과 미처 치우지 못한 지우개 가루가 보이고 침대는 이불이 구겨져 있는 평범한 모습이었다. 쪼그리고 앉아 지호의 책상 서랍을 열어보다 고개를 돌린 미연은 이상한 것을 발견했다.

지호의 방에는 어울리지 않는 가구가 하나 있다. 이사 온 첫날, 안방에 들어가지 않아 여기에 두게 된 장식장이다. 미연의 취향에 맞춰 모던한 디자인으로 만들어진 장식장은 문에 유리를 끼워 안쪽에 넣어둔 그릇이나 컵 같은 걸 볼 수 있도록 제작됐다. 문 뒤쪽에 세워져 있는 탓에, 문을 열고 방 안으로 들어가면 장식장이 잘 보이지 않는다. 방문을 닫고 들어온 지금은 온전히 제 모습을 드러내고 있다.

벽에 딱 붙여서 세운 줄 알았는데, 수평을 맞춰야 해서 그런 건지 장식장은 앞으로 조금 나와 있는 것처럼 보였다. 벽과 장식장의 그 틈 사이에서 미연은 무언가가 삐죽 튀어나온 것을 보고 가까이 다가갔다.

"……."

어디서 많이 본 것 같은 천 조각이었다. 미연이 그것을 잡아당기자 인형이 빠져나왔다. 손바닥만 한 토끼 인형인데, 너무 낡고 지저분해져 흉물스럽기까지 했다. 미연은 이 인형을 본 적이 있다. 방금 전에.

그녀는 스마트폰의 잠금을 해제하고 성욱이 보내준 자료를 다시 살펴봤다. 아까 유일하게 눈길을 끌었던 인형 사진. 서하동의 아동 실종사건 가운데 유일하게 시신이 발견되었던 여자아이의 유품. 그 인형과 완전히 같은 모양이었다.

인형을 빼내고 나니 틈새가 더욱 잘 보였다. 벽에 뭔가가 붙어있는 것 같다. 비가 올 모양인지, 낮인데도 날이 흐리다. 미연은 방의 불을 켜고 장식장을 붙잡은 채 조심스럽게 힘을 주었다. 안에 그릇이 가득 차 있는 장식장은 끔찍하게 무거웠지만, 어떻게든 용을 쓰니까 그래도 벽 틈새를 들여다볼 수 있을 정도의 간격만큼은 움직였다.

스마트폰의 플래시를 켜서 틈새를 비춘 미연의 눈에 부적이 들어왔다.

부적은 벽에 붙어있었다. 벽에 붙어있는 부적은 한 장이 아니었다. 딱 장식장이 가리는 부분만큼의 거의 모든 공간을 부적이 벽지처럼 메우고 있었다. 다닥다닥 붙어있는 벽지 위의 붉은 글자들이 춤을 추는 것처럼 어지러웠다. 굳이 읽지 않아도 상관없었다. 아마 만세교의 부적일 것이다. 미연은 바들바들 떨리는 손으로 간신히 스마트폰의 플래시를 끈 채 정적 속에 홀로 서있었다. 그러자 갑자기 바깥에서 빛이 번쩍했다.

"꺄악!"

미연은 소스라치게 놀라 비명을 질렀다. 그것을 비웃기라도 하듯 묵직한 천둥소리가 났다. 곧 바람이 수많은 나뭇잎을 흩뜨리는 듯한 소리가 들렸다. 비가 내리기 시작한 것이다.

정신을 차린 미연의 머릿속에 영희엄마의 날카로운 목소리가 떠올랐다.

— 도둑 연놈들 주제에!

— 어디 있어! 당장 내놔!

미연은 손에 꼭 쥐고 있던 인형을 살펴봤다. 그녀가 했던 추측은 어느 정도 사실인 모양이다.

만세교에 대해 조사하다, 〈괴담도시〉 프로그램의 제작진에게 메일을 보냈을 때부터 미연은 어떤 가설을 세웠다. 실종사건의 원인이 정말로 만세교 신자들에게 있다는 가설이었다. 근거는 영희엄마가 그녀에게 한 말들에 있었다. 다짜고짜 사산 이야기를 꺼내고, 마음을 다스려야 한다는 말.

영희엄마의 말대로, 마음이 불안하고 상처 입은 사람들은 종교에 의지하기 쉽다. 아이를 잃어버린 것 같은 심각한 사건일수록 종교에 의지해 아픔을 극복하고자 하는 경우가 많을 것이다. 영희엄마 또한 미연이 그런 상태일 것이라고 생각해 접근했으니 말이다.

그렇다면 반대는 어떨까. 신자를 늘리기 위해 그런 사건을 일으키는 거다. 아이들의 실종사건을 의도적으로 만들어서, 종교가 필요한 사람들을 늘린다. 이렇게만 들으면 말도 안 되는 이야기 같지만, 만세교 신자들이 죄다 영희엄마 같은 인간들이라면 가능할지도 모른다.

— 내가 아는 사람 중에도…….

영희엄마는 미연을 전도하려는 상황에 흥분했던 것인지 그런 말도 꺼냈었다. 그녀가 아는 사람 중에서도 실종사건을 겪고 나서 마음을 다스리는 법을 알게 된 경우가 있다고. 그것은 영희엄마가 자신도 모르게 꺼낸 진실이었다. 아이를 잃어버린 사람들이, 만세교 신자가 된다.

거기까지 생각한 미연은 자리에서 벌떡 일어났다.

'지호!'

비가 세차게 내리기 시작했다.

\* \* \*

빗줄기는 계절에 맞지 않게 굵고 거셌다. 비닐우산 하나에 몸을 의지한 미연의 종아리와 팔뚝으로 물방울이 마구 튀었다. 그녀는 빗속을 빠르게 걸어 학교로 향했다.

우산을 접고 학교 건물 안으로 들어가 젖은 팔을 휴지로 대충 닦아낸 미연은 얼마간 헤매다가 방과후 수업을 진행하는 교실을 찾아냈다.

"실례합니다."

망설임 없이 교실 문을 연 미연이 그렇게 말하자 칠판 앞에 앉아있던 여성 한 명이 당황한 기색이 역력한 얼굴로 다가왔다.

"어떻게 오셨어요?"

"우리 지호, 여기에 있나요?"

미연은 각자 학습지 같은 것을 펴놓고 연필을 끄적이고 있는 아이들을 둘러보며 말했다. 지호는 없었다.

"이름을 다시 말씀해 주시겠어요? 학년은요?"

"2학년 2반. 이지호."

교사는 태블릿을 가져와 한참 들여다보더니 고개를 저었다.

"지호는 오늘 수업 끝나고 바로 간다고 했대요. 담임선생님께 메시지 받았습니다."

그녀는 태블릿 화면을 돌려서 미연에게 보여주려고 했다. 그러나 미연은 말없이 등을 돌려 교실을 나왔다. 뒤에서 잠시만요, 하고 그녀를 부르는 소리가 났지만 무시하고 뛰다시피 해서 학교 건물을 벗어났다.

오늘이 무슨 요일이었더라. 미연은 퍼붓는 빗속을 걸으며 지호의 학원 일정을 떠올려 보다가 고개를 저었다. 지호는 드림힐 아파트에 있을 것이다. 엄마가 걱정돼서 집으로 갔든, 다른 누군가가 아이를 납치했든 간에. 미연은 드림힐로 발을 돌렸다.

빗줄기는 우산을 뚫고 들어오는 것이 아닐까 싶을 정도로 강렬했다. 미연의 머리칼에서 어느새 물방울이 떨어졌다. 112동 놀이터 옆 경비실을 지나쳐 가는 그녀의 발걸음이 느려졌다.

"……."

미연은 천천히 경비실로 향했다. 그녀는 문을 두드리거나 밖에서 경비를 부르는 대신, 경비실에 딸린 작은 창문을 열어젖혔다. 안에는 아무도 없었다. 그녀는 창문을 그대로 내버려 둔 채 112동으로 걸어갔다.

엘리베이터가 1층에 도착할 때까지 그녀는 가만히 서있었다. 우산 끝에서 떨어진 물방울이 바닥에 작은 웅덩이를 만들고 나서야 엘리베이터의 문이 열렸다. 안으로 들어간 그녀는 손가락을 올렸다가 잠시 망설였다. 13층과 14층 어딘가에서 헤매던 손가락이 14층을 눌렀다.

1402호 앞의 풍경은 어젯밤과 비슷했다. 새빨갛고 촌스러운 원색의 옷가지가 건조대에 널려있었고 낡고 지저분한 가재도구가 아무렇게나 뒹굴었다. 옷에서는 쉰내가 났다. 미연은 한쪽 벽에 기대어 있는 낫과 도끼를 보았다. 이사 온 첫날 112동 경비실 벽에 기대어 있던 도구와 같은 것이었다.

그녀는 현관으로 다가가 벨을 눌렀다. 안쪽에서는 아무 반응이 없었다. 손잡이를 돌리자 문은 저항 없이 열렸다. 알 수 없는 악취가 더욱 심해졌다. 미연은 팔로 코를 가린 채 중문을 열었다.

"욱……."

집 안으로 들어서자 냄새는 코를 뚫는 것처럼 강렬해졌다. 복도에 있는 방문은 굳게 닫혀있었다. 미연은 침침한 복도를 지나 거실로 들어섰다. 그곳의 모습은 여느 집과 사뭇 달랐다.

벽지와 바닥재가 밋밋한 회백색을 띠고 있는 것은 미연의 집과 같았으나 6인용 소파만이 덩그러니 있을 뿐, 텔레비전이나 거실장 같은 집집마다 있을 법한 가구가 보이지 않았다. 주방에는 식탁도 의자도 없었다. 마치 많은 사람이 모일 수 있도록 만든 빈 공간 같은 느낌이 들었다.

"지호야……."

미연은 조심스럽게 지호를 불렀다. 공기가 적막에 잠겼을 뿐, 아무런 대답도 들려오지 않았다.

"이지호."

그녀는 이번에는 좀 더 큰 소리로 지호를 불렀다. 역시 답은 없었다. 미연은 그 대신 안방에서 희미한 인기척이 난 것을 들었다.

"지호야! 거기 있니?"

미연은 황급히 안방으로 다가갔다. 손잡이를 흔들어 봤지만 잠겨있었다. 미연은 마구 방문을 두드렸다.

"지호야! 이지호! 엄마야. 있으면 대답해!"

미연은 방문에 몸을 붙인 채 지호의 이름을 정신없이 불렀다. 주먹으로 방문을 쾅쾅 두드리던 그녀는 문득 움직임을 멈췄다.

안쪽에서 뭔가를 끄는 소리가 들렸다. 슥슥, 스치는 소리는 맨발이 방바닥과 마찰할 때의 소리와 비슷했다. 그리고 점점 가까워졌다.

방 안의 누군가가 문으로 걸어오고 있다.

그것을 깨달은 미연은 문으로부터 몇 발짝 물러섰다. 동시에 방문이 천천히 열렸다.

"……."

마침내 안에서 누군가가 모습을 드러냈다.

"……."

정우가 미연을 바라보고 있었다.

4장

언덕에는 햇빛이
들지 않는다

미연은 얼마간 꼼짝도 하지 못했다. 정우는 아무렇지 않은 표정으로 미연을 내려다보고 있었다. 그녀는 정우가 놀라울 정도로 침착할 수 있는 이유가 궁금했다.

"오빠, 만세교 신자였어?"

미연은 간신히 말했다.

"언제 알았어?"

정우가 궁금한 듯 물었다.

"그야……."

여긴 만세교를 믿고 있는 영희엄마의 집이니까. 그렇게 말하려던 미연은 깨달았다. 그녀가 지금까지 이 집에 한번도 와보지 않았음을. 정우가 묘하게 그것을 차단해 왔다는 것도.

"지금까지 나를 속였구나……."

지호 일에 자신보다 더 유난을 떨던 정우가 영희엄마와 관련된 일에는 묘하게 침착했던 때부터 눈치를 챘어야 했다. 미연이 의문을 제기할 때마다 그녀를 호들갑스러운 엄마로 만든 것도 정우였고, 만세교 이야기가 나오면 말을 줄인 것도 정우였다. 언제부터였을까. 그럴 리가 없는데도 불구하고 드림힐로 이사 오게 된 것도 우연이 아닌 것처럼 느껴졌다.

"언제부터였어……?"

어느새 미연은 정우로부터 한 발짝 물러나 있었다.

"성욱이랑 통화했어. 회사도 그만뒀다며? 만세교 때문에 그런 거야?"

"아니야."

정우가 고개를 저었다.

"상제님께서는 그런 걸 강요하는 분이 아니셔."

미연의 표정이 경악으로 물들었다. 정우는 그런 미연이 오히려 안타깝다는 듯이 말했다.

"믿음의 깊이에 시기는 중요하지 않아. 미연아, 너도 지금이라면……."

"오빠가 그랬어?"

미연은 이를 악물고 말했다.

"지호한테 기도문 가르쳐 주고, 방에 부적 붙인 것도 오빠였어?"

"그건 내가 아니야."

"시끄러워!"

미연은 버럭 소리를 질렀다. 분노에 가득 찬 그녀의 눈동자가 강하게 요동쳤다.

"지호 어디 있어."

"……."

"어딨어! 내 아들 내놔, 이 미친 새끼야!"

미연이 우산으로 정우의 몸을 마구 때리기 시작했다. 정우는 미연의 팔을 잡으며 그녀를 저지했다.

"진정해, 미연아."

"지호 어딨어! 어디 있냐고!"

"그만하라고!"

정우가 큰 소리로 외쳤다. 그의 손이 미연의 팔을 으스러뜨릴 것처럼 힘주어 잡았다.

"미연아! 진정해. 진정하고 내 말 좀 들어봐. 네가 이러는 건, 마음이 어지럽기 때문이야. 눈을 떠야 해!"

"미친 소리 좀 작작 해!"

미연의 울부짖음에도 정우는 개의치 않는 듯했다.

"지금은 그렇게 생각할 수 있어. 하지만 미연아, 지금 가장 너를 힘들게 하는 건 너 자신이야. 자꾸 부정적인 쪽만 바라보니까 상처를 받게 되는 거야. 상제님의 말씀대로 깊은 성찰을 통해 구도의 길을 나아가면 고통으로부터 해방될 수 있어."

정우는 미연을 달래듯이 부드럽게 말했다. 그의 눈동자는 지금까지 그녀가 본 적 없는 빛을 띠고 있었다. 거기에는 현실이 아닌 다른 세상의 무언가를 묘사하듯 황홀경에 사로잡힌 광기가 있었다.

"네가 힘들 때마다 나도 마음이 아팠어, 미연아. 우리는 상처를 극복하려는 실천을 하지 못했어. 상제님의 말씀을 따르지 않았던 거야. 진정한 행복은 실천으로부터 오는 거야. 그건 남이 가져다줄 수 없어. 그렇기 때문에 가장 확실하기도 해."

"그만…… 그만해……."

미연은 도리질을 치면서 몸을 비틀었다. 날카로운 두통에 눈을 뜰 수조차 없었다. 강렬한 악취를 계속해서 맡은 탓일지도 몰랐다.

"나는 만세교에서 구원을 얻었어. 여기에는 고통이 없어. 아니, 고통이 있을지도 몰라. 하지만 그것을 이겨낼 수 있는 건 너 자신이야. 우리는 절대자가 시키는 대로 해야 하는 사람이 아니야. 하나의 존재로서 소중하고, 가치가 있어. 그런 자연의 섭리를 믿으면 무엇이든 해낼 수 있는 거야."

"개소리 좀 그만해!"

미연은 온 힘을 다해 정우의 팔을 뿌리치고 고함을 질렀다.

"고작 그딴 소리나 하려고 지호를 그렇게 망가뜨린 거야? 당신이 미쳤든지 말든지 상관없어. 하지만 지호는 아직 어린애잖아! 그 애까지 사이비 종교에 끌어들여야 속이 시원했니?"

미연이 비명처럼 외쳤다. 그녀를 물끄러미 보고 있던 정우의 눈에서 한 줄기 눈물이 흘러내렸다.

"나도 어쩔 수 없었어……."

"……."

"하지만 도저히, 견딜 수 없었어. 이게 내 속죄야. 다 우리 꼬물이를 위해서 하는 거야."

"뭐……?"

눈물을 흘리던 정우의 입에서 뜬금없이 나온 말에 미연은 멈칫했다. 꼬물이. 배 속에서 사산된 둘째아이. 빛도 보지 못하고 세상을 뜬, 미연이 가슴에 묻은 아이 이야기가 지금 나오는 이유가 무엇일까.

"지금까지는 모든 제사가 실패했거든."

정우가 눈물을 닦으면서 말했다.

"논의한 끝에 결론이 나왔어. 제사를 드리는 신도뿐만 아니라, 거기에 바칠 제물도 상제님의 말씀을 따라야 한다는 거야. 우린 가장 중요한 명제를 잊고 있었어. 누구나 실천해야 한다는 거. 제물도 마찬가지야."

"그게 무슨 소리야……?"

미연이 겁에 질린 얼굴로 물었다.

"제사……? 제물……이 뭔데?"

미연은 말없이 눈물을 흘리고 있는 정우에게로 다가가 그를 흔들었다.

"그게 뭔데, 말해!"

"나 같은 평범한 신자는 아직 안 돼……. 교구장님만 제사를 드릴 수 있어."

"그게 무슨 제사냐고!"

미연은 있는 힘을 다해 고함을 지르며 정우를 흔들었다. 그 바람에 정우의 몸이 중심을 잃고 비틀했다. 그의 상체가 기울자 뒤쪽으로 안방의 모습이 눈에 들어왔다. 침대 위에 머리칼이 흩어진 채 누워있는 여자가 보였다.

미연은 정우를 밀치고 방으로 들어갔다. 누워있는 여자는 채윤엄마였다. 덮여있는 이불 밖으로 옷을 걸치지 않은 팔다리가 삐져나와 있었다. 파리한 얼굴을 보고 미연은 흠칫하며 뒤로 물러섰다.

"죽은 거야……?"

따라 들어온 정우가 고개를 저었다.

"아니야. 제사 준비를 마쳤어."

그는 미연을 마주 본 채 호소하듯 말했다.

"미연아, 나 그렇게 나쁜 놈 아니야. 나도 많이 반성했어. 꼬물이…… 우리 꼬물이 나 때문에 죽은 거 나도 알아. 그래서 이런 거야. 꼬물이를 다시 살리려면 이 방법밖에 없어."

미연은 기가 막힌 표정으로 정우를 보고 내뱉었다.

"오빠 진짜 미쳤구나. 사산된 애를 어떻게 다시 살린다는 거야? 정신이 나갔어?"

"그게 아니야, 미연아! 너도 눈을 떠야 해!"

정우는 오히려 답답하다는 듯 가슴을 퍽퍽 내리치며 외쳤다.

"아기의 몸은 죽었지만 영혼은 남아있어. 교구장님이 말씀하셨어. 영혼을 담기 위한 그릇과 제물만 있으면 돼. 제사가 성공하면 우리 꼬물이, 다시 태어날 수 있어."

"그래서, 뭐?"

미연의 입술에서 조소가 흘러나왔다. 이제 그녀 자신도 서서히 미쳐가고 있는 것 같은 느낌이 들었다.

"채윤엄마를 제물로 바치기라도 하겠다고?"

그러나 정우는 진지하게 고개를 저었다.

"아니, 이 여자의 배 속에 있는 아이가 그릇이 되어줄 거야. 내 아이이기도 하니까."

미연은 눈을 몇 번 깜빡이며 정우의 말을 이해하려 애썼다. 하지만 잘 이해가 되지 않았다. 채윤엄마의 배 속에 아이가 있다는 건, 그녀가 임신을 했다는 뜻일 테다. 그런데 어째서 그 아이가 꼬물이가 될 수 있다는 이야기인가. 정우와 채윤엄마의 아이일 뿐인데. 그리고 그게 그릇이라면, 제물은……

"지호…… 어디 있어?"

"날 믿어줘야 돼, 미연아."

"지호 어디 있냐고."

미연은 정우를 밀치고 방 밖으로 나왔다. 거실을 가로질러 복도로 향하려고 하는 그녀를 정우가 막았다.

"미연아, 조금만 기다려."

"비켜!"

미연은 우산 끝을 정우의 얼굴을 향해 겨누었다. 정우는 미연으로부터 조금 떨어졌지만, 여전히 그녀가 거실로 향할 수 없도록 몸으로 막고 있었다.

"안 비키면 찌를 거야."

미연이 이를 부드득 갈면서 말했다.

"내가 못 할 것 같아?"

그때 현관에서 철컥하고 문이 열리는 소리가 들렸다. 미연은 정우가 등을 돌리는 순간을 놓치지 않고 재빠르게 몸을 숙여 그를 지나치려고 했다. 그러나 간발의 차로 정우의 팔이 미연의 허리를 붙잡았다.

"놔! 놓으라고!"

"제발 가만히 좀 있어!"

정우는 울부짖으면서 미연의 팔에 목을 둘렀다. 목구멍이 틀어막히는 느낌에 미연은 컥컥거리면서 몸부림을 쳤다. 눈앞이 희미해지려는 순간, 그녀는 우산을 든 팔을 있는 힘을 다해 휘둘렀다.

"아악!"

정우의 외마디 비명과 동시에 미연의 목을 죄고 있던 속박이 풀어졌다. 그녀는 바닥에 넘어진 채 어지러움을 참으며 다시 일어나려고 애를 썼다. 머리 위에서 쯧 하고 혀를 차는 소리가 들렸다. 미연이 고개를 들자 112동 경비원의 모습이 보였다.

그는 못마땅한 듯 미연을 내려다보더니 다시 천천히 안방으로 들어갔다.

"으으……."

등 뒤에서 신음이 들렸다. 정우가 한쪽 눈을 가린 채 끙끙대는 중이었다. 손가락 사이로 피가 흐르는 것이 보였다. 미연은 재빨리 일어나 복도를 향해 달렸다.

"기다려!"

뒤쪽에서 정우가 쫓아오는 소리가 들렸다. 이대로 현관문까지 달려갈 수 있을까. 정우에게 한번 목이 졸리고 나니, 또다시 잡히면 정말 죽을지도 모른다는 공포가 엄습했다. 미연이 현관에 막 도착했을 때 정우가 그녀의 머리채를 잡아당겼다.

"악! 이거 놔!"

미연은 있는 힘을 다해 팔을 휘두르며 발버둥 쳤다. 그 소란에 붙박이장 형태로 만들어져 있던 신발장의 문이 열리면서 안쪽에 들어 있는 것이 쏟아져 나왔다. 대량의 쓰레기봉투였다. 제각기 크기가 다른 봉투들은 알 수 없는 형태의 쓰레기들로 꽉 차 있었다. 악취의 정체는 이것이었다.

"으아아악!"

정우는 비명을 지르는 미연의 머리채를 잡은 채 복도로 질질 끌고 가기 시작했다. 현관 근처의 작은방으로 끌려가는 미연을 경비원이 지나쳐 갔다. 그는 채윤엄마를 어깨에 자루처럼 짊어진 채 천천히 문으로 향하고 있었다.

"미연아, 조금만 참아! 제사가 끝날 때까지만 여기에 있으면 돼. 부족한 네 믿음은 지호가 대신 채워줄 거야."

"시끄러워! 이 미친 새끼야!"

미연은 방 안으로 끌려들어 가지 않기 위해 온 힘을 다해 버텼다. 머리칼이 뽑힐 것처럼 아팠다. 그녀는 손톱을 세워 자신의 머리채를 붙잡은 정우의 팔을 있는 힘껏 긁었다.

"크윽!"

정우는 고통에 찬 신음을 흘리며 손의 힘을 풀었다. 미연은 몸을 일으키려고 했지만 정우의 발이 먼저 미연의 배를 걷어 찼다.

"아악!"

"조용히 있으라고! 제발! 좀!"

그의 발이 미연을 마구 짓밟기 시작했다. 미연은 몸을 새우처럼 웅크렸다. 묵직한 통증이 연달아 계속돼 정신을 차릴 수가 없었지만 이를 악물고 버티며 한번의 기회가 오기를 기다렸다. 우산에 찔린 정우의 한쪽 눈이 제대로 보이지 않는다는 것, 정신 나간 사람처럼 발길질을 하다가 지쳐 몸의 중심을 잃을 때가 반드시 올 거라는 생각을 했다.

그리고 그녀는 그것을 놓치지 않고 몸을 일으키며 전력을 다해 정우의 다리를 붙잡아 넘어뜨렸다. 무거운 것이 쓰러지는 소리가 났다. 정우의 머리가 서랍장 모서리와 부딪치는 것을 본 미연은 다시 현관으로 달렸다. 문은 열려있었다. 그녀는 쓰레기봉투를 넘어 잡동사니를 헤치며 앞으로 나아갔다.

"기다려……."

미연은 등을 돌렸다. 정우는 어느새 현관문 바깥까지 그녀를 따라 나와 있었다. 한쪽 눈을 가린 채, 다른 팔로 몸의 중심을 잡으며 걸어오고 있었다. 머리에서 흐르는 피로 상체가 온통 붉었다.

"지금 가면 제사가……."

그녀는 정우의 말을 더 듣지 않고 벽에 기대 있던 도끼를 집은 후 휘둘렀다. 도끼날은 정우의 관자놀이에 명중해 수박을 쪼개는 것 같은 소리를 내며 파고들었다. 정우는 두 눈을 크게 뜬 채 바닥으로 쓰러졌다.

"닥쳐."

도끼를 뽑아 든 미연은 작게 말하고는 등을 돌렸다.

\* \* \*

미연은 망설임 없이 집으로 향했다. 구타당한 전신이 아팠지만 신기하게도 머릿속은 맑았다.

정우는 미연이 영희네 집으로 올 것을 예상하고 있었다. 아마 일부러 단서를 흘려 그녀를 유인한 것일지도 모른다. 그래야 하는 이유는 하나뿐이다. 미연이 집을 비울 시간이 필요했기 때문에. 즉, 제사라는 건 미연의 집에서 치러지고 있을 것이다. 경비원이 채윤엄마를 들고 그렇게 멀리까지 갈 수 없을 것 같기도 했다.

미연은 비상계단을 내려와 1302호로 향했다. 영희엄마의 옷에서 나는 나프탈렌 냄새가 점차 강해졌다. 그녀는 엘리베이터와 공용 공간을 구분하는 중문을 연 뒤 안으로 들어갔다. 현관문은 그녀를 환영하듯 열린 상태였다.

안으로 들어간 미연은 경비원과 정면으로 마주쳤다. 두 눈동자가 따로 노는 듯한 의안을 보는 순간 그녀의 몸이 바짝 굳었다. 경비는 손 없는 손목에 망치를 묶고 있었다. 그가 그것을 번쩍 들어 미연의 머리를 내리치려 했다.

"여보, 됐어!"

복도 안, 거실 쪽에서 영희엄마의 목소리가 들렸다.

"들여보내."

분명 영희엄마의 목소리였는데, 평소와 완전히 다른 말투였다. 경비원은 미연을 한참 동안 노려보더니 바닥에 침을 탁 뱉고 몸을 옆으로 돌렸다. 미연은 그를 지나쳐 거실로 들어갔다.

거실의 모든 벽에 붉은 천이 둘러져 있었다. 한가운데 서서 그녀를 노려보고 있는 영희엄마도 붉은 옷을 입은 상태였다. 바닥에 나란히 누워있는 채윤엄마와 지호도 마찬가지였다. 구석에는 미연이 이사 온 첫날 마주쳤던, 지호가 '혜미 아줌마'라고 불렀던 여자가 영희와 함께 서있었다.

"아직도 믿음이 부족하구나."

영희엄마가 미연을 보더니 비웃듯이 말했다.

"네 아들 꼴을 보고도. 덜 떨어진 년!"

"지호를 돌려줘."

미연은 차분하게 말했다. 영희엄마는 코웃음을 치더니 지호의 몸뚱이를 발로 툭툭 찼다.

"난 이 아이를 네게서 뺏은 적 없어. 멍청한 네 남편이 갖다 바친 거지."

"난 동의한 적 없어!"

미연은 지호의 얼굴을 발로 문대고 있는 영희엄마를 향해 고함을 질렀다.

"제사 같은 건 집어치워! 그런 걸 한다고 해서 내가 만세교를 믿을 것 같아!"

그녀는 주머니에서 인형을 꺼냈다. 지호 방의 장식장 뒤에서 꺼낸 낡은 토끼 인형이다. 그것을 본 영희엄마의 눈이 조금 커졌다.

"당신이 찾고 있던 거, 이거 맞지?"

"……."

"이거, 10년 전에 죽은 아이 거잖아. 나도 알아. 혹시 당신이 그 아이 해친 거야? 그 부모들을 만세교 신자로 끌어들이려고? 아무리 미쳤어도 어떻게 그런 짓을 해!"

"아니야!"

찢어지는 듯한 목소리가 들렸다. 목소리는 영희엄마가 아니라 영희 옆에 서있던 혜미가 낸 것이었다. 그녀의 목소리는 미연이 이사 첫날 들었던 웃음소리보다 훨씬 소름끼쳤다. 혜미는 해골처럼 눈가가 움푹 파인 두 눈을 크게 뜬 채 절규했다.

"아니야, 아니야! 아니야! 아니야!"

"아하하하하!"

여자는 양손으로 머리를 쥐어뜯으면서 바닥에 엎드렸다. 그 모습을 본 영희엄마는 갑자기 미친 듯이 웃기 시작했다.

"내가 신도를 모으기 위해 그런 짓을 한다고?"

한바탕 웃던 영희엄마가 눈가를 닦으며 말했다. 그녀에게는 미연의 말이 눈물까지 흘릴 정도로 우스운 것 같았다.

"멍청하긴. 상제님은 추종자를 억지로 끌어들이는 분이 아니야. 그 아이들은 저 애가 데려온 거고."

영희엄마의 손가락이 엎드려 있는 혜미를 가리켰다. 영희는 쪼그려 앉아 그녀의 등을 토닥이고 있었다. 미연은 그 모습을 보고 있다가 문득 소름이 끼쳤다. 영희는 어쩌면 저렇게 당연하다는 듯한 표정으로 저 여자를 달래고 있는 것일까. 마치 무척 가까운 사이라도 되는 것 같았다.

"제 딸을 살려보겠다고, 여러 차례 시도했지만 번번이 실패했어. 믿음이 부족한 결과야."

반면 영희엄마는 한심하다는 듯한 눈빛으로 그쪽을 보고 있었다.

"딸……?"

"아아아! 아아아아!"

엎드린 채 고통에 찬 신음을 내뱉고 있던 혜미가 미연에게 달려들었다. 미연은 혜미의 힘에 밀려 엉덩방아를 찧었다. 그녀는 짐승이 우는 것 같은 소리를 내면서 미연의 위로 엎어졌다.

"내놔. 우리 소정이 거야. 내놔!"

그녀는 미연의 손을 손톱으로 긁으며 악을 썼다. 마구 날뛰다가 미연이 들고 있는 토끼 인형을 낚아챈 후에야 그녀의 몸 위에서 물러나 거실 구석으로 갔다.

"소정이…… 우리 소정이. 소정이 인형."

갑작스러운 공격에 주저앉은 채 멍하게 있던 미연은 흠칫했다. '우리 소정이'라니.

"10년 전에 죽은 아이의 엄마가 당신이야?"

"소정이……. 우리 소정이……."

혜미는 인형을 품에 꼭 안은 채 중얼거릴 뿐 대답이 없었다. 퀭한 눈에는 여전히 초점이 없다. 미연은 그 옆에 앉아있는 영희를 한번 보고 영희엄마에게로 시선을 돌렸다. '제사'라는 게 이들이 말하는 중요한 의식이라면, 영희는 둘째치고 저 여자가 왜 여기에 있는지 잘 이해가 되지 않았다.

그러나 영희엄마의 말대로라면, 혜미라는 여자도 죽은 아이를 살리기 위한 제사에 참여했다는 말이 된다. 게다가 아이들을 '데려왔다'니……. 실종된 아이들을 말하는 걸까.

영희엄마와 영희가 혜미를 아는 것처럼 행동하고 있는 것도 짐작이 가기 시작했다. 그러고 보면 영희엄마와 영희는 나이 차이가 무척 많이 난다. 그 사이에 저 여자를 끼우면 딱 맞다. 엄마와 딸과 손녀만큼의 나이 차이가.

"영희는 당신의 손녀인 거야……?"

"둘 다 내 딸이야."

미연의 중얼거림에 영희엄마가 상냥하게 말했다.

"애비는 다르지만."

"……."

"보다시피 혜미는 맛이 갔어. 영희는 앞으로 내 뒤를 이어받아 상제님을 모시게 될 거야."

영희엄마는 성직자가 하듯이 양팔을 벌리면서 미연을 바라보았다.

"아직도 모르겠어, 지호엄마? 저 두 아이가 믿음의 차이로 벌어진 것을? 불신과 잡념으로 실패한 제사의 말로는 비참한 거야. 상제님의 말씀에 따라 자연의 섭리를 이해하지 못하고 원하는 것만을 쫓다 보면 불행해져."

"그래, 맞아. 나도 믿음이 부족해!"

미연은 마지막 지푸라기를 잡는 심정으로 외쳤다.

"그러니까 제사를 치를 필요는 없어. 어차피 실패할 테니…… 악!"

그녀가 말을 마치기도 전에 영희엄마의 발길질이 날아들었다. 무방비한 상태였던 미연은 배를 정통으로 맞은 뒤 옆으로 쓰러졌다.

"네 믿음의 문제가 아니야. 지금까지는 의식이 없는 제물을 써서 실패한 거야. 지호는 충실히 상제님 말씀을 따르게 했으니 제물로서 효과를 발휘하겠지."

"필요…… 없다고!"

미연은 배를 움켜쥔 채 간신히 목소리를 쥐어짰다.

"엄마인 내가 필요 없다는데 무슨 소리야! 한번 죽은 아이가 살아 돌아올 리 없잖아! 그럴 리 없어! 없단 말이야!"

그녀는 고래고래 외쳤다. 그럴 리가 없다. 죽은 꼬물이를 되살릴 방법은 없다. 그녀도 간절히 몇 번이나 바랐지만, 밤마다 울면서 몸부림쳤지만 없었다. 지금 이 상황을 돌이킬 방법 또한 없다. 그녀가 원하든 원하지 않든 마찬가지다.

"지호엄마."

영희엄마의 다정한 목소리가 들렸다.

"정말 필요 없어?"

그녀는 쭈그려 앉아 미연과 눈높이를 맞추었다.

"다시 시작하고 싶은 마음, 없어? 사실은 있지? 지호를 잘못 키웠다고 후회하지 않아?"

영희엄마의 주름진 손이 미연의 머리를 쓰다듬기 시작했다. 미연은 홀린 듯한 표정으로 영희엄마를 바라보았다.

"그동안 버거웠지? 기댈 곳도 없이 혼자 힘들었지? 내가 지호를 잘 키우고 있는 걸까 매 순간 고민하느라 괴롭지 않았어?

제사를 드리면, 처음부터 시작할 수 있어. 당신은 지금 그 믿음이 없어서 힘든 거야."

"……."

"마음만 바로잡으면, 모든 것이 해결돼. 그것이 상제님의 뜻이야."

미연은 한참 동안 영희엄마를 바라보았다. 그녀의 눈동자는 아무것도 없이 텅 비어있었다. 오랫동안 침묵하던 그녀는 천천히 고개를 끄덕였다. 영희엄마는 만족스러운 표정으로 몸을 일으켰다. 그녀가 미연으로부터 등을 돌렸을 때, 미연은 온 힘을 다해 영희엄마의 발목을 물어뜯었다.

"아아악!"

영희엄마가 큰 소리로 비명을 질렀다. 미연은 그녀가 몸부림을 치는 것도 개의치 않고 턱이 아릿할 정도로 힘을 줘서 발목을 물었다. 이가 살을 파고드는 기분 나쁜 감촉이 느껴졌지만 꾹 참고 힘을 주었다.

"아악! 아아악!"

영희엄마의 발목을 끈질기게 물고 있던 미연은, 그녀가 다른 쪽 발로 얼굴을 강타하고 나서야 떨어져 나갔다. 어느새 바닥은 영희엄마의 발목으로부터 흘러나온 피로 얼룩덜룩해져 있었다. 미연은 얼른 의식을 잃은 지호를 끌어당겨 품에 안았다.

"여보! 죽여버려! 다 죽여!"

영희엄마가 바닥에 엎드린 채 악을 썼다. 그러자 상황을 지켜보고 있던 경비원이 미연 쪽으로 다가왔다. 그의 손에는 미연이 들고 왔다가 놓친 도끼가 들려있었다. 미연은 지호를 안은 채 주춤주춤 뒤로 물러섰다.

"그만해!"

경비원이 도끼를 높이 치켜든 순간 미연의 앞을 누군가가 가로막았다.

"이제…… 그만."

혜미가 손에 토끼 인형을 든 채 가래가 끓는 듯한 목소리로 말했다. 그녀는 경비원을 마주 보고 서있었다.

"비켜."

경비원이 심드렁한 목소리로 말했다.

"그만해."

혜미가 어눌한 발음으로 말했다. 미연이 듣기에 그녀는 울먹이고 있는 것 같았다.

"이제 그만해, 소정아빠."

경비원은 말없이 도끼를 들어 올렸다. 미연은 혜미의 몸을 방패 삼아 재빨리 거실을 벗어났다.

"아악!"

뒤에서 비명이 들렸다. 혜미는 어깨를 붙잡고 바닥에 쓰러져 있었다. 경비원은 도끼를 내리친 자세 그대로 등을 돌려 미연 쪽으로 다가왔다. 바로 복도 쪽으로 도망가고 싶었지만, 정신을 잃어 몸이 무거워진 지호를 안고 그렇게 빨리 뛸 수 있을지 미연은 확신이 서지 않았다.

그녀는 그나마 도끼로부터 방패막이가 되어줄 수 있는 아일랜드 식탁 쪽으로 몸을 피했다. 경비원은 최대한 강한 힘으로 무기를 휘두르려는 것 같았으나, 한쪽 손이 없는 탓에 중심이 잘 맞지 않았다. 덕분에 그가 휘두른 몇 번의 도끼날은 식탁을 내리치거나 가스관을 건드렸을 뿐 미연에게 가 닿지 못했다.

"으윽!"

"죽여! 죽이라고! 대가리를 따버려! 이 쓸모없는 쓰레기 새끼야!"

영희엄마가 욕설을 퍼붓자 경비원은 화가 났는지 눈을 크게 뜨면서 기괴한 신음 소리를 냈다. 그러고는 갑자기 도끼를 내던졌다. 도끼날은 가스관을 스치고 벽에 가 박혔다.

"이리 와!"

그가 팔로 식탁을 짚고 뛰어넘으려는 자세를 취했다. 미연은 순간적으로 선반에 있는 식칼이라도 뽑아야 할지 고민했다. 그러나 그는 식탁을 훌쩍 뛰어넘는 대신 그대로 미끄러져 버렸다.

"뭐 하는 거야!"

분노에 찬 영희엄마의 목소리가 들렸다. 미연은 경비원을 피하기 위해 쭈그렸던 몸을 일으켰다. 혜미가 남자의 바짓가랑이를 붙잡아 늘어지고 있었다.

"씨발!"

경비원은 발을 들어 혜미의 얼굴을 걷어차려 했으나 혜미가 종아리를 붙잡고 있는 통에 움직이지 못했다. 미연은 영희엄마가 몸을 일으키려는 것을 보고 겨우 정신을 차려 지호를 안은 채 복도 쪽으로 달려갔다.

"기다려. 가지 마! 너희들은 아직 구원이 필요해!"

등 뒤에서 영희엄마의 목소리가 들렸다. 미연은 미친 듯이 현관으로 달려가 도어락 버튼을 마구 눌렀다. 엘리베이터로 향하기 위해 중문을 여는 순간 머리가 반쯤 떨어져 나간 정우와 마주쳤다.

"꺄아악!"

"미연……아…….."

그는 눈도 제대로 뜨지 못한 채 어눌하게 말하며 손을 뻗었다. 한쪽 안구가 반쯤 튀어나와 있었다. 눈꺼풀이 아래위로 움직일 때마다 눈알이 톡 빠질 것처럼 위태롭게 흔들렸다. 미연은 비틀거리는 정우를 피해 엘리베이터의 버튼을 눌렀다. 정우가 그녀를 향해 비척비척 다가왔다.

"미연아…… 가지 마…….."

"저리 가!"

미연은 비명을 지르며 정우의 몸을 밀어냈다. 정우는 휘청거리면서도 끈질기게 미연에게 다가오려 했다. 바닥에 피가 뚝뚝 떨어졌다. 절반으로 갈라진 머리 한쪽이 곧 흘러내릴 것만 같았다. 마침내 엘리베이터가 도착했을 때 미연은 지호를 질질 끌며 안으로 들어갔다.

"제사……."

정우가 팔을 휘저으며 엘리베이터 안으로 들어오려고 했다. 미연은 있는 힘을 다해 정우의 무릎을 걷어찬 뒤 닫힘 버튼을 연타했다. 손가락이 막 들어오려고 할 때쯤 엘리베이터 문이 닫혔다.

미연은 이를 악문 채 미친 듯이 떨리는 손으로 지호를 안았다. 시간을 너무 지체했다. 잘하면 경비원이 옆 엘리베이터를 타고 따라잡을지도 모른다. 문이 열리자마자 밖으로 뛰어나가야만 한다.

엘리베이터가 1층에 도착했을 때 미연은 뒤도 돌아보지 않고 달렸다. 밖은 아직도 비가 내리고 있었다. 뒤에서 금방이라도 누군가가 머리채를 잡을 것 같은 공포에 그녀는 미친 듯이 내달렸다. 슬리퍼가 벗겨져 발바닥이 쓰라리고 다리가 터질 것 같았지만 계속 달렸다. 빗줄기가 얼굴 위로 쏟아져 눈을 제대로 뜰 수조차 없었지만 개의치 않았다. 그녀가 놀이터를 막 지나칠 때 머리 위에서 엄청난 폭발음이 들렸다.

"까악!"

멀지 않은 곳에서 비명이 들렸다. 옆 동에서 우산을 쓰고 막 출입구를 빠져나오던 여자 한 명이 놀란 얼굴로 112동 쪽을 올려다보고 있었다. 건물 중간쯤에서 시커먼 뭉게구름 같은 연기와 함께 불길이 쏟아져 나오고 있었다.

미연은 위쪽을 한번 흘깃 보고 다시 앞으로 달려나갔다. 자세히 보지 않아도, 그곳이 1302호임을 알 수 있었다. 112동 1302호. 맨 꼭대기부터, 혹은 맨 아래부터 세어나가지 않아도 알 수 있다. 이사 온 첫날부터 그랬다. 오래도록 몇 번이고 꿈꿔왔던 집이었으니까.

* * *

"다 샀어?"

"대충."

미연은 짤막하게 말하고 푸드코트의 테이블 위를 휴지로 대충 훔친 뒤 의자에 앉았다. 맞은편에 앉은 그녀의 아버지는 피곤했는지 돋보기안경을 벗고 눈을 문질렀다.

"뭔 가구를 또 그렇게 산다고 하더냐?"

"지호가 책상이 없잖아, 아버지."

미연은 테이블 위로 몸을 내밀어 큰 소리로 말했다. 주말 쇼핑몰의 푸드코트는 빈자리가 없을 정도로 사람들이 들어차 있어 여간 소란스러운 것이 아니었다.

"아 참, 그랬구나."

아버지는 고개를 끄덕이더니 늘어지게 하품을 했다. 옆에 있는 작달막한 카트에는 수세미나 밀폐용기 같은 자잘한 주방용

품이 담겨있었다.

"책상은 외할머니랑 고를 거니까 나는 없어도 된다잖아. 지
호는 나보다 엄마가 좋은가 봐."

"허허."

아버지는 피곤한 기색이었지만 기분은 좋아 보였다. 미연은
말없이 아버지를 따라 커피를 마셨다.

미연이 지호를 데리고 드림힐로부터 도망친 지도 한 달이 넘
었다. 그녀는 택시를 타고 본능적으로 친정집 주소를 말했다.
연락을 끊은 지 10년이 넘었는데도 모든 것은 그대로였다. 부
모님은 지호를 안은 채 온몸이 흠뻑 젖은 미연을 보고 놀란 표
정을 지었지만 아무 말 없이 집 안으로 들여보내 주었다.

미연은 일주일 넘게 병원 신세를 졌다. 도망쳐 나올 때는 몰
랐는데 온몸에 타박상을 입은 상태였다. 체력도 많이 약해져
있었고, 무엇보다 정신적 충격이 컸다. 지호는 수면제를 먹었
을 뿐 별다른 이상은 없다고 했다.

10년이 지난 후에 본 부모님은 미연의 생각보다 훨씬 더 나
이가 들어있었다. 미연의 엄마는 그녀가 몇 번이나 말렸음에도
간병을 해주겠다며 고집을 부렸다. 분명 그동안 쌓인 이야기가
많았을 텐데, 둘은 별다른 이야기를 하지 않았다. 그러나 미연
은 엄마와 눈빛을 주고받으며 이미 서로 화해했다는 것을 느낄
수 있었다. 지호를 낳은 뒤 친정에 연락을 해봤다고 했던 정우
의 말이 거짓말이었음이 밝혀지고 나서는 더욱 그랬다.

그동안 미연이 어떻게 지냈는지에 대해서는 굳이 설명할 필요가 없었다. 드림힐아파트 폭발사건 수사에 착수한 경찰들에 의해 부모님도 조금씩 상황을 파악해 나갔기 때문이다.

드림힐아파트 112동 1302호는 가스 폭발로 초토화됐다. 비가 와서 불은 금방 잡혔지만, 소방차가 도착했을 때는 1402호도 전소되어 버린 후였다. 낡은 도끼에 가스관이 잘렸다고 했다. 여러 구의 시신이 발견됐다. 남자 둘과 여자 둘. 남자 시신 둘의 훼손이 매우 심각했다. 여성 중 한 명은 임신한 상태였다.

경찰은 정우의 죽음과 폭발사고에 대해 많은 것을 물었다. 미연은 생각 끝에 모든 것을 정직하게 말했다. 정우가 지호에게 수면제를 먹여 만세교의 수상한 의식에 이용하려고 했다. 그들은 왠지 모르겠지만 죽은 사람을 살릴 수 있다고 믿었다. 정우가 자신을 죽이려고 해서 도끼로 공격했으며 지호를 데리고 나왔다.

미연을 찾아온 두 경찰 중 좀 더 어려 보이는 쪽은 그녀의 이야기를 메모까지 하며 흥미진진하게 들었으나, 선배로 보이는 경찰은 미연의 증언 내내 별 반응이 없었다. 그녀의 입에서 만세교라는 단어가 나왔을 때는 미간을 구기면서 작게 한숨을 쉬었다. "또"라는 말을 얼핏 들은 것 같기도 했다.

— 아이의 증언과 일치하는 점은 있네요.

아동 심리 전문가를 대동해 지호와 따로 이야기를 나눈 그는 그래서 어쩌라는 건지 모를 말만 남기고 병원을 떠났다. 그

이후 미연은 혹시 경찰이 자신을 체포하러 오지 않을까, 기사가 엄청나게 쏟아지는 것은 아닐까 전전긍긍했으나 별다른 일은 일어나지 않았다. 새로 지은 지 얼마 되지 않는 신도시 아파트에서 폭발사건이 일어났으며 사망자가 발생했다는 기사는 나왔지만, 인터넷을 아무리 뒤져 봐도 만세교에 관한 이야기는 한 줄도 담겨있지 않았다. 포털사이트에는 "저기 집값 떨어지겠다"며 좋아하는 댓글만 수두룩했다. 답답해진 미연이 먼저 경찰에게 전화를 걸 정도였다. 그는, 사건에 대해서는 수사 중이며 앞으로 또 찾아갈 수도 있으니 일단 기다리라는 말을 무미건조한 목소리로 전달했다. 미연이 퇴원하고 나면 부모님과 이사를 갈 지도 모른다고 하자 그러라고도 했다.

그러나 미연이 퇴원하고 나서 아버지가 모아둔 노후자금으로 전원주택을 계약하고 난 뒤 이사 준비를 하고 있는 지금까지도 경찰의 연락은 없었다.

"……."

미연은 화면에 금 하나 가지 않은 스마트폰을 만지작거렸다. 지호만 데리고 아파트를 뛰쳐나온 터라 스마트폰을 비롯한 모든 것을 새로 사야 했다. 아버지가 계약한 전원주택은 동명시보다 더 외진 곳에 있어, 미연은 회사를 그만두기로 했다. 많지 않은 퇴직금으로 미연은 자신을 포함해 부모님과 지호의 스마트폰까지 반짝반짝한 새것으로 바꾸었다.

그녀의 스마트폰은 예전과 달리 조용했다. 하루 종일 한번도 울리지 않는 날도 있었다. 차라리 마음이 편했다. 진동이 올 때마다 가슴이 덜컹했다. 드림힐아파트의 누군가에게 연락이 올지도 모른다는 두려움이 왈칵 밀려왔다. 경찰은 시체가 네 구뿐이라고 했다. 시신의 훼손은 남자 쪽만 심하다고 했다. 그들은 작은 아이가 발견되었다는 이야기도 하지 않았다. 미연이 발목을 물어뜯었던 영희엄마는, 어디로 갔을까. 영희를 데리고 사라진 걸까. 앞으로 무엇을 하려는 걸까.

"고생했다……."

"응?"

멍하니 있던 미연이 고개를 들었다. 아버지가 흐릿한 안경알 너머로 자신을 바라보고 있었다.

"잊어버려라, 이제."

"……."

"다른 걱정은 하지 말고."

아버지는 그렇게만 말하고 다시 종이컵을 기울였다.

"네……."

미연은 고개를 끄덕였다. 조금 눈물이 날 것 같아서 얼른 머리를 숙여 컵을 들여다봤다. 얼핏, 먼 곳에서 누군가가 자신을 바라보는 게 느껴졌으나 아버지의 말을 따라 그런 망상은 잊어버리기로 했다.

                                          \* \* \*

“할머니! 나, 이게 좋아.”

지호는 연한 파스텔톤의 책상을 가리키며 기쁜 듯 말했다.
외할머니는 웃으며 고개를 끄덕였다.

“그래, 그걸로 하자.”

“와!”

지호는 신이 나서 팔짝팔짝 뛰었다. 할머니는 싱글싱글 웃
으며 지호의 머리를 쓰다듬었다. 지호는 아무리 뛰어도 자신을
혼내지 않는 할머니가 무척 좋았다. 엄마를 꼭 닮은 것도 마음
에 들었다.

“지호야, 이제 엄마한테 갈까?”

“응, 가야 돼! 할아버지도 힘들다고 했어.”

“어이쿠, 큰일인걸. 어서 가자.”

지호는 할머니의 손을 잡고 함께 쇼핑몰을 걸었다.

“지호야, 이사 가도 괜찮니? 또 전학 가야 한다는구나.”

“괜찮아. 할머니가 있잖아!”

“할미랑 친구들이랑은 다르지, 요 녀석아.”

할머니는 지호의 머리를 쓰다듬으며 말했다.

“새로운 학교 가서도 잘할 수 있니?”

“응. 잘할 수 있어.”

지호는 씩씩하게 말한 뒤 할머니의 소매를 약간 잡아당겼다.

할머니는 지호의 눈높이에 맞게 자세를 낮춰주었다.

"할머니, 나도 친구들한테 상제님 얘기 많이 해서 복 받을 거야."

지호는 최대한 작은 소리로 소곤소곤 말했다. 엄마랑 있을 때는 상제님 이야기를 하면 안 된다고 할머니와 약속했기 때문이다.

"그러렴."

할머니는 웃으며 고개를 끄덕였다. 거기에 힘을 얻은 지호는 기쁜 듯이 따라 웃었다. 만난 지 얼마 되지 않았지만, 할머니는 어쩐지 자신을 매우 잘 알고 있다는 느낌이 들었다. 할머니로부터 만세교와 상제님에 대해 더 많은 것을 배웠기 때문일지도 모른다. 아빠를 만나고 싶다고 했을 때 엄마는 화를 냈지만, 할머니는 방법을 가르쳐 주었다. 제사를 지내려면 교구장이 되어야 한다고 했다. 그러려면 어른들 말씀도 잘 듣고, 공부도 열심히 해야 한다.

"할머니, 우리 뭐 먹을까?"

지호는 할머니의 손을 꼭 잡고 신나게 발걸음을 옮겼다.

　《습기》의 초고를 막 끝냈을 때쯤이었던 것 같다. 지하철 출입문 앞에 서 있는데, 열차의 속도가 줄어드는 것이 느껴졌다. 출입문에 나 있는 유리창으로 역의 이름이 선명해지고 내 뒤에서 목소리가 들렸다.

　"내가 당신 인생 끝내줄게. 잘 살고 있어. 당신 자식들 인생도 당신처럼 개같이 끝날 거야."

　나는 아차 싶었다. 첫째로 언제나 그렇듯 멍하니 서 있었던 탓에 뒷사람의 목소리를 뒤늦게 눈치챘고, 둘째로 이미 출입문이 열려 그 사람을 포함해 많은 승객이 나를 지나쳐 열차를 빠져나가기 시작했기 때문이다. 그래서 나는 그 사람이 귀에 무선 이어폰을 꽂고 누군가와 통화를 하고 있었다는 정보만을 얻은 채 아쉬움을 달래야 했다.

그 이야기는 무슨 의미였을까? 한낮의 무료한 지하철역 안에서 앞사람이 들을 만큼 카랑카랑하고 밝은 목소리로 말할만한 내용은 아니던데. 아니, 어쩌면 모두가 스마트폰을 꺼내 타인을 향한 눈과 귀를 필사적으로 닫고 있는 지하철이야말로 최적의 장소였을지 모른다. 내가 가장 흥미를 가졌던 부분은, 그녀가 교복을 입고 있다는 점이었다. 어깨에 간신이 닿는 찰랑찰랑한 일자 단발머리에 하얀 백팩을 메고 있던 그 학생은 도대체 누구에게 당신 자식 인생이 끝장날 것이라는 협박을 확신에 찬 맑은 목소리로 전달했던 것인지…… 다시 떠올려 봐도 조금 무섭고 궁금하다.

돌이켜보면 나는 께름칙한 이야기만을 좋아했다. 어딘지 음침하고 오싹하기도 하고, 다 읽고 나서도 찝찝한 기분을 남기는 것들. 결국 지금은 작가가 되었는데, 왜 다른 사람들에게까지 그런 이야기를 들려주고 싶은 것인지 생각해 본다. 어쨌든, 재미있기 때문일 것이다. 이야기에서 가장 중요한 것은 재미다. 재미있는 이야기에 대한 정의가 나와 비슷한 분들을 위해 글을 쓰는 일을 계속하고 싶은 것이 솔직한 마음이다.

글 한 편이 책이 되어 번듯하게 팔릴 수 있도록 만들어 가는 데 얼마나 많은 분들의 노력이 들어가야 하는지 새삼 알게 되었다. 그런 점에서 《습기》를 발견해 준 장르문학 IP 공모전 리

노블 시즌1과 심사위원님들께 감사드린다. 공모전을 통해 더 많은 독자들에게 내 글을 알릴 기회를 갖게 된 것이 기쁘다. 《습기》는 집이라는 소재로부터 출발했다. 일상적이고 편안한 공간에서 불편하고 혐오스러운 일이 일어나는 이야기를 쓰고 싶었다. 책을 덮은 뒤에도 기분이 영 찜찜해서 앞부분을 다시 읽어보는 분들이 있기를 바라며 열심히 썼다.

책 작업을 도와주신 해피북스투유에 감사를 드린다. 언제나 헌신적인 조언을 아끼지 않는 모루우 작가에게도 더없이 고맙다는 말을 하고 싶다. 늘 나를 믿어주는 가족들에게는 존경을, 항상 내 옆을 지켜주는 어린 고양이 론에게는 사랑을 전한다.

덧붙여 앞에 했던 이야기 말인데, 알고 보니 그 지하철역 근처에 꽤 유명한 연기학원이 있다는 것 같다. 그 학생은 대사를 외우며 연기 연습을 하고 있었던 것은 아닐까? 혹은, 자신의 정체를 감추고 싶은 누군가가 배우 지망생인 학생에게 오디션을 보게 해주겠다며 거짓말을 해 다른 사람을 협박하는 메시지를 대신 녹음하게 만들었을지도 모르지만 그것은 또 다른 이야기다.

마태

# 습기

**초판 1쇄 인쇄** 2023년 8월 25일
**초판 1쇄 발행** 2023년 9월 15일

**지은이** 마태
**펴낸이** 김문식 최민석
**총괄** 임승규
**책임편집** 조연수 명지은
**기획편집** 박소호 김재원 이혜미 김지은
　　　　　정혜인 김민혜 신지은 박지원
**디자인** 배현정

**펴낸곳** (주)해피북스투유
**출판등록** 2016년 12월 12일 제2016-000343호
**주소** 서울시 성북구 종암로 63, 5층 (종암동)
**전화** 02)336-1203
**팩스** 02)336-1209